Knaur

Von Paul Harding sind außerdem erschienen:

Das Haus des roten Schlächters
Das Parlament der Toten
Der Kapuzenmörder
Der Mörder von Greenwood
Der Prinz der Finsternis
Der Zorn Gottes
Die Galerie der Nachtigallen
Die Hitze der Hölle
Sakristei des Todes
Tod auf der Themse

Über den Autor:

Paul Harding ist das Pseudonym eines englischen Historikers. Der Autor versteht es, das mittelalterliche London mit all seinem Glanz und seinen Schatten wachzurufen.

Paul Harding

Das Lied des Dunklen Engels

Roman

Aus dem Englischen
von Holger Wolandt

Knaur

Die englische Originalausgabe erschien 1994
unter dem Titel *The Song of a Dark Angel*
bei Headline Book Publishing PLC, London

Besuchen Sie uns im Internet:
www.droemer-knaur.de

Vollständige Taschenbuchausgabe September 2000
Droemersche Verlagsanstalt Th. Knaur Nachf., München

Umschlaggestaltung: Zero Werbeagentur, München
Umschlagabbildung: Artothek/Peter Willi, Peißenberg
Satz: Ventura Publisher im Verlag
Druck und Bindung: Elsnerdruck, Berlin
Printed in Germany
ISBN 3-426-63075-3

5 7 9 10 8 6 4

Für Barbara und Rob von
»The Poisoned Pen«, Scotsville, Arizona, USA,
mit Dank für Unterstützung und Freundschaft.

Das Lied des Dunklen Engels

Der schneidende, grausame Wind peitschte die bleigraue See an die weißen Felsen der Landzungen. Er riß den eisigen Schaum von den Wellen und wehte sie wie Schneeflocken an Land. Die Bewohner der Dörfer, die in der Nähe der Ostküste lagen, zogen ihre Mäntel enger um sich und rückten näher an den Kamin. Der Nordwind, der Dunkle Engel, wie sie ihn nannten, machte sich unangenehm bemerkbar. Er würde bald noch stärker werden und in mörderischen Böen übers Land fegen. Die Einwohner von Hunstanton zogen sich ihre Decken weiter über die Ohren und hofften, daß der Sturm vor Tagesanbruch seine Kräfte erschöpft haben würde. Der Wind pfiff jedoch unverdrossen weiter um die Hausgiebel, er wirbelte den Sand auf und zerzauste das Haar eines Kopfes, der auf einen Pfahl aufgespießt war. Daneben lag der blutige restliche Teil eines Leichnams auf dem Kieselstrand. Der Wind eilte weiter und versetzte die langhaarige Tote, die von einem Galgen auf dem Kliff herabhing, in Schwingungen.

Der Dunkle Engel sang sein schwermütiges Lied, er hatte bereits alles unter der Sonne gesehen, denn die große Wash-Bucht, die weit nach Norfolk hineinreichte, war ein heimtückisches Gewässer mit Springfluten, plötzlichen Strudeln, Sandbänken und immer wieder abbrechenden Kliffs. Die Wash-Bucht hatte bereits die Landung der Wikinger und die Invasion der Dänen erlebt. In der Regierungszeit des Großvaters des alten Königs war hier die königliche Armee geschlagen worden und eine ungeheure Kriegskasse verlorengegangen. Der Dunkle Engel bahnte sich einen Weg ins Landesinnere und überließ seine makabren Spielzeuge sich selbst. Die Frau tanzte immer noch am Ende des Galgenstricks, und die blicklosen Augen des Geköpften spähten weiterhin über das tosende Meer mit seinen Nebelfetzen, die ins Land getrieben wurden.

Kapitel 1

Eine Woche später, am Vorabend des Feiertages des heiligen Andreas, des Apostels von Schottland, galoppierten zwei Reiter den Weg auf dem Kliff entlang, fest entschlossen, ihr Ziel zu erreichen, bevor sich das Novemberdunkel über das Land senkte. Sie ritten über eine Hügelkuppe, bei der der Weg ins Landesinnere führte und die Bucht umging. Der erste der beiden Reiter zügelte sein Pferd. Er wartete, bis sein stöhnender und klagender Gefährte ihn eingeholt hatte.

»Verdammt noch mal!« murmelte dieser. »Wie lange noch, Herr? Ich weiß schon nicht mehr, wie ich noch sitzen soll, und mein Bauch denkt schon, jemand hätte mir die Kehle durchgeschnitten!«

Sir Hugh Corbett, der Hüter des Geheimsiegels und Sonderbeauftragter, grinste unter seiner Kapuze hervor und blies sich auf seine verfrorenen Finger.

»Komm schon, Ranulf«, trieb er den anderen an, »zumindest ist noch kein Schnee gefallen. Außerdem müßten wir in einer knappen Stunde dort sein!«

Corbett schob seine Kapuze zurück. Er wandte sich von seinem Diener Ranulf-atte-Newgate ab und schaute über das neblige Meer und auf die Brecher, die auf die Felsen unter ihnen schlugen.

»Ein kalter, düsterer Ort«, murmelte er.

Ranulf schob seine Kapuze ebenfalls zurück und dirigierte sein Pferd neben das seines Herrn.

»Ich hab Euch bereits gesagt, Herr, daß ich diese verdammten

Landpartien hasse.« Er starrte über das Moor, über das sich der kalte Nebel langsam ausbreitete. Irgendwo in der zunehmenden Dunkelheit heulte ein Hund, als wolle er gegen das fürchterliche Wetter protestieren. »Ich hasse sie!« sagte Ranulf noch einmal mit Nachdruck. »Wo in aller Welt sind wir nur, Herr?«
Corbett deutete hinunter aufs Meer. »Wir sind an der Küste von Norfolk. Im Sommer soll sie wunderschön sein. Unterhalb von uns liegt die Hunstanton Bay.«
Er deutete über die Kliffs. Ranulf sah ein schwaches flackerndes Licht und erkannte die Umrisse eines Gebäudes.
»Mortlake Manor«, sagte Corbett, »und da ist die alte Eremitage. Kannst du sie sehen, Ranulf?«
Dieser kniff die Augen zusammen und konnte gerade noch die trostlosen Umrisse einer weitläufigen Ruine erkennen, die von einer hohen, teilweise beschädigten Mauer umgeben war.
»Weiter im Hinterland liegt das Dorf«, fuhr Corbett fort, »und da, weiter im Nebel, wahrscheinlich dort, wo der Hund bellt, liegt der Holy Cross Convent.«
Ranulf folgte den Blicken seines Herrn und sichtete hinter dem Kloster das Meer. Allein das Land haßte er, Ranulf-atte-Newgate, bereits, geboren in dem Gewirr enger Gassen Whitefriars, doch das Meer mit seiner grauen und kalten Endlosigkeit erfüllte ihn mit Entsetzen. Über dem Meer lag der Nebel wie ein Gespenst. Er hüllte die hungrigen und bedrohlichen Schreie der Möwen ein und ließ sie noch unheimlicher erscheinen. Der Donner der Brecher auf dem ausgestorbenen kieselübersäten Strand kontrastierte mit den öden Gebäuden, die sich schweigend wie der Tod oben auf dem Kliff festzuklammern schienen.
»Wo hat man den Kopf entdeckt?« fragte er.
Corbett deutete nach unten aufs Ufer.
»Dort. Am oberen Ende des Strands. Er war sauber vom Rumpf abgetrennt und auf einen kurzen Pfosten gespießt, der in den Sand eingegraben war. Der Körper lag daneben.«

»Armer alter Cerdic«, sagte Ranulf leise und schneuzte sich. Er blinzelte zu seinem Herrn hinüber. »Ich kannte ihn, müßt Ihr wissen. Falls je ein Mann beim Würfeln betrog, dann er. Er war ein solcher Betrüger, daß er schon nicht mehr geradeaus gehen konnte, ganz zu schweigen davon, daß er einem nie direkt in die Augen schaute.«

»Jetzt ist er auf jeden Fall tot, ermordet von einem oder von mehreren Unbekannten. Was mich stutzig macht, ist, daß am Strand keine Spuren eines Handgemenges zu sehen waren. Wie erklärst du dir das, Ranulf? Wie konnte ein junger Mann, so robust und stark wie Cerdic Lickspittle, an den Strand und um seinen Kopf gebracht werden, ohne daß es zu einem Kampf kam? Es gibt keine Fußspuren, weder von ihm noch von seinem Mörder.« Corbett biß sich auf die Unterlippe und zog die Kapuze wieder über den Kopf. »Außerdem«, sagte er trocken, »würde ich gern wissen, was Lavinius Monck hier zu suchen hat. Nun, wir werden es bald herausfinden.«

Corbett umfaßte die Zügel wieder fester und trieb sein Pferd den Pfad das Kliff entlang weiter. Er vermied es, nach rechts zu schauen. Hier ging es, nur wenige Fußbreit entfernt, steil in die Tiefe. Ranulf folgte ihm vor sich hin murmelnd. Es wurde dunkler, und der Nebel verdichtete sich. Gelegentlich drehte sich Corbett um, um Ranulf zur Vorsicht zu mahnen. Er hielt sein Pferd an und schaute, als sie den unheimlichen Galgen erreichten, der zwischen dem Pfad und der Spitze des Kliffs aufragte, zu den Resten eines Stricks hoch, der von einem rostigen Eisenhaken herabhing.

»Haben sie hier die zweite Leiche gefunden?« fragte Ranulf.

»Offensichtlich«, entgegnete Corbett. »Die Frau des hiesigen Bäckers. Sie verschwand einfach von zu Hause. Am nächsten Morgen fand man sie hier am Galgen baumelnd. Ein unschuldiges Opfer, hingerichtet an einem Ort, wo normalerweise Mörder aufgeknüpft werden.« Corbett drehte sich um. »Wer ist zu so

etwas imstande, Ranulf? Wer käme auf die Idee, eine arme Frau so bestialisch zu ermorden?« Er schaute auf das Schafott, das ihn um mindestens fünf Fuß überragte.
»Ich vermute, daß sie bei Nacht ermordet wurde«, fuhr Corbett fort. »Aber warum ausgerechnet hier?«
Er schaute auf den Fuß des Galgens, stieg ab und warf Ranulf die Zügel zu. Etwas hatte seine Aufmerksamkeit erregt. Er kniete sich hin und hob von der Erde neben dem Galgen einen Strauß welker Wiesenblumen auf.
»Was ist los?« fragte Ranulf ungeduldig.
»Wer hat die hierhergelegt?« fragte Corbett.
»Wer wird das schon gewesen sein, Herr, der Ehemann der armen Frau oder jemand aus ihrer Familie.«
Corbett schüttelte den Kopf. Er schnupperte an den braunen, verfaulten Stengeln.
»Nein, sie liegen schon seit Wochen hier.«
»Vielleicht die Verwandten von einem hingerichteten Schwerverbrecher«, murrte Ranulf durch zusammengebissene Zähne. »Sir Hugh, um Himmels willen, ich erfriere! Ich habe schon kein Gefühl mehr in den Beinen und, was schlimmer ist, dazwischen!«
Corbett warf die Blumen zu Boden, wischte sich die Hände an seinem Umhang ab, ließ sich die Zügel geben und stieg wieder auf. »Soweit darf es wirklich nicht kommen, oder, Ranulf? Ein fürchterlicher Verlust für sämtliche Damen in London!«
Er gab seinem Pferd die Sporen. Ranulf streckte ihm hinter dem Rücken die Zunge heraus und trauerte im stillen um die dralle kleine Witwe – braunhaarig und fröhlich mit den süßesten Augen und weichsten Armen, die ihn jemals umfangen hatten. Er hatte sie in London kennengelernt und war gezwungen gewesen, sie zurückzulassen, weil Meister Langschädel, der jetzt vor ihm herritt, von König Edward den Befehl erhalten hatte, nach Norden zu ziehen.

»Ich hoffe«, murmelte Ranulf halblaut vor sich hin, »daß es ihm genauso kalt zwischen den Beinen ist wie mir!«
Er folgte seinem Herrn, der jetzt langsamer, im Trab, ritt, aus Sorge, sein Pferd könne den Halt oder die Richtung verlieren. Der Nebel war dichter geworden, und unterhalb von ihnen donnerte und krachte immer noch die wütende See. Die Ruinen der alten Eremitage kamen in Sicht. Das meiste lag jedoch hinter einer hohen Blendwand aus Sandstein verborgen. Corbett stieg der Geruch von Holzfeuer und Rinderbraten in die Nase. Sein Magen rumorte, und das Wasser lief ihm im Mund zusammen.
»Gehen wir hinein, Herr?« flüsterte Ranulf.
»Nein, nein.«
Corbett folgte dem Pfad, der um die Eremitage herumführte, und trieb sein Pferd zum Galopp an. Er wollte hier nicht verweilen, ehe er mit Sir Simon Gurney gesprochen hatte. Ranulf war ihm dicht auf den Fersen. Er war sich sicher, einen Ruf hinter sich gehört zu haben, aber Corbett gab ihm einen Wink, weiterzureiten, und sie trabten auf die Lichter von Mortlake Manor zu. Schließlich führte der Pfad weg vom Meer und dann etwas bergab. Ranulf hätte fast vor Freude gebrüllt, als das Tor des Herrenhauses mit flackernden Wandleuchtern darüber in Sicht kam.
»Wehe, wenn Maltote noch nicht hier ist!« rief er. »Ich hoffe, dieses faule Subjekt hat ihnen gesagt, daß wir auf dem Weg sind.«
»Keine Sorge«, entgegnete Corbett.
Ralph Maltote, der Kurier des Bevollmächtigten, hatte vielleicht nicht viel im Kopf, aber er war ein ausgezeichneter Reiter und besaß den Instinkt eines Jagdhundes, wenn es darum ging, sich auf den verschlungenen Straßen und Wegen Englands zurechtzufinden. Ranulf stieg ab und hämmerte gegen die kleine Tür, die in das Haupttor des Herrenhauses eingelassen war.
»Komm schon! Komm schon!« murmelte er. »Ich erfriere!«

Das Tor wurde weit geöffnet. Ein geschäftiger Diener schaute ihnen entgegen und bat sie, auf den großen gepflasterten Hof zu reiten, der vor dem befestigten Herrenhaus von Sir Simon Gurney lag. Stallburschen eilten herbei und nahmen ihre Pferde. Ein Diener ergriff ihre Satteltaschen, und der Diener, der sie empfangen hatte, führte sie durch das Hauptportal ins Haus. Sie folgten einem gewölbten Gang, in dem es süßlich duftete, an der betriebsamen Küche vorbei. Die Gerüche, die ihnen in die Nase stiegen, verstärkten nur noch Corbetts und Ranulfs Hunger. Schließlich erreichten sie die Halle. Hier erwarteten sie der grauhaarige Sir Simon Gurney und seine Frau Alice bereits.
Der alte Ritter, einer der früheren Gefährten des Königs, lächelte und erhob sich von seinem Stuhl neben dem Feuer. Seine zierliche, hübsche Frau stand ebenfalls lächelnd hinter ihm.
»Hugh! Hugh!«
Gurney drückte Corbett die Hand. Er betrachtete das finstere, ernste Gesicht des Bevollmächtigten und dessen ergrauende Schläfen, die Falten um den Mund und die Ringe um die Augen, die es nicht gegeben hatte, als sie sich zuletzt in Westminster begegnet waren.
»Ihr seht müde aus, Sir Hugh.«
»Ein schlechter Tag, Sir Simon. Kalt und ungemütlich. Ich hatte schon erfreulichere Ritte über Land.« Corbett schaute dem Ritter in sein wettergegerbtes Gesicht mit den weißen buschigen Brauen und Augen, die immer noch jung zu sein schienen, sowie einem gepflegten Schnur- und Backenbart. »Ihr fehlt dem König«, fuhr er fort. »Er schickt seine Grüße und seine besten Wünsche an Euch und«, er wandte sich an Gurneys Frau, »an Lady Alice.«
Alice, die mindestens 20 Jahre jünger war als ihr Mann, trat heran und reichte Corbett eine zierliche Hand zum Handkuß. Dieser berührte die Finger äußerst zaghaft und geriet leicht in

Verlegenheit, als Lady Alice seine Hand nahm und etwas zu fest drückte.
»Sehr erfreut, Hugh«, sagte sie mit ihrer tiefen und etwas heiseren Stimme.
Ihre dunkelbraunen Augen funkelten übermütig. Corbett ließ seinen Blick über ihre immer noch perfekte Erscheinung schweifen, den üppigen Mund, die schmale, fein geschwungene Nase, die gezupften Brauen und das dichte braune Haar, das jetzt teilweise von einem grünen und weißen Tuch verborgen wurde.
»Madame, Ihr seid wie immer zum Scherzen aufgelegt«, sagte er halblaut.
Er betete, daß Gurney nicht die Fassung verlieren würde. Alice geriet jedesmal seinetwegen etwas aus der Fassung. Corbett, der in Gesellschaft von schönen Frauen nie wußte, was er sagen sollte, war sich nicht klar darüber, ob er verlegen oder erfreut sein sollte. Ranulf-atte-Newgate hatte diese Probleme nicht. Nachdem Gurney ihm die Hand gedrückt und ihn mit freundlichem Spott begrüßt hatte – er meinte, Ranulf sähe immer noch aus wie ein Schurke –, sank Corbetts Diener auf ein Knie, um Alice die Hand zu küssen. Er hielt die Hand so lange fest, daß sie sie ihm schließlich lachend entzog und zu ihrem Stuhl am Kamin zurückging.
»Alles beim alten«, sagte Gurney trocken. »Ihr, Corbett, seid immer noch so schüchtern wie ein Kind in der Gesellschaft von Erwachsenen.« Er schob zwei Stühle zwischen seinen und den seiner Frau. »Ihr, Ranulf, seid wie früher, so unverfroren wie ein Klosterbruder auf Wanderschaft. Kommt, gebt mir Eure Mäntel!«
Er nahm sie entgegen und warf sie einem Diener zu. Corbett und Ranulf legten ihre Schwerter ab und hängten sie vorsichtig über Haken an der Wand.
Dann ließen sie sich auf die Stühle fallen, streckten die Beine

aus und genossen die gewaltige Hitze des offenen Kamins. Ein Diener brachte Posset, ein heißes Getränk aus Milch und Wein. Es wurde in Zinnbechern serviert, die mit Servietten umwickelt waren, da das stark gewürzte Gebräu mit einem rotglühenden Schürhaken erhitzt worden war. Corbett trank langsam, er genoß jeden Schluck und spürte, wie seine Glieder langsam auftauten. Ihm wurde warm, und er wurde schläfrig, wollte sich aber nicht durch Einschlafen lächerlich machen. Ranulf schmatzte und ließ erkennen, daß es ihm gutging. Corbett schaute sich in dem dunklen Turmzimmer um. Es war verschwenderisch möbliert, die Wände mit Wollstoffen und Vorhängen aus Damast bedeckt. Die Fenster waren verglast, einige sogar farbig. Im Kandelaber steckten echte Bienenwachskerzen. Hier gab man sich nicht mit Talglichtern oder billigen Öllampen zufrieden. Corbett fuhr mit der Hand über den mit Schnitzereien verzierten Stuhl: Eiche oder Esche, überlegte er, und das galt auch für die Schränke und anderen Stühle, die im Zimmer verteilt waren. Unter seinen Füßen die Teppiche und Matten waren aus reiner Wolle. Ein Page befreite ihn eilig von seinen Stiefeln. Corbett schaute auf und bemerkte das riesige schwarz-weiß-goldene Wappenschild Gurneys über dem Kamin. Darunter funkelte das Tafelsilber im Schein der Kerzen.
Gurney warf einen weiteren Holzklotz in das Feuer. In einer Kerbe steckten einige duftende Kräuter, und als die Flammen über den Block strichen und diese ansengten, verbreitete sich der Duft des Sommers im Zimmer. Corbett genoß sein Getränk und lauschte mit halbem Ohr Ranulfs launigem Bericht über ihre Reise. Von der anderen Seite des Kamins beobachtete ihn Lady Alice.
Ihr habt Euch verändert, dachte sie. Corbett war immer zurückhaltend, verschwiegen, auch schüchtern gewesen, aber jetzt entdeckte sie in seinen Zügen eine gewisse Härte. Die Lachfältchen um seinen Mund waren nicht so ausgeprägt wie früher,

und die dunklen Augen, die sonst immer so sanft gewesen waren, wirkten gehetzt.
Alice hatte von Corbetts zweiter Ehe mit der walisischen Prinzessin Maeve gehört und wußte, wie innig er seine Frau und seine Tochter Eleanor liebte. Ihr waren aber auch andere Gerüchte zu Ohren gekommen, daß der ergraute König Edward immer größere Ansprüche stellte, da er jetzt einen erbarmungslosen Krieg gegen die Schotten und mit seinem Rivalen, Philipp von Frankreich, einen Kampf um Leben und Tod führte. Corbett sah so aus, als würde er einen hohen Preis für all das zahlen. Daran konnten auch der Adelstitel und alle Ehren und alle Gunst, die der König ihm erwiesen hatte, nichts ändern. Alice überlegte, was er wohl schon alles hatte mit ansehen müssen, da spürte sie seinen Blick.
»Hugh, wollt Ihr Euch zur Ruhe begeben?«
»Danke nein, edle Dame. Vielleicht später. Ich muß mir noch bestimmte Dinge ansehen und Fragen stellen.«
Alice spürte, wie sich ihr Inneres vor Angst zusammenzog. Corbett war ihr Freund gewesen. Jetzt hatte dieser Mann mit seinen scharfen Augen, seiner Nachdenklichkeit und seinen scharfsinnigen Fragen andere Gründe für seinen Besuch. Er würde anfangen, nach der Wahrheit zu forschen. Trotz der Wärme des Zimmers fühlte Alice, wie es ihr kalt den Rücken herunterlief. Was würde dieser intelligente Bevollmächtigte herausfinden? Sie fing einen Blick ihres Mannes auf und schaute ihn warnend an. Dieser bemerkte ihre Sorge und schaute weg. Er hatte ebenfalls Angst. Der Besuch Corbetts erfüllte ihn mit größter Sorge. Er wünschte sich nichts sehnlicher, als mit Edwards Hof und Gefolge nichts zu tun haben zu müssen, um in Ruhe die fruchtbaren Felder bei seinem Herrenhaus bestellen, Schafe züchten und die Wolle gegen schwere Beutel Goldes nach Flandern exportieren zu können. Die Feldzüge des Königs gegen die Franzosen hatten dem allen einen Riegel vorgescho-

ben. Obwohl Edward und Philipp zumindest in der Theorie gerade Frieden miteinander hielten, war der Krieg dem Handel in der Praxis immer noch sehr abträglich. Gurney bekam wie viele andere die Folgen zu spüren. Jetzt war auch noch Corbett gekommen, der Hüter der königlichen Geheimnisse und, falls die Gerüchte stimmten, gleichzeitig das Gewissen des Königs.
»Eine verdammte Geschichte!« stieß Gurney hervor, ehe er sich noch eines Besseren besinnen konnte.
Corbett wärmte sich seine Hände am Kamin und wandte sich dann seinem Gastgeber zu.
»Was?«
Gurney lachte säuerlich. »Hugh, ich bin Euer Freund. Kommt mir nicht mit solchen Spitzfindigkeiten.«
Corbett lächelte entschuldigend und neigte den Kopf.
»Eine verdammte Geschichte«, wiederholte Gurney. »Eine Frau am Galgen, ein Diener geköpft am Strand. Gräber geplündert. Geschichten über Schwarze Magie, über Feuer an Wegkreuzungen, seltsame Geräusche mitten in der Nacht und Hexen, die durch die Luft fliegen. Und jetzt auch noch diese verdammten Pastoureaux!«
»Eine schwierige Zeit, da gebe ich Euch recht, Sir Simon.«
Corbett drehte sich hastig um. Lavinius Monck lehnte mit verschränkten Armen nachlässig gegen den Türrahmen. Corbett erhob sich und ging auf ihn zu.
»Lavinius!« Er streckte die Hand aus. »Wir haben uns monatelang nicht gesehen.«
Monck nahm die ihm entgegengestreckte Hand und tätschelte sie.
»Mein lieber Hugh«, lispelte er, seine glasigen Augen schauten unbeweglich.
Corbett trat einen Schritt zurück. Warum finde ich diesen Mann immer so unheilvoll, überlegte er. Lavinius war bedrohlich in schwarzes Leder gekleidet und erinnerte Corbett mit seinem

schwarzen fettigen Haar, glattrasierten säuerlichen Gesicht, seiner spitzen Nase und Augen, die nie zu schlafen schienen, an einen grausamen Raben. Lavinius schlug sich mit seinen ledernen Reithandschuhen auf die eine Handfläche und kam ins Zimmer.

»Sir Simon, Lady Alice.«

»Hattet Ihr einen guten Tag, Master Monck?«

Gurney erhob sich. Er hatte die Lippen zusammengepreßt und wirkte düster, was darauf schließen ließ, daß er den zurückhaltenden und verschlagenen Bevollmächtigten John de Warennes, des Earl of Surrey, ebenfalls nicht mochte. Monck lächelte, genauer gesagt, er verzog das Gesicht zu einer Grimasse, zog seinen Mantel aus und warf ihn auf eine Bank. Er ließ sich von einem Diener einen Becher Posset geben und setzte sich auf einen Stuhl, den ein weiterer Diener an das Halbrund vor dem Kamin herangerückt hatte. Er schlug die Beine arrogant übereinander und schnippte einige Schlammspritzer von seinen Knien. Dann starrte er mit einem irritierenden Lächeln ins Feuer, das darauf schließen ließ, er sei der Hüter eines großen Geheimnisses. Gurney füllte seinen Becher erneut aus einem Krug, der auf einer Anrichte stand, und gesellte sich dann wieder zu seinen Gästen. Er ignorierte, daß ihm seine Frau warnend eine Hand auf den Arm legte.

»Ich habe Euch eine Frage gestellt. Hattet Ihr einen guten Tag?«

Monck lächelte und nippte an seinem Becher.

»Sir Simon, für mich sind alle Tage gute Tage. Ich bin Euren Besitz abgeritten, habe fürchterlich schlechtes Ale in der Schenke im Dorf getrunken, und ich habe zugehört.« Sein Gesichtsausdruck wurde mit einem Mal hart. »Ich werde so lange zuhören und so lange weitersuchen, bis ich den Mörder meines Dieners Cerdic gefunden habe und ihn von Eurem Galgen auf dem Kliff baumeln sehe!«

»Und die Pastoureaux?« fragte Alice.

»Sind wie die Kaninchen in ihren Löchern verschwunden«, entgegnete Monck verächtlich. »Sie scheinen ihre Eremitage nie zu verlassen. Und Ihr, liebster Hugh, wie war Eure Reise?«
»Unbequem und kalt. Der König sendet Euch seine Grüße und der Earl of Surrey ebenfalls.«
Monck setzte sich auf seinem Stuhl zurecht, und seine Lederjacke knarrte. Trotz seiner schweren Kleider war dieser Mann vollkommen unempfindlich gegen die grausame Hitze des Feuers.
»Und warum seid Ihr hier, Hugh?« Monck starrte Ranulf an, und dieser schaute kühl zurück. »Warum durchstreifen Sir Hugh Corbett, der Hüter des Geheimsiegels des Königs, und sein ergebener, aber ziemlich liederlicher Diener Ranulf-atte-Newgate diese unwirtliche Region Norfolks?«
Corbett starrte in seinen Becher. Er haßte diesen Mann wirklich. Lavinius Monck war der wichtigste Bevollmächtigte des Earl of Surrey, ein Spion und ein professioneller Meuchelmörder. Er hatte in Cambridge studiert und sich einen Namen gemacht, was Gewissenlosigkeit und gleichzeitig unverbrüchliche Ergebenheit anging und eine Verschlagenheit, die jeden Fuchs hätte neidisch werden lassen. War John de Warenne die rechte Hand des Königs, dann war Monck der Dolch in dieser Hand. Corbett machte normalerweise einen Bogen um ihn, aber gelegentlich mußten sie auch zusammenarbeiten und Informationen austauschen.
»Warum, Hugh?« wiederholte Monck mit gespieltem Ernst.
Corbett öffnete die Brieftasche, die in seinem Gürtel steckte, und zog eine kleine Pergamentrolle daraus hervor. Monck ergriff diese begierig. Er brach das purpurrote Wachssiegel, rollte das Pergament auf und studierte es im Schein des Feuers.
»Gesiegelt vom König vor vier Tagen in Swaffham.« Er schaute auf und grinste. Seine weißen, ebenmäßigen Zähne erinnerten Corbett an die Jagdhunde des Königs. »Ich verstehe. Ihr sollt

mich unterstützen.« Er betonte das vorletzte Wort. »Versteht Ihr, was das heißt, Sir Hugh?«
»Ja«, entgegnete Corbett. »Aber wobei soll ich Euch denn unterstützen, Lavinius?«
Monck zuckte mit den Achseln, rollte das Pergament wieder auf und steckte es in den Ärmel seines Lederwamses. Er lehnte sich zurück, preßte die Fingerspitzen gegeneinander und starrte ins Feuer.
»Ah!« seufzte er. »Das ist die Frage, Sir Hugh. Es wird wohl das beste sein, wenn wir uns nicht allzusehr in die Quere kommen. Darauf hat der Earl of Surrey auch sehr bestanden.«
»Ich dachte, Ihr wäret wegen der Pastoureaux hier?« warf Gurney ein.
Monck lächelte. »Vielleicht, vielleicht auch nicht, Sir Simon. Das wird sich zeigen.«
Corbett versuchte, keine Miene zu verziehen, nahm einen Schluck von seinem Posset und trat Ranulf leicht vors Schienbein, um seinen Diener, der langsam wütend wurde, daran zu hindern, sich für ihn in die Bresche zu schlagen.
Gurney und seine Frau lehnten sich in ihren Stühlen zurück. Alice warf ihrem Mann einen flehenden Blick zu, kein Wort zu sagen. Corbett konnte sich kaum halten. Er konnte Moncks selbstgefällige Geheimniskrämerei nicht ertragen und war gleichzeitig wütend über den König, der ihn hierhergeschickt und ihm kaum etwas erzählt hatte. Corbett fiel es schwer, daran zu glauben, daß er nur hier war, weil Moncks Diener ermordet oder weil die Frau eines Bäckers gehenkt worden war. Die Pastoureaux waren da schon etwas anderes. Sie waren gefährlich. Seine Spione in Frankreich hatten ihm berichtet, daß diese Fanatiker mit ihren seltsamen Träumen und unheimlichen Visionen von Stadt zu Stadt zogen, den Weltuntergang vorhersagten und gewalttätige Übergriffe auf Juden, Ausländer und die armen Ausgestoßenen der Gesellschaft anzettelten. Jetzt waren

Gruppen von Pastoureaux, buchstäblich ganze Schiffe voll, in England eingetroffen. Anfänglich hielten sie sich noch ganz harmlos an unwirtlichen und wüsten Plätzen auf. Die Gruppe hier in Norfolk jedoch war immer größer geworden und hatte die Aufmerksamkeit der königlichen Bevollmächtigten auf sich gezogen. Anscheinend war Monck nach Norden geschickt worden, um einige Untersuchungen anzustellen.
Corbett rückte unangenehm berührt auf seinem Stuhl hin und her und versuchte, die halblauten Unterhaltungen um sich herum nicht weiter zu beachten. Monck, der zufrieden war, seine Bedeutung ins rechte Licht gerückt zu haben, hatte jetzt mit seinen Gastgebern eine oberflächliche Unterhaltung über Getreidesorten, Dorfskandale und die Erlaubnis, Ale zu brauen, begonnen. Corbett betrachtete den schwarzgekleideten Bevollmächtigten eingehend. Dieser hatte eine Schwäche: Er trank gern. Er trank Burgunder, Bier und Ale, wie ein Pferd Gras frißt, ohne daß das irgendeine Wirkung zeitigte. Corbett fragte sich, ob er nicht als Meisterspion des Königs etwas mehr Zeit darauf verwenden sollte, sich mit Monck zu beschäftigen, um seine Gewohnheiten und vielleicht weitere Schwächen kennenzulernen. Corbett mußte lächeln – Maeve zog ihn immer mit seiner eigenen Geheimniskrämerei auf und damit, daß er auch noch das scheinbar Unwichtigste genauer Prüfung unterzog.
Das Lächeln gefror ihm auf den Lippen. In dieser Angelegenheit war der König wirklich verschlagen und verschwiegen gewesen. Was hatte Monck in Wirklichkeit hier zu suchen? Einer von Corbetts Informanten im Schatzamt hatte berichtet, daß Monck mehrere Tage im Tower verbracht hatte, um Akten zu sichten und Informationen zu sammeln. Das war vor sechs oder sieben Wochen gewesen, nicht lange nach Michaeli. Monck war anschließend aus London verschwunden. Corbett hatte gerüchteweise gehört, daß er sich in Norfolk aufhalte, das aber unwichtig gefunden und nicht weiter beachtet. John de Warenne besaß

dort Ländereien, und Monck hatte sich schon oft für den Earl als Verwalter betätigt. Corbett schloß halb die Augen. Er nahm seinen Becher von einer Hand in die andere. Warum ausgerechnet das Schatzamt? Gott wußte, daß es dort nichts zu holen gab. Edward befand sich in außerordentlichen Geldschwierigkeiten: Er mußte die Reste seiner Flotte finanzieren und außerdem einen verlustreichen Krieg gegen den schottischen Aufrührer William Wallace führen, der große Verluste verursachte. Corbett zuckte zusammen, als er Moncks kalte Finger auf seiner Hand spürte.

»Hugh, Hugh, träumt Ihr?«

Der Bevollmächtigte rieb sich die Augen und lächelte Sir Simon entschuldigend an.

»Nein, nein, ich bin müde.«

»Hoffentlich nicht zu müde, Hugh«, sagte Gurney. »Wir geben heute abend zu Euren Ehren ein Bankett. Ich habe Gäste geladen, Father Augustine, unseren Dorfgeistlichen, und Lady Cecily, die Priorin des Holy Cross Convent, und unseren Medikus, Selditch. Mein Gefolgsmann Catchpole wird ebenfalls erscheinen.«

»In diesem Fall …«

Corbett erhob sich gerade, als Maltote mit zerzaustem Haar, den Schlaf noch in den Augen, in den Raum stürzte und Corbett flehend anschaute.

»Herr, es tut mir leid, ich wußte nicht, daß Ihr gekommen seid. Ich war nach oben gegangen und eingeschlafen.«

Corbett lächelte beim Anblick der unschuldigen und offenen Züge seines Kuriers.

»Mach dir keine Sorgen, Maltote.«

Corbett gab Ranulf ein Zeichen, ihre Stiefel und Mäntel mitzunehmen. Er verbeugte sich in Richtung der anderen und gestattete es Gurneys Verwalter, sie zu einer Wendeltreppe zu ihrem Zimmer zu führen. Maltote, der immer noch nicht ganz wach

war, hatte Schwierigkeiten, auf Ranulfs Spott zu reagieren, und hätte ohne Hilfe des Verwalters nicht wieder in das Zimmer zurückgefunden, das sie teilen sollten. Dieser erklärte, das Haus sei voller Besucher und Gäste, so daß nicht alle ein Einzelzimmer bekommen könnten. Corbett dankte ihm, drückte ihm eine Münze in die Hand und schloß dann leise die Tür hinter ihm.
In dem Zimmer standen drei Betten mit dicken Matratzen und schweren Keilkissen, die vermutlich mit Schwanenfedern gefüllt waren. Auf dem Holzfußboden lagen wollene Teppiche, und es brannten so viele Kerzen, daß sich Corbett an eine Kirche erinnert fühlte. Nach der strapaziösen Reise kam dem Bevollmächtigten dieser warme und süßlich duftende Raum äußerst luxuriös vor. Am Fußende eines jeden Bettes standen eine Truhe und außerdem an der Wand ein großer Schrank. An der Wand hingen zwei Gemälde: Christus' Auseinandersetzung mit dem Teufel in so leuchtenden Farben, daß sich der schwarze Versucher wirklich vor dem Gottessohn zu winden schien. Das andere war eine friedlichere Szene, eine junge Frau mit Stickerei vor einem Fenster mit Blick auf die tiefblaue See.
Ranulf und Maltote waren bereits in eine Unterhaltung vertieft. Sie saßen auf einer Bettkante und stöhnten über den kalten und unwirtlichen Landstrich, in den es sie verschlagen hatte. Die Diener hatten bereits ihre Satteltaschen ausgepackt. Corbetts Urkundenbeutel war natürlich unberührt: Er war mit Schnallen versehen und mit einem persönlichen Siegel gesichert. Corbett durchquerte das Zimmer und öffnete eines der Bleiglasfenster. Er kümmerte sich nicht weiter um Ranulfs Proteste und ließ die kalte Nachtluft hereinströmen. Ihr Zimmer lag offensichtlich zum Meer hin, denn das Rauschen des Meeres war schwach zu hören. Der Nebel hob sich. Er konnte einen Flecken Wasser erkennen und hörte schwach den Schrei der Möwen. Gerade schloß er das Fenster wegen der Kälte, als eine große Motte, die vom Licht angezogen worden war, hereinflatterte.

»Warum sind wir hier, Herr? Ich meine, warum sind wir wirklich hier?« Ranulf stellte die Frage für sich, aber auch für Maltote.
»Ich weiß es nicht«, entgegnete Corbett. »Ich weiß nur, daß der König und John de Warenne einen geheimen Plan haben, deshalb ist Monck auch hier. Wir werden es früher oder später schon erfahren.« Er starrte auf das Bleiglas. »In London ist es jetzt bereits dunkel. Maeve wird noch am Tisch sitzen. Und Uncle Morgan wird eine von seinen Geschichten erzählen.«
Corbett nagte an seiner Unterlippe. Maeves Onkel hatte nur ein paar Wochen bleiben wollen und wohnte jetzt schon fast ein Jahr bei ihnen. Der ausgelassene walisische Edelmann war immer voller Pläne, er stürzte sich begierig in die Londoner Gesellschaft und gab sich gern dem Genuß von Ale hin. Früher oder später torkelte er dann nach Hause und sang dann seine Großnichte, die kleine Eleanor, mit einem walisischen Wiegenlied in den Schlaf.
»Eigentlich sollte ich jetzt dort sein«, sagte Corbett halblaut.
»Wie bitte, Herr?«
Corbett machte sich nicht die Mühe, sich umzudrehen, sondern schüttelte nur den Kopf. Ranulf verzog das Gesicht und blinzelte Maltote zu.
»Der alte Meister Langschädel hat wieder eine von seinen Launen!« flüsterte er.
Zur Abwechslung hatte Ranulf einmal recht. Corbett machte sich Sorgen. Er hatte zuviel Zeit getrennt von Maeve und seiner Tochter verbracht. Oh, seine Frau wurde damit ohne Schwierigkeiten fertig. Sie kümmerte sich um ihre Geschäfte, und ihre Gerissenheit machte sie zum Schrecken aller Kaufleute. Das Gut Leighton hatte reiche Ernten zu verzeichnen. Aber der König wurde alt, und seine Launen gestalteten sich immer unberechenbarer und grausamer. Und wenn er starb, was dann? Würde der Prinz von Wales mit seiner Leidenschaft für Jagd, Musik und hübsche junge Männer die Dienste von Corbett

immer noch benötigen? Der Krieg mit Frankreich würde ein Ende nehmen – der Prinz war bereits mit der Tochter Philipps IV., Isabella, verlobt. In Schottland würde Wallace früher oder später geschlagen werden – es war nur noch eine Frage der Zeit, wann die Truppen des Königs ihn fangen und dann töten oder zur Hinrichtung nach Süden bringen würden.
Vielleicht sollte ich die Dienste des Königs jetzt verlassen, dachte Corbett, sollte dem Beispiel Gurneys folgen und mich auf mein Gut zurückziehen, die Felder bestellen und Schafe züchten, Kaufmann werden und die Wolle an die Webstühle Flanderns verkaufen. Er mußte lächeln. Als er das einmal zu Maeve gesagt hatte, hatte diese sich vor Lachen nicht mehr halten können, sie war auf die Kissen zurückgesunken, ihr blondes Haar lag fächerförmig um ihren Kopf. Sie hatte so sehr gelacht, daß Corbett sie nicht einmal mehr durch Küssen zur Ruhe hatte bringen können. »Du als Bauer!« hatte sie mit Spott in der Stimme zu ihm gesagt. »Das kann ich mir wirklich vorstellen. Du würdest Berichte schreiben, wie sich die Böcke aufführen, wie die Äpfel gedeihen und ob sich der Obstgarten wirklich an der besten Stelle befindet.«
»Gelegentlich habe ich meine Arbeit einfach satt«, hatte er damals hitzig erwidert.
Maeve war ernst geworden. Sie hatte in dem Himmelbett gelegen und die Decken enger um sich gezogen.
»Gefällt dir deine Arbeit nicht, Hugh? Du haßt vielleicht die Aufgaben, die der König dir zuteilt, aber möglicherweise bist du deswegen so geeignet für sie.« Sie hatte sich zu ihm hinübergebeugt und das gegerbte Gesicht ihres Mannes in beide Hände genommen. »Was immer du sagen magst, Hugh Corbett, du bist besessen vom Drang, die Wahrheit herauszufinden und ...«
»Und was?« hatte er sie unterbrochen.
Maeve hatte nur gekichert.
»Wie Ranulf sagt, du hast einen sehr langen Schädel!«

Corbett schaute auf, als die Motte gegen die Fensterscheibe schlug.

»Es ist sehr dunkel«, murmelte er. »Gott allein weiß, wann wir wieder Licht sehen.«

Ranulf sah ihn seltsam an. Er fragte sich, ob sein Herr über das Wetter sprach oder über die Geheimnisse, denen sie sich gegenübersahen.

Kapitel 2

Marina rannte um ihr Leben. Sie hatte die Augen aufgerissen, ihr Herz schlug ihr bis zum Hals, ihr Mund war trocken. Der eiskalte Stechginster schlug an ihre Beine und verfing sich in ihrem braunen Umhang. Sie blieb schwer atmend stehen und verfluchte den Nebel. Dann drehte sie sich um wie ein verängstigtes Reh.

»Wohin soll ich nur gehen?« Sie stöhnte.

Der Nebel um sie herum wurde dichter. Sie ließ sich auf alle viere fallen und rang nach Atem. Sie mußte sich in Sicherheit bringen, kauerte wie ein wildes Tier in der Dunkelheit und spitzte die Ohren. Eine Eule, die auf den flachen Landzungen jagte, stieß einen düsteren Schrei aus, und eine Füchsin, die in der Nähe des Dorfes umherstreifte, jaulte den nebligen Himmel an.

Die junge Frau leckte sich über ihre trockenen Lippen. Wohin sollte sie gehen? Die Dörfler würden sie davonjagen. Father Augustine? Er würde sie nur anbrüllen. Vielleicht sollte sie doch zur Eremitage zurückkehren! Dort würde man ihr möglicherweise helfen, wenn sie ihren Freunden erzählte, was sie wußte. Aber in welcher Richtung lag die Eremitage nur? Sie schaute sich um und erinnerte sich lebhaft an früher, als sie mit den anderen Kindern des Dorfes auf dem Kliff Feen und Elfen gespielt hatte. Sie hatten die Augen geschlossen und sich ihre Paläste vorgestellt. Aber was sollte sie jetzt tun? Sie ging weiter und erstarrte. Hinter ihr knackte ein Zweig.

»Marina!« rief eine Stimme leise. »Marina!«

Sie konnte es nicht länger ertragen. Sie rannte einfach los, es war ihr gleichgültig, ob sie in einen Teich fiel oder in einen Sumpf geriet. Solange sie rannte, war sie sicher. Der Boden unter ihren Füßen schien jedoch auf einmal zum Leben zu erwachen. Das Dornengestrüpp und der Ginster kratzten wie grausame lange Fingernägel an ihren Knöcheln. Sie sah in der Ferne ein Licht und hätte vor Freude schreien mögen. Ihre Beine wurden schwer. Sie rannte, aber ein Ginsterbusch verfing sich um ihren Knöchel wie eine Schlinge. Sie fiel auf die harte, kalte Erde. Sie versuchte gerade wieder auf die Füße zu kommen, als sie hinter sich die leichten Schritte hörte. Sie drehte sich noch halb um, da zog sich schon eine Schlinge um ihren Hals zusammen.

Das laute Klopfen des Verwalters rief Corbett und seine beiden Gefährten in die herrschaftliche Halle. Gurneys Diener hatten die große Tafel in der Mitte des Raumes gedeckt. Auf der grünen Tischdecke aus schwerem, golddurchwirktem Seidenstoff standen zweiarmige Leuchter, die ein behagliches Licht verbreiteten. Es duftete angenehm süßlich, aromatische Kräuter lagen in Tongefäßen unter der Tafel und waren außerdem auf das lodernde Feuer gestreut worden und auf die kleinen Kohlenbecken, die in den Ecken standen. Auf dem Boden lag einer der kostbarsten Teppiche, die Corbett je gesehen hatte. Kostbare türkische Stoffe, Wimpel mit Wappen und leuchtende Banner hingen von der Stichbalkendecke. Statt des Steinguts und der Zinnlöffel, mit denen sonst gedeckt wurde, zierten den Tisch Silberteller, goldene Messer und edelsteinbesetzte Gewürzdosen.
Gurney und seine Frau hatten sich umgezogen. Alice trug jetzt ein braunrotes Kleid, dessen hoher Kragen ihren schwanenhaften Hals noch betonte. Es wurde von einer Goldkordel in der Taille zusammengehalten. Eine Haube aus dichter Gaze verbarg ihr wunderschönes Haar. Sie war mit einer Silberschnur befe-

stigt. Sir Simon trug ein rotbraunes Gewand, grüne Beinkleider und braune Lederstiefel. Das Gewand war vorne mit grüner Seide verziert und geschlitzt, die Ärmel waren aus dunkelblauem Taft. Corbett hoffte, daß er und seine beiden Getreuen dem kritischen Blick der Gesellschaft standhalten würden. Er kam sich in seinem dunkelbraunen Wams eher nachlässig gekleidet vor, bis er Monck erblickte, der wie gewöhnlich ganz in Schwarz erschienen war.

Diener wiesen sie zu ihren Plätzen. Der Verwalter blies auf einem silbernen Horn, und während einige fahrende Sänger auf einer Galerie am anderen Ende der Halle Musik machten, trugen Gurneys Gefolgsleute das Essen auf. Als erstes brachte der Verwalter das Salzfäßchen aus Silber und verbeugte sich dreimal vor seinem Herrn, ehe er es in die Mitte der Tafel stellte. Hinter ihm kam der Bäcker mit mehreren Tabletts kleiner Weißbrote. Auf ihn folgte ein Mundschenk, der eine große Kanne mit zwei Henkeln in Händen hielt, randvoll mit Wein. Er probierte und setzte die Kanne vor seinem Herrn ab. Gurney und seine Gäste wuschen sich die Hände in Schalen mit Rosenwasser und trockneten sie sich hastig an den Handtüchern ab, die die Diener über dem Unterarm hängen hatten. Erst dann stellte Gurney seine anderen Gäste vor. Father Augustine war ein großer, noch jugendlich wirkender Geistlicher mit blonden Haaren und einem bleichen Gesicht. Er hatte durchdringende grüne Augen und eine schwach gebogene Nase über schmalen Lippen und einem markanten Kinn. Er machte auf Corbett den Eindruck ruhiger Autorität. Die Priorin, Lady Cecily, war klein und beleibt, ihr rundes Antlitz wurde von einer gestärkten Haube und einem goldgesäumten graublauen Schleier umrahmt. Ein frohes Gemüt, überlegte Corbett, mit Grübchen in den Wangen, einem fliehenden Kinn und Stupsnase. Ihre dunklen Augen waren jedoch klug und klein, ihr Mund bestimmt, und Corbett kam zu dem Schluß, daß sie in dem Kloster, das sie leitete, so entschlossen auftrat wie jeder weltliche Herr. Schließlich saß da noch Adam Catchpole, der wichtigste Gefolgsmann Gurneys, ein Veteran aus den Kriegen des alten Königs, ein zäher, schweigsamer Mann mit harten Augen und Gesichtszügen, die aus Granit gehauen schienen. Catchpole kratzte sich sein kurzgeschnittenes, ergrauendes Haar und spielte mit seinem silbernen Teller und seinem Messer, als fühlte er sich in so verschwenderischer Umgebung unwohl.

Als alle einander vorgestellt waren, klopfte Gurney auf den Tisch und forderte Father Augustine auf, das Tischgebet zu sprechen. Der Geistliche trug es in einer hohen nasalen Stimme vor. Er beherrschte sein Latein ausgezeichnet und sprach das Gebet schnell, ohne sich ein einziges Mal zu besinnen. Dann traten die Diener herein und servierten Rind und Hammel mit Oliven gekocht, auf dem Rost gebratenes Wildbret, das mit braunem Zucker gesüßt und mit Zitronensaft, Zimt und Ingwer gewürzt war, und auf dem Spieß gegartes Huhn mit Rosinen gefüllt. Die Diener schenkten die Becher vor jedem Gast ständig nach. Corbett nippte nur vorsichtig, Ranulf und Maltote tranken und aßen jedoch, als sei dies ihre letzte Mahlzeit.

Anfänglich bewegte sich die Unterhaltung in allgemeinen Bahnen. Monck saß etwas unruhig neben Corbett und trommelte mit den Fingern auf den Tisch. Nach einigen Minuten hob er seinen Becher und schaute Gurney an, der in einem Stuhl mit einer hohen Rückenlehne saß.

»Sir Simon, Eure Gastfreundschaft ist überwältigend, aber morgen müssen Sir Hugh und ich uns dann wirklich um unsere Angelegenheiten auf Eurem Besitz kümmern!«

Gurney stellte seinen Becher hin und versuchte, seine Verärgerung zu unterdrücken.

»Ihr meint die Pastoureaux?«

Seine Worte brachten alle zum Schweigen.

»Ja, die Pastoureaux.«
»Aber warum gerade jetzt? Ihr habt sie doch schon früher getroffen«, sagte Gurney.
»Ich habe sie aus der Ferne beobachtet«, entgegnete Monck, »und mit ihrem Führer, Master Joseph, gesprochen, war jedoch noch nie in der Eremitage.« Er lächelte süßlich und schaute Corbett von der Seite an. »Vielleicht könnte mir Sir Hugh morgen zu einer Einladung verhelfen?«
»Warum interessiert Ihr Euch für die Pastoureaux?«
Father Augustine hatte sich vorgebeugt und nagte gerade sorgfältig ein Hühnerbein ab. Er hatte nur wenig getrunken und gegessen und bisher kaum etwas zu der Unterhaltung beigetragen.
»Warum nicht?« gab Monck kurz angebunden zurück. »Wer hätte sonst meinen Getreuen Cerdic umbringen sollen? Ich wette ebenfalls darauf, daß sie bei dem Mord an der Bäckersfrau eine Hand im Spiel hatten.«
»Welchen Beweis habt Ihr dafür?« fragte Father Augustine.
»Irgend jemand muß sie halt umgebracht haben!« Die Stimme kam von der Tür, in der ein kahlköpfiger Mann mittleren Alters mit einem roten Gesicht stand und sich die Kapuze seines Mantels aus dem Gesicht strich.
Gurney lächelte und erhob sich.
»Giles! Willkommen!«
Er gab seinem Verwalter ein Zeichen, einen weiteren Stuhl und ein Gedeck für den Neuankömmling zu bringen. Dieser setzte sich sofort und griff nach einem kleinen Laib Brot, von dem er Stücke abriß und hungrig verzehrte. Er schluckte hastig und wandte sich dann an Gurney.
»Ich bitte vielmals um Entschuldigung«, stieß er mit vollem Mund hervor, »aber Kinder haben die unangenehme Eigenschaft, immer im unpassendsten Augenblick zur Welt zu kommen.«

»Seid Ihr im Dorf gewesen?«
»Ja, und ich dachte schon, ich würde bei diesem Nebel nie wieder den Weg zurückfinden.«
Gurney schlug leise in die Hände. »Entschuldigt, Hugh. Darf ich Euch Master Giles Selditch vorstellen, einen Freund der Familie, von Beruf Arzt? Er lebt hier im Herrenhaus, und das ist mehr im Interesse meiner Gesundheit als in seinem.«
»Ich bitte Euch«, sagte der Doktor geschmeichelt. »Wer würde sich sonst um einen alten Arzt kümmern, wenn Ihr das nicht tätet? Sir Hugh, kommt Ihr aus London?«
»Ja, Sir.«
»Habt Ihr Neuigkeiten?« Alice lächelte Selditch vom anderen Ende der Tafel zu. »Wer hat ein Kind bekommen?«
»Die Frau des Vogts. Einen gesunden Knaben. Ich glaube, sie wollen ihn Simon taufen lassen, aus Hochachtung für Euren Gemahl.«
»Und die Mutter?«
»Riccalda? Noch etwas schwach, aber der neuerworbene Reichtum ihres Ehemannes wird schon Sorge dafür tragen, daß sie die beste Pflege bekommt.«
Auf die Worte des Arztes folgte ein betretenes Schweigen, als hätte er sich verplappert.
»Wir sprachen von den Pastoureaux«, sagte Monck unvermittelt. »Master Giles, habt Ihr irgendwelche Verbindungen zu ihnen?«
Selditch ließ sich auf seinen Stuhl zurücksinken und breitete die Hände aus.
»Kaum, und wie ich Euch schon früher gesagt habe, kann ich nur danach urteilen, was ich sehe. Ich habe ihnen Medizin gebracht, Kräuter, Salben und eine Reihe Umschläge.«
»Und?« Monck schaute hinterlistig zu Corbett hinüber. »Kommt schon, klärt die Neuankömmlinge auf!«
»Sie scheinen gottesfürchtige und friedliebende Leute zu sein.

Ihr Führer ist Master Joseph, aber der wirkliche Drahtzieher heißt Philip Nettler.«
»Ihr könnt Euch also mit ihrem Glauben identifizieren?« fragte Lady Cecily. Ihr Tonfall machte deutlich, daß ihr diese Frage wichtig war.
Der Doktor zuckte mit den Achseln und nippte an seinem Becher.
»Er unterscheidet sich vielleicht von Eurem, edle Dame.«
»Aber dort leben doch Männer und Frauen zusammen!« erwiderte die Priorin mit vor Entsetzen weit aufgerissenen Augen.
»In Frankreich«, entgegnete Selditch, »sind solche Ordenshäuser an der Tagesordnung. Eine Gruppe von Brüdern in einem Gebäude, eine Gruppe von Schwestern in einem anderen.« Er lachte und steckte sich eine Traube in den Mund. »Gelegentlich treffen sie sich, gelegentlich auch nicht.«
»Sie scheinen mir wirklich harmlos zu sein«, mischte sich Father Augustine ein. »Ich habe in der Eremitage einige Male die Messe gelesen. Die Pastoureaux kleiden sich schlicht in braune Gewänder und Sandalen. Sie bitten um Almosen und leben von Zuwendungen. Im übrigen scheinen sie zu beten und viel miteinander zu sprechen.«
»Wie viele sind es?« fragte Corbett.
Der Geistliche verzog das Gesicht.
»Die Zahl ändert sich ständig, andere kommen, einige gehen, es sind jedoch nie mehr als vierzehn oder sechzehn.«
Corbett betrachtete den Weinbecher in seiner Hand.
»Wie lange sind die Pastoureaux schon in dieser Gegend?« fragte er Gurney.
»Ungefähr sechzehn Monate. Master Joseph und sein fähiger Gehilfe Philip Nettler kamen Anfang des Herbstes hierher. Sie entdeckten die alte Eremitage und fragten, ob sie dort leben könnten. Sie versprachen, für mich und die Meinen keine Bedrohung darzustellen.« Gurney zuckte mit den Achseln. »Ich

erlaubte ihnen also zu bleiben. Sie züchten ihre eigenen Kräuter und halten ein paar Schweine und Hühner. Ich war in der ersten Zeit gelegentlich dort und habe nichts Verdächtiges bemerkt. Sie haben eine behelfsmäßige Kapelle und ein Refektorium für alle. Wenn das Wetter gut ist, ziehen sie zur Landstraße und betteln.«

»Und die Leute aus dem Dorf?«

»Anfänglich waren sie mißtrauisch. Es stellte sich jedoch heraus, daß die Pastoureaux, besonders Master Joseph und Philip Nettler, ehrliche und fleißige Leute waren, so daß die Bewohner des Dorfes sich schließlich mit ihnen abfanden. Einige junge Männer und Frauen aus dem Dorf haben sich den Pastoureaux angeschlossen und sind mit ihnen weitergezogen ...«

»Weitergezogen?« unterbrach ihn Ranulf. »Edler Herr, warum sollten sie überhaupt reisen?«

Alice antwortete ihm. »Sie haben eine Vision«, sagte sie. »Sie glauben, daß die Wiederkehr Christi unmittelbar bevorsteht. Wenn sie ihre Seele gereinigt und sich ausreichend vorbereitet haben, dann wandern sie nach Hull oder zu einem anderen Hafen und nehmen von dort ein Schiff nach Outremer. Laut Master Joseph sollen sie sich in der Nähe des Ölbergs versammeln, dort wird Christus bald in einem Feuerwagen erscheinen.«

»Und das glauben sie?« spottete Ranulf.

»Warum nicht?« sagte Alice. »Es gibt doch wohl ähnliche Bewegungen in ganz Europa.«

»Aber zweifelt das denn niemand an?« beharrte Ranulf.

»Die Pastoureaux sind auch zu mir gekommen«, wandte sich Lady Cecily an ihn. »Wir haben ihnen Kleiderstoff, Wein und Essen gegeben. Dafür arbeiten sie auf unseren Ländereien, in unseren Gemüse- und Obstgärten, wie eben bei Sir Simon auch. Ihre Gemeinschaft befindet sich in ständiger Veränderung, die jungen Männer und Frauen scheinen jedoch voller Hoffnung zu sein. Sie halten sich einige Wochen lang in der Eremitage auf, Father Joseph nennt das die Periode der Purifikation, dann werden sie von ihm oder von Master Philip zum nächsten Hafen gebracht. Sie erhalten Geld, Papiere, Kleider zum Wechseln und einige Lebensmittel, und dann segeln sie davon.« Sie zuckte mit den Achseln. »Sie machen auf mich einen ehrlichen Eindruck. Sie besitzen alles gemeinsam, und alles, was sie verdienen, kommt in die gemeinsame Kasse.«

Sie lächelte Ranulf an, und der Diener bemerkte den lüsternen Ausdruck ihrer Augen.

Heißblütig, dachte er und mußte lächeln, vielleicht wäre ein Besuch bei den guten Stiftsdamen kein Fehler. Ranulf prahlte oft Maltote gegenüber: »Ich bin ein geborener Gauner, und ich merke sofort, wer ebenfalls ein Gauner ist.« An diesem Abend herrschte an ihnen jedenfalls kein Mangel, und er überlegte sich kurz, während er noch der Priorin tief in die Augen schaute, was Meister Langschädel wohl von dem allen hielt.

»Die Frauen reisen ebenfalls ins Ausland?« fragte Corbett.

»Warum nicht?« entgegnete Father Augustine. »Was hat ein junges Mädchen schon in einem Bauerndorf zu erwarten? Harte Arbeit und eine Heirat mit einem Tölpel. Die vielen Schwangerschaften haben sie schon halb umgebracht, wenn sie nicht einmal zwanzig Lenze zählt. Den jungen Männern ergeht es nicht viel besser, sie sind entweder an den Pflug gekettet oder werden für den König in den Krieg nach Schottland geschickt.«

»Ich mag sie einfach nicht«, warf Adam Catchpole ein. Er verschränkte seine kräftigen und muskulösen Arme bedächtig auf der Tischplatte. »Ich mag weder Philip Nettler noch diesen heiligen Master Joseph. Beide sind sie Tagediebe! Ich komme aus einem Dorf wie diesem.« Seine rauhe Stimme wurde plötzlich lauter. »Ich habe mit diesen Sekten schon früher zu tun gehabt! Sie erzählen diesen Einfaltspinseln, daß Jerusalem um die Ecke oder hinter dem nächsten Hügel liegt, und das stimmt einfach nicht!« Er schaute Corbett an. »Und Ihr wißt das, oder, Sir Hugh? Sonst wäret Ihr und Master Monck auch nicht hier.«

»In gewisser Weise, ja«, entgegnete Corbett gelassen. Er hielt inne, und ein Diener füllte seinen Becher nach. »Die Bewegung der Pastoureaux«, fuhr er fort, »entstand in Frankreich. Der Name bedeutet Hirten. Sie wurden vor etwa fünfzig Jahren von einem abtrünnigen Mönch mit Namen Jacob organisiert, der sich seltsamerweise Meister von Ungarn nannte.« Corbett nippte an seinem Becher. »Meinen Berichten zufolge, behauptete Jacob, sei ihm in einer Vision befohlen worden, die Armen zu sammeln wie die Hirten von Bethlehem und sie in das Heilige Land zu schicken, wo sie die Wiederkehr Christi abwarten sollten. Unglücklicherweise zog er das menschliche Strandgut der Gesellschaft an, abtrünnige Geistliche, Prostituierte, Diebe, Mörder und Vogelfreie. Jacob teilte sie in Truppen ein, und statt nach Jerusalem zu ziehen, fingen sie an wie die Söldner vom Land selbst zu leben. Wer sich ihnen widersetzte, bekam eine Axt über den Kopf, andere wieder, besonders Geistliche, wurden erstochen oder in Flüssen ertränkt. Diese Pastoureaux griffen die Juden an und faßten nach einigen Jahren den Entschluß, daß ihre Hauptaufgabe darin bestehe, die Geistlichkeit auszurotten, also Priester, Bischöfe und sogar den Papst selbst, und außerdem gründeten sie eine neue Kirche. Dann kam diese Bewegung über den Rhein nach England. Jede Gruppe der Pastoureaux unterscheidet sich von der anderen. Einige sind gewalttätig, andere, wie die Gruppe in der Eremitage, friedlich. Sie führen ein einfaches Leben und erheben gegen keine Menschenseele die Hand. Der König macht sich jedoch Sorgen.« Corbett schaute über die Tafel hinweg Father Augustine an. »Er hat nicht die Absicht, unschuldige Menschen zu behelligen, aber eine ähnliche Gruppe von Pastoureaux hat in Shoreham in

Sussex eine Schlägerei organisiert, bei der ein königlicher Beamter getötet wurde.« Er zuckte mit den Achseln. »Deswegen sind wir in Hunstanton.«
»Ich finde immer noch, daß die Leute in der Eremitage nur für Ärger sorgen«, wandte Catchpole ein. »Zu viele seltsame Dinge sind hier in der Gegend passiert, seit sie hier sind.«
»Zum Beispiel?« fragte Ranulf mit gespielter Unschuld und stieß Maltote an, der bereits so viel getrunken hatte, daß er drohte einzuschlafen.
Catchpole war ebenfalls ziemlich betrunken. Sein Gesicht mit den harten Zügen war gerötet, und er schlug mit der Faust, wenn auch vorsichtig, auf den Tisch. »Bin ich der einzige hier, der es wagt, den Mund aufzumachen?« fragte er und streckte eine Hand aus, mit dem Daumen nach oben. »Wir hatten es doch mit Grabräubern zu tun, oder, Father Augustine?«
Der Geistliche nickte ernst.
»Was meint Ihr?« fragte Corbett.
»Die Grabruhe auf unserem Kirchhof ist in der Tat gestört worden«, antwortete der Geistliche. »Särge, die schon seit Jahren dort lagen, sind ans Licht gezerrt, zerhackt und der Inhalt verstreut worden, wie die Abfälle von einem Schlachthof. Der Himmel weiß, wer so etwas tut! Vielleicht Hexen oder Hexenmeister, die Lords of the Crossroads oder Masters of the Black Sabbath, oder wie immer sie sich nennen. Sir Simon und ich haben für Wachen gesorgt, die Täter wurden jedoch nie gefaßt.« Father Augustine seufzte tief. »Ich habe die Mitglieder der Gemeinde gewarnt. Wenn wir die verantwortlichen Gotteslästerer zu fassen kriegen, werde ich sie nach allen Regeln der Kunst exkommunizieren!«
»Andere Dinge sind ebenfalls vorgefallen«, unterbrach ihn Catchpole. »Ich habe Schiffe gesehen, die sich bei Nacht der Küste näherten und mit Laternen Signale gaben, wem, das wissen die Götter.«

»Glaubt Ihr, daß die Pastoureaux damit zu tun haben?« fragte Selditch.
»Im Herbst«, fuhr Catchpole fort und beachtete die Frage nicht weiter, »bin ich bei klarem Wetter hinaus auf die Landzunge gegangen. Ich konnte die Schiffe sehen, genaugenommen nur ihre Lichter, aber keine Signale, keine Antwort von Land!«
»Aber die Pastoureaux verlassen ihr Lager nie bei Nacht«, versicherte Father Augustine. »Hier handelt es sich um Schmuggler.« Er lächelte Gurney entschuldigend an. »Ich will Euch damit nicht zu nahe treten, Sir Simon, aber an der Küste hier wimmelt es nur so von ihnen. Schiffe aus Boston, Bishop's Lynn, Ipswich und Yarmouth. Ein schwunghafter Handel. Trotzdem hat Master Catchpole recht. Seltsame Dinge passieren hier«, er sah die Priorin hinterhältig an, »wie beispielsweise der Tod einer Schwester Eures Ordens, Lady Cecily.«
Die Priorin spitzte die Lippen und rümpfte die Nase, so als wolle sie über diese Angelegenheit nicht sprechen.
»Eine Eurer Nonnen?« fragte Corbett.
»Ja«, sagte Monck boshaft. »Es hat den Anschein, als hätte Lady Agnes, die Schatzmeisterin des Klosters, die Gewohnheit gehabt, nachts auf der Landzunge spazierenzugehen. Offensichtlich glitt sie bei einem dieser Spaziergänge aus und fand auf den Felsen unterhalb des Weges den Tod.«
»Und dann«, warf Selditch ein, »sind da natürlich noch die Morde.« Sein gerötetes Gesicht und seine funkelnden Augen legten Zeugnis davon ab, wie sehr er diese Aufzählung der Katastrophen genoß. Er hätte vielleicht auch noch mehr gesagt, aber in diesem Augenblick blies der Verwalter auf seinem Silberhorn, und Diener brachten heiße, mit braunem Zucker kandierte Äpfel, die mit Zimt gewürzt und mit dicker Sahne angerichtet waren, und außerdem Teller mit Konfekt, kandierten Früchten und Marzipan. Gurneys andere Gäste nahmen ihre Unterhaltung wieder auf, und Ranulf stieß seinen Herrn an.

»Eine schöne Bescherung«, flüsterte er. »Wer hätte gedacht, Herr, daß eine so ehrenwerte Gesellschaft so viel zu verbergen hätte?«

Lady Cecily spitzte ihre Ohren, um zu lauschen, so daß Corbett zur Antwort einfach nur den Kopf schüttelte. Ich bin nicht überrascht, dachte er, und ließ seinen Blick über die Tafel schweifen. Wo immer Reichtum, Macht und menschliche Schwäche zusammenkommen, wird man alle Arten von Verbrechen, Vergehen und traurigen Affären finden. Am königlichen Hof verkauften sich hochadelige Damen für eine Gunst, und hohe Geistliche verbargen in Liebesnestern blutjunge Mädchen oder Knaben mit weichen Händen und runden Hintern.

Schließlich gingen die Diener wieder. Gurney versuchte die Unterhaltung auf ein anderes Thema zu lenken, indem er Corbett nach den Fortschritten des Krieges in Schottland fragte, aber Selditch, der ziemlich betrunken und übermütig war, brachte die Rede wieder auf die nicht lange zurückliegenden Morde.

»Der Mord an der Bäckersfrau«, sagte er in herausforderndem Ton, »ist ein Rätsel, daß selbst für Euch schwer zu lösen sein wird, Sir Hugh.«

»Ich werde Sir Hugh darüber und über die anderen Todesfälle in Kenntnis setzen, wenn ich finde, daß es dafür an der Zeit ist«, sagte Lavinius Monck leise und warnend.

»Pah!« sagte Selditch nur. »Das ist ein makabres Rätsel. Hier haben wir eine gute Ehefrau, ein hübsches junges Ding: flachsblondes Haar, großer Busen, stattliche Hüften und ein Mund wie ein Engel. Sie verläßt das Haus in der Abenddämmerung unbemerkt von ihrem Ehemann, sattelt das einzige Pferd und reitet hinaus auf die Landzunge. Am nächsten Morgen wird ihre Leiche gefunden. Sie baumelt vom alten Galgen.«

»Giles, hört auf!« befahl Alice.

»Nein! Nein!« Selditch hatte die Hand erhoben. »Das Rätsel, Sir

Hugh, ist folgendes: Obwohl die Erde unter dem Galgen naß und lehmig war, wurden nur die Hufspuren ihres eigenen Pferdes gefunden. Außerdem sahen die Dorfbewohner die Dame zum Dorf zurückreiten, wiewohl nur das Pferd allein wieder zur Bäckerei zurückkehrte.«

»Stimmt das?« fragte Corbett.

»Ja, ja«, gab Monck kurz angebunden zu. »Alles scheint darauf hinzudeuten, daß die Frau des Bäckers zum Galgen ritt, sich erhängte und dann irgendwie ihr Pferd zum Rand des Dorfes zurückritt.«

»Dann ist da noch der Tod Eures Getreuen«, warf der Doktor hinterhältig ein.

»Ach ja, der arme Cerdic.« Monck lächelte säuerlich. »Er brach von hier am Spätnachmittag auf. Am nächsten Morgen wurde sein geköpfter Leichnam am Strand gefunden. Sein Kopf war auf einen Pfosten gespießt. Wieder gab es keine Fuß- oder Hufabdrücke und keinerlei Spuren einer Auseinandersetzung.«

»Genug!« Gurney schlug mit der Faust auf den Tisch und schaute warnend zu Selditch hinüber. »Hugh, Ihr habt Euch in Swaffham vom König getrennt?«

»Ja. Er und der Hof waren auf dem Weg zum Schrein der Jungfrau in Walsingham.«

»Und anschließend?«

»Der König bleibt möglicherweise in dieser Gegend, oder er reist weiter nach Norwich oder Lincoln.«

Corbett bemerkte Gurneys flehenden Blick und lenkte die Unterhaltung von den Morden auf den Klatsch des Königshofes. Selditch ließ sich jedoch nicht so leicht von seinem Thema abbringen. Ranulf machte den Fehler, etwas über die Tinte an den Fingern des Arztes zu sagen. Selditch hielt sie bewundernd hoch.

»O ja«, sagte er, »ich bin mehr Gelehrter als Medikus. Ich suche

die Gelehrsamkeit«, er warf sich in die Brust, »nicht das schnöde Gold.« Er lächelte Corbett kokett an. »Der König sollte in diesem Landstrich auf der Hut sein«, fügte er noch hinzu.
Monck seufzte verärgert.
»Warum?« fragte Corbett.
»Kennt Ihr nicht Eure Geschichte, Sir Hugh? Der Großvater des Königs, John, zog hier mit einer großen Armee durch. Er floh vor seinen Baronen mit einem Schatz, den er auf Packpferden verladen hatte. Er versuchte eine Abkürzung über die Wash-Bucht zu nehmen, nicht weit vom Fluß Nene, aber die Flut kam zu schnell. Der König und seine hohen Herren kamen noch einmal mit dem Leben davon, aber der Schatz war verloren. Sämtliche Wachen und alle Packpferde ertranken.«
Corbett lächelte. Nach ihrem Gesichtsausdruck zu schließen, waren die anderen nicht begeistert, daß Selditch ständig Weisheiten zum besten gab.
Das Mahl näherte sich seinem Ende. Lady Cecily entschuldigte sich, sie müsse in ihr Kloster zurück. Gurney bot ihr Diener zur Begleitung an. Father Augustine nahm die Einladung an, über Nacht zu bleiben. Alice zog sich zurück, den Dank und den lauten Beifall ihrer Gäste noch in den Ohren. Gurney brachte Lady Cecily vor die Tür. Die anderen erhoben sich und nahmen gern das Angebot der Diener an, die Becher nachzufüllen. Corbett flüsterte Ranulf zu, er solle Maltote, der inzwischen eingeschlafen war, auf ihr Zimmer bringen. Als die beiden fort waren, lächelte Monck Corbett säuerlich an.
»Ein Penny für das, was Ihr gerade denkt, Sir Hugh. Oder soll ich es Euch sagen?«
Corbett sah über die Tafel hinweg auf Father Augustine, dann zu Selditch, der mit seinem Becher aussah wie ein feister, fröhlicher Gnom.
»Sagt es mir«, murmelte Corbett.
»Eine schöne Bescherung«, entgegnete Monck.

»Warum wurde Euer Diener ermordet?« fragte Corbett ohne Umschweife.
»Ich weiß es nicht«, antwortete Monck. »Aber ich gebe den Pastoureaux die Schuld. Cerdic war sicher nicht der gesprächigste Mensch, er war jedoch begierig auf jeden Klatsch. Ich weiß mit Sicherheit, daß er die guten Schwestern in ihrem Kloster aufgesucht hat. Lady Cecily sagt, daß es sich nur um einen Anstandsbesuch gehandelt habe und daß Cerdic noch vor der Dämmerung wieder aufgebrochen sei. Wo er anschließend war oder wie sein geköpfter Leichnam an den Strand kam, ist mir ein Rätsel.«
»Was wurde aus seinem Pferd?« fragte Corbett weiter.
»Das weiß der Himmel! Wir haben es bisher nicht gefunden. Aber Father Augustine hat schon recht. Diese Gegend ist bevölkert von Dieben, Schmugglern, Pferdehändlern und Betrügern. Vielleicht sollten wir dem König empfehlen, daß er seinen herumreisenden Gerichtshof schickt, damit dieser hier ein paar Steine umdreht und alles Geschmeiß zertritt, das unter ihnen hervorkrabbelt.«
»Ist das wirklich notwendig?« stieß Selditch hervor. »Sir Simon ist ein loyaler Untertan. Er sorgt dafür, daß auf seinem Besitz der Frieden des Königs herrscht. Man kann ihn nicht dafür verantwortlich machen, was seine Pächter oder in der Tat auch die Pastoureaux anstellen.«
»Er hat ihnen gestattet, sich hier niederzulassen«, stichelte Monck.
»Und sie haben sich nichts zuschulden kommen lassen«, entgegnete Selditch kategorisch.
»Und die Frau des Bäckers?« mischte sich Corbett taktvoll in die Unterhaltung ein, »wie hieß sie eigentlich?«
»Fourbour, Amelia Fourbour. Die Arme liegt jetzt auf unserem Kirchhof begraben. Ob sie dort allerdings Ruhe findet, ist eine andere Frage.«

»Habt Ihr den Leichnam untersucht?« wandte sich Corbett an Selditch.
»Ja, das habe ich. Todesursache war Hängen.«
»Keine Spuren von Gewaltanwendung?«
»Zum Beispiel?«
»Hatte man sie auf den Kopf geschlagen oder ihr die Hände zusammengebunden?«
»Nein.« Selditch lächelte traurig. »Sie wurde ins Leichenhaus gebracht, und dort habe ich sie untersucht. Einige der Dorfbewohner glauben, daß sie Selbstmord begangen hat. Sie forderten mich auf, ihr einen Pfahl durch das Herz zu treiben und sie unter dem Galgen begraben zu lassen.«
»Harte Worte für so eine Armselige«, sagte Corbett.
»Amelia war nicht von hier, sie war hübsch und hatte so ihre Launen und Eigenheiten. Und sagt mir das, Sir Hugh, habt Ihr jemals einen Bäcker getroffen, der sich allgemeiner Wertschätzung erfreute?«
Corbett lächelte und zuckte mit den Achseln.
»Fourbour ist da keine Ausnahme«, fuhr Selditch fort. »Was er backt, müssen andere kaufen. Daß er noch dazu eine hübsche Frau hatte, machte ihn kaum zum beliebtesten Mann in Hunstanton.«
»Hätte es Selbstmord sein können?« fragte Corbett.
»Vielleicht. Ich habe mir den Leichnam der Frau von Kopf bis Fuß angesehen. Ich untersuchte besonders genau ihren Hinterkopf, fand aber keinerlei Quetschung, wie auch keinerlei Spuren eines Schlafmittels oder Gifts.«
»Trotzdem meint Ihr, daß sie ermordet worden ist?«
»Ich kann das natürlich nicht wissen«, sagte Selditch. »Aber warum sollte sich eine hübsche junge Frau aufhängen? Father Augustine hat seiner Gemeinde dieselbe Frage gestellt, und glücklicherweise liegt Amelia deswegen jetzt in geweihter Erde begraben.«

»Ja«, unterbrach ihn Monck, »niemand sonst war am Galgen. Keine Spuren einer gewaltsamen Auseinandersetzung, keine Hufabdrücke eines weiteren Pferdes oder Abdrücke von Stiefeln wurden gefunden.«
Selditch wand sich etwas. »Das ist wahr. Aber wenn es Selbstmord war, warum sollte dann jemand das Pferd im Damensattel zum Dorf zurückreiten und so vorspiegeln, die arme Amelia zu sein?«
»Ihr meint, daß es nur der Mörder gewesen sein kann, der das Pferd zurückritt?« fragte Corbett.
»Allerdings.«
Der Arzt kniff die Augen zusammen, und Corbett erkannte, daß er es trotz einer gutmütigen Art bei Giles Selditch mit einem scharfsinnigen Mann zu tun hatte, der sich nicht so leicht von einer Mehrheitsmeinung beeinflussen ließ.
»Wer hat das Pferd zurückkommen sehen?« fragte Corbett weiter.
»Zwei aus dem Dorf. Sie haben das Pferd des Bäckers erkannt. Der Reiter saß im Damensattel. Natürlich war es dunkel, und die beiden Dorfbewohner standen etwas entfernt und schlugen die Augen nieder, denn weder der Bäcker noch seine Frau waren, wie ich bereits gesagt habe, sonderlich beliebt.«
»Wo war das?« erkundigte sich Corbett.
»Auf dem Weg gerade vor Hunstanton. Aber damit Ihr Euch die Frage sparen könnt«, fuhr Selditch fort, »als das Pferd das Dorf erreichte, war der geheimnisvolle Reiter verschwunden. Deswegen denken wir auch, daß wir es mit einem Mord zu tun haben.« Selditch lächelte den Geistlichen an. »Ich danke Euch für Eure Unterstützung, Pater. Wenn Ihr nicht gewesen wärt, hätte dieser unwissende Pöbel den Leichnam der armen Frau noch gründlicher entweiht.«
»Seid nicht so unnachsichtig«, entgegnete der Priester. »Hunstanton ist ein abgelegener Ort, und die Leute wissen zuviel

voneinander. Was in einem Haus geschieht, weiß man umgehend auch im nächsten. Aber die Dorfbewohner halten zusammen und können ein Geheimnis wahren. Ich bin jetzt seit, Moment, seit fast zwei Jahren hier, und sie haben sich immer noch nicht ganz mit mir abgefunden.«
»Ihr kommt also nicht hier aus der Gegend, Pater?«
»Nein, nein, das nicht. Ich bin in Bishop's Lynn geboren und aufgewachsen.« Der Geistliche lächelte säuerlich. »Seine Gnaden, der Bischof von Norwich, haben mich für meine Sünden hierhergeschickt. Aber jetzt muß ich mich wirklich zurückziehen ...«
Monck erhob sich. Er reckte sich, bis es in seinen Gelenken knackte, und gähnte lautstark. Father Augustine stand ebenfalls auf. Corbett, der kaum noch die Augen offenhalten konnte, wünschte beiden eine gute Nacht und ging auf sein Zimmer. Ranulf und Maltote lagen auf ihren Betten und schnarchten selig. Corbett breitete eine Decke über jeden aus und schaute dann aus dem Fenster. Er starrte in die neblige, kalte Nacht.
»Seltsame Morde«, murmelte er. »Leute mit Geheimnissen.« Er erinnerte sich an die Tinte an den Fingern des Arztes. »Ich muß mit Selditch reden, er scheint über die Geheimnisse dieser Gegend Bescheid zu wissen.«
Er entkleidete sich schnell, schlüpfte ins Bett und zog die Decken bis zum Kinn hinauf. Trotz der glühenden Holzkohlebecken war es kalt im Zimmer. Bevor Corbett einschlief, kam es ihm in den Sinn, daß es wohl andere Dinge waren als eine Untersuchung der Machenschaften der Pastoureaux, die Monck nach Hunstanton geführt hatten.

Kapitel 3

Corbett wurde früh von der Glocke des Herrenhauses geweckt. Sie scheuchte die Diener aus den Betten, der Alltag auf dem Gut begann. Corbett stand auf und warf sich eine Decke um die Schultern, da klopfte ein Diener an der Tür, trug große Steingutkrüge mit heißem Wasser herein und füllte die Waschbecken. Frische Handtücher unterschiedlicher Größe hatte er ebenfalls dabei. Als der Diener wieder gegangen war, rief Corbett Ranulf und Maltote zu aufzustehen und rasierte und wusch sich eilig. Dann brach er die Siegel seines Urkundenbeutels und stellte seine Schreibutensilien auf den Tisch. Seine beiden Gefährten machten nicht den Eindruck, erwachen zu wollen, also schob Corbett die Fensterläden beiseite und öffnete das Fenster einen Spalt. Die kalte Morgenluft drang herein. Ranulf und Maltote standen schwankend auf und fluchten und murrten. Corbett beachtete sie jedoch nicht weiter, sondern schaute hinaus. Der Nebel hatte sich gehalten.

Corbett war es wohler in seiner Haut als am Abend zuvor. Er kleidete sich fertig an, trug lange Strümpfe aus dicker Wolle und ein braunes Gewand aus Serge über seinem Hemd, das am Hals und an den Manschetten geschnürt war, stieg in seine Reitstiefel aus spanischem Leder, nahm seinen Militärmantel und ein Paar Handschuhe. Er erinnerte sich an die Geheimnisse, von denen er am Vorabend erfahren hatte, schnallte sich sein Schwert um und forderte Ranulf und Maltote gleichfalls dazu auf.

»Beeilt euch!« fuhr er die beiden an. »Wir müssen zeitig aufbrechen!«

Er beachtete Ranulfs Murren nicht weiter, sondern begab sich auf die Galerie. Von dort aus führte ihn ein Diener hinunter in die Kapelle des Herrenhauses, einen kleinen, weißgekalkten Raum mit schwarzer Balkendecke und einem schlichten Altar unter dem Fenster. Father Augustine hatte bereits begonnen, für Gurney und seinen Getreuen Catchpole die Messe zu zelebrieren. Anschließend gingen sie alle in die Halle, die kälter und weniger einladend war als am Vorabend. Hier stießen die anderen zu ihnen, einschließlich Ranulf und Maltote, die den Schlaf noch in den Augen hatten und ihren Herrn finster anschauten. Lady Alice lag noch im Bett, aber Selditch war bereits aufgestanden und ebenso munter redselig wie am Abend zuvor. Diener brachten Ale, frischgebackenes Brot und Dörrfleisch, das mit Malz gewürzt war. Corbett drängte Ranulf und Maltote, sich mit dem Frühstück zu beeilen.
»Ich werde Euch zur Eremitage begleiten«, erbot sich Gurney. Doch Monck bestand darauf, mit ihnen zu kommen, obwohl Gurney meinte, daß Catchpoles Anwesenheit Schutz genug sein müsse.
Der Arzt und der Geistliche wollten ebenfalls dabeisein. »Für alle Fälle«, wie Selditch mit einem Seitenblick auf Gurney sagte. Corbett betrachtete beide Männer eingehend. Sie kamen ihm außerordentlich wohlmeinend vor, aber etwas mehr auf der Hut als am Vorabend. Er fragte sich, was sie wohl zu verbergen hatten. Monck war so schweigsam wie immer. Er schlug sich mit seinen Lederhandschuhen auf den Schenkel und erwartete ungeduldig den Aufbruch. Ein Stallknecht gab bekannt, daß ihre Pferde bereit seien, und sie hängten sich ihre Mäntel um und gingen in den Hof. Die Sonne, die für November erstaunlich kräftig schien, vertrieb den Nebel. Corbett drehte sich nach dem alten Herrenhaus um. Es hatte ein massives Sockelgeschoß aus behauenen Steinen und ein oberes Stockwerk aus Fachwerk.

»Wie alt ist Mortlake?« fragte er.
»Es stammt noch aus der Zeit vor dem Eroberer«, entgegnete Gurney, »aber mein Großvater ließ das Gebäude aus angelsächsischer Zeit abbrechen und aus dem besten Stein und dem kostbarsten Eichenholz ein neues errichten.«
Corbett musterte das Haus mit Kennermiene. Mortlake Manor war lang und rechteckig und von einer hohen Verteidigungsmauer umgeben, hinter der auch Scheunen, Ställe und Schmieden lagen.
»Und das Land?« fragte er.
Gurney grinste. »Es reicht so weit, wie Ihr an einem Tag reiten könnt, ein Teil der Erde ist allerdings salzwassergetränkt. Weiter im Hinterland ist die Ernte jedoch gut. Es sind aber die Schafe, die uns reich machen. Nun kommt!«
Die anderen waren bereits aufgestiegen. Ranulf und Maltote versuchten ein Grinsen zu unterdrücken, als der fette Arzt in den Sattel gewuchtet wurde. Father Augustine schien es auf seinem schon ziemlich abgehalfterten Rotschimmel nicht wohl in seiner Haut zu sein. Corbett und Gurney stiegen nun ebenfalls auf. Das Tor wurde weit geöffnet, und sie folgten einem Weg, der vom Herrenhaus weg und übers Moor führte. In der Ferne konnte Corbett das Donnern der Brandung hören. Gelegentlich huschten Hasen, die vom Hufschlag aufgeschreckt worden waren, aus dem Ginster hervor, schattenhafte Fellbündel. Kleine Schafe mit breiten Schwänzen stoben blökend vor den Pferden auseinander. Der Nebel war immer noch ziemlich dicht, und Gurney rief den Reitern zu, zusammenzubleiben. Einmal mußten sie ihre Pferde zügeln, es ging um ein kleines, von Schilf umgebenes Moor.
»Dieser Landstrich ist heimtückisch«, erklärte Gurney unter seiner Kapuze hervor. »Hugh, achtet darauf, wo Ihr hintretet. Versucht, die Wege nicht zu verlassen. Dasselbe gilt für den Strand. Die Gezeiten sind unbeständig. Manchmal kommt die

Flut langsam wie die Nacht, manchmal aber auch rasend schnell und erwischt den Arglosen.«

»Darum ging es auch in meiner Geschichte gestern abend«, warf der Arzt Selditch ein. »Die gesamte Küste der Wash-Bucht ist heimtückisch. Springfluten können kümmerliche Bäche in reißende Flüsse verwandeln, wie König John zu seinem Schaden feststellen mußte.«

»Wurde das Gold nie geborgen?« fragte Ranulf, den die Möglichkeit eines zu entdeckenden Königsschatzes in der Nähe neugierig gemacht hatte.

»Es gibt viele Legenden«, entgegnete Selditch, »einige berichten davon, daß auf dem Land Sir Simons ein königlicher Schatz nur darauf wartet, gehoben zu werden.«

Er unterbrach sich, da sie den Sumpf hinter sich hatten und Gurney ein schärferes Tempo befahl. Corbett bemerkte, daß Gurney sie jetzt weiter ins Hinterland führte. Es ging einen stark benutzten Weg entlang. Sie ritten nach Süden und hatten die Küste zu ihrer Linken. Er brachte sein Pferd auf eine Höhe mit dem Gurneys.

»Was genau ist die Eremitage?« fragte er.

»Eigentlich nichts anderes als ein alter Bauernhof, ein kleineres, etwas abgeschiedenes Herrenhaus. Der Boden, der dazugehört, ist ziemlich unfruchtbar. Der Hof ist bereits zu Lebzeiten meines Vaters verfallen. Gelegentlich wurde er von Schäfern bewohnt oder von Reisenden, Klosterbrüdern, einfach von jedem.«

»Und warum habt Ihr ihn den Pastoureaux gegeben?«

Gurney schob seine Kapuze zurück und wischte sich den Schweiß von der Stirn.

»Warum nicht? Sie schienen gottesfürchtig zu sein und niemandem ein Haar zu krümmen.« Er lächelte. »Haltet mich deswegen nicht für einen Heiligen, Hugh. Sie arbeiteten im Gegenzug ohne Lohn auf meinen Feldern.« Er deutete durch die Nebelschwaden. »Seht Ihr das Licht? Wir sind fast dort.«

Gurney fiel mit seinem Pferd in Galopp. Der Nebel hob sich plötzlich, als habe er mit ihnen gerechnet, und die Eremitage lag vor ihnen. Gurney zügelte sein Pferd, und alles, was Corbett jetzt sehen konnte, war eine hohe Mauer, ein stabiles Tor aus Eichenplanken und darüber ein Ziegeldach und die Strohdächer anderer Gebäude.

»Wer da?« ließ sich eine Stimme vernehmen.

Corbett kniff die Augen zusammen und sah einen Mann auf einem der beiden Torpfosten stehen. Ein Span wurde entzündet, und eine Fackel flammte auf.

»Wer da?« erscholl es noch einmal.

Gurney gab den anderen ein Zeichen zurückzubleiben, während er selbst langsam weiterritt.

»Sir Simon Gurney!« rief er und erhob sich in den Steigbügeln, »mit dem Abgesandten des Königs, Sir Hugh Corbett.«

»Wartet!« war von oben zu hören.

Der Mann legte die Fackel hin und verschwand. Corbett ritt weiter vor.

»Aber, Sir Simon, Ihr sagtet doch, das hier sei Euer Land und Euer Besitz?«

Gurney zuckte mit den Achseln. »Ja, aber ich habe den Pastoureaux dieselben Rechte eingeräumt wie den anderen Orden. Man kann sie nicht einfach ohne Vorwarnung behelligen. Denkt daran, Sir Hugh, daß es auf dem platten Land zahlreiche Geächtete und Räuber gibt, die auf alles erpicht sind: Speise, Trank, ganz zu schweigen von sämtlichen Frauen unter Sechzig!«

Er hielt inne, als das Tor von innen geöffnet wurde. Zwei Männer traten heraus und kamen auf sie zu. Corbett betrachtete sie neugierig.

»Der ältere«, flüsterte Gurney, »ist Master Joseph, der andere Philip Nettler, der Vorsteher der Gemeinschaft, könnte man vielleicht sagen.«

Die beiden näherten sich. Master Joseph war etwa fünfzig, eher klein, mit einem wettergegerbten Gesicht und hellblauen Augen, die von Lachfältchen umgeben waren. Jetzt lächelte er Gurney an und verbeugte sich vor Corbett. Mit diesen durchdringenden Augen, überlegte Corbett, sah er mehr wie ein Heerführer aus als ein Geistlicher. Philip Nettler, der jüngere der beiden, hatte schwarzes zerzaustes Haar, ein schmales Gesicht, Ränder um die Augen und zusammengepreßte Lippen. Er schien mehr auf der Hut zu sein als der andere, und er schaute an Corbett vorbei auf Monck, der wie der leibhaftige Tod auf seinem Pferd saß.

Master Joseph lächelte Gurney an. »Guten Morgen, Sir Simon.«

»Das hier ist der Abgesandte des Königs, Sir Hugh Corbett«, sagte Gurney.

Master Joseph gab Corbett die Hand. Sie war weich und warm. »Darf ich Euch Master Philip vorstellen.«

Wieder wurden Hände geschüttelt. Dieses Mal war Corbett jedoch nicht ganz wohl in seiner Haut. Nettler verzog keine Miene und schaute Corbett nicht in die Augen.

»Der Abgesandte des Königs, Sir Hugh?« Master Joseph kleidete die Sorge seines Gefährten in Worte. »Warum seid Ihr hier? Ihr seid doch nicht etwa gekommen, um Euch in unsere Angelegenheiten einzumischen oder uns zu vertreiben?«

Corbett lächelte und schüttelte den Kopf.

»Master Joseph, Ihr seid sehr direkt. Ich werde also kein Blatt vor den Mund nehmen. Die Bischöfe machen sich Sorgen über sämtliche neuen Sekten und sind deswegen beim König vorstellig geworden. Dieser interessiert sich dafür«, Corbett wählte seine Worte genau, »was Ihr tut, obwohl ihn im Augenblick mehr die nicht allzu lange zurückliegenden Todesfälle hier in der Gegend beschäftigen.«

»Das dachte ich mir fast.« Die Stimme Master Josephs verriet mit einem Mal eine ländliche Abstammung.

»Damit haben wir nichts zu tun.« Nettler meldete sich zu Wort.

Er hatte eine hohe, ziemlich gereizte Stimme. »Sir Simon kann Euch bestätigen, daß wir ganz zurückgezogen leben.«
Monck trieb plötzlich sein Pferd an. »Sollen wir hier festfrieren?« fragte er.
»Sir Simon«, fragte Master Joseph ohne Umschweife, »Ihr habt uns die Eremitage überlassen und Euer Wort gegeben, daß wir, solange wir hier friedlich leben, bestimmen können, wen wir einlassen. Wir sind eine weltabgewandte Gemeinschaft. Wir können es nicht einfach jedem gestatten, hier hereinzukommen, ohne um Erlaubnis zu bitten.«
Er schaute Gurneys anderen Gefährten an. Corbett bemerkte, daß der Anführer der Pastoureaux jetzt einem anderen Gedanken nachhing und leicht beunruhigt aussah, als er Ranulfs ansichtig wurde.
Master Joseph trat einen Schritt zurück, als hätte er erst jetzt einen Entschluß gefaßt. »Sir Simon, Ihr seid uns wie immer willkommen und Hugh Corbett und Master Monck ebenfalls. Die anderen haben doch sicher nichts dagegen, draußen zu warten?«
Gurney stimmte zu, und er, Corbett und Monck ritten weiter und ließen Ranulf und Maltote im Gespräch mit einem verärgerten Father Augustine und einen ziemlich enttäuschten Selditch zurück. Am Tor stiegen sie ab und folgten Master Joseph und Nettler auf einen großen ummauerten Platz. Corbett schaute sich um. Es sah hier aus wie auf jedem anderen kleinen Bauernhof. Vor ihm lag ein niedriges einstöckiges Gebäude, das von einigen Nebengebäuden umgeben wurde. Zwei Hunde dösten vor dem Tor einer kleinen Scheune bei einem Brunnen, und einige magere Hühner pickten in den Ritzen der Pflastersteine. Außerdem gab es einen schmalen Verschlag für Schweine, und auf einem kleinen grasbewachsenen Hügel wurden vermutlich Kaninchen gehalten. Master Joseph folgte Corbetts Blick.
»Wir versorgen uns weitgehend selbst«, sagte er. »An Wasser

herrscht kein Mangel, es gibt frisches Fleisch, und wir ziehen unsere eigenen Kräuter. Sir Simon zahlt uns entweder bar oder in Naturalien für unsere Arbeit. Die Schwestern des Holy Cross Convents sind ebenfalls sehr großzügig, wie auch einige der wohlhabenderen Bauern.«

Corbett schaute sich um. Alles wirkte etwas ärmlich, aber wohlerhalten – die Pastoureaux hatten ganz offensichtlich hart gearbeitet, um sich diesen Zufluchtsort zu schaffen.

»Es ist sehr still«, sagte er.

Da hörte er leisen Gesang, und Nettler deutete auf das Haupthaus.

»Die Gemeinschaft befindet sich im Gebet.«

»Dann hättet Ihr vielleicht Father Augustine gestatten sollen einzutreten«, sagte Monck sarkastisch.

»Die Regeln des Ordens sind in diesem Punkt eindeutig«, entgegnete Master Joseph. »Es werden nie mehr als drei Besucher gleichzeitig eingelassen. Dafür wird auch Father Augustine Verständnis haben.«

Corbett erinnerte sich an den säuerlichen Gesichtsausdruck des Geistlichen und bezweifelte das.

»Ihr betet oft?« erkundigte er sich, stampfte mit den Füßen auf und fragte sich, wann die Pastoureaux sie wohl aus der Kälte ins Haus bitten würden.

»Unsere Regeln sind angenehm und leicht«, entgegnete Master Joseph.

Corbett blickte ihm rasch ins Gesicht. Er war sich sicher, einen sarkastischen Unterton bemerkt zu haben.

»Was wir tun, ist folgendes«, fuhr Master Joseph eilig fort, »wir stehen auf, beten, studieren die Schrift, arbeiten etwas und kehren für das gemeinsame Gebet und eine abendliche Mahlzeit hierher zurück.«

»Und Ihr lebt ständig hier?« erkundigte sich Monck.

»Ja, abgesehen von den gelegentlichen Reisen nach Bishop's

Lynn.« Dieses Mal gab Philip Nettler die Antwort. »Father Joseph und ich begeben uns dorthin, wenn wir nach einer Zeit der Purifikation bestimmte Dinge benötigen.«
»Purifikation?« Monck fragte so unschuldig, als höre er dieses Wort zum ersten Mal.
»Wir sind Pastoureaux«, sagte Master Joseph voller Begeisterung. »Wir sind die guten Hirten Christi. Wir nehmen junge Männer und Frauen, die sich nichts haben zuschulden kommen lassen, auf und instruieren sie in den Regeln unseres Ordens.« Er räusperte sich. »Wenn sie bereit sind, bringen wir sie zu einem Hafen, in unserem Fall nach Bishop's Lynn. Wir arrangieren für sie die Schiffspassage zu unserem Ordenshaus in Bethlehem. Hier wird Christus wiederkehren.«
»Und das glaubt Ihr wirklich?« fragte Monck und gab sich keine Mühe, sein Hohnlächeln zu verbergen.
»Ihr etwa nicht?« erwiderte Master Joseph und riß überrascht die Augen auf. »Erkennt Ihr, Master Monck, nicht die Lehre der Kirche an, daß Christus wiederkehren wird?«
Monck merkte, daß man ihm eine theologische Falle stellen wollte, und trat den Rückzug an.
»Es kommt einem nur so seltsam vor«, murmelte er.
»Ich war dort«, sagte Joseph, »und Philip ebenfalls. Der HERR wird kommen.«
Monck nahm den Angriff wieder auf. »Aber in Frankreich und am Rhein haben die Pastoureaux einen schlechten Ruf!«
Master Joseph breitete die Hände aus. »Sollen wir etwa dafür verantwortlich gemacht werden? Einige Eurer Geistlichen betragen sich doch auch nicht so, wie sie sollen.« Er senkte seine Stimme zu einem spöttischen Flüstern. »Es wird behauptet, daß nicht alle Klosterbrüder, Mönche, Bischöfe, ja sogar Päpste das sind, wofür sie sich ausgeben.«
Philip Nettler, der ihren Pferden die Vorderbeine zusammengebunden hatte, kam jetzt zurück. Er wischte sich die Hände an

seinem braunen Gewand aus Barchent ab und schaute Gurney direkt an.
»Sir Simon, haben wir uns jemals etwas zuschulden kommen lassen? Wir sind dem Diener Master Moncks nie begegnet, der so barbarisch ermordet wurde, und der armen Bäckersfrau auch nicht. Wir gehen nur selten einmal ins Dorf. Wir machen wirklich keinen Ärger.« Er preßte einen Moment lang die Lippen zusammen. »Aber jetzt haben wir selbst Ärger.«
»Wie das?« fragte Corbett.
»Eine unserer Novizinnen ist verschwunden. Marina.«
Gurney sah Master Joseph betroffen an.
»Ihr meint die Tochter des Gerbers?«
»Ja, sie wollte gestern abend ihren Vater im Dorf besuchen, Fulke, und ist bis jetzt nicht zurückgekommen.«
Master Joseph sah, daß sich Corbett vor Kälte die Hände rieb.
»Tretet ein! Tretet ein!« drängte er.
Er führte sie über den Hof und in das Hauptgebäude. Die Küche war ein niedriger langer Raum mit Balkendecke. Ein kleines Feuer brannte in dem riesigen Kamin. Daneben befand sich ein Backofen, in dem gerade Brot gebacken wurde, das einen süßlichen Geruch verbreitete. Die Küche war sauber und spärlich möbliert: Truhen, Wandborde mit Töpfen und Pfannen und ein langer Tisch auf Böcken, um den Hocker standen. Master Joseph bot ihnen Wein und Ale an, aber Corbett lehnte ab. Sie versammelten sich um den Kamin, zogen ihre Handschuhe aus und wärmten sich die Finger. Eine Tür am anderen Ende des Raumes wurde geöffnet, und die Brüder und Schwestern der Gemeinschaft traten ein. Corbett musterte sie interessiert. Insgesamt waren es sechzehn Personen, zehn Männer und sechs Frauen, alle noch sehr jung. Sie machten einen einigermaßen fröhlichen Eindruck. Die Männer trugen die Haare kurz geschnitten, die Frauen hatten es unter einer einfachen blauen Haube hochgesteckt. Alle waren sie in braune Gewänder geklei-

det, die von einer Kordel zusammengehalten wurden. Darunter trugen sie dicke Wollstrümpfe, hohe Gamaschen und Sandalen oder Stiefel aus stabilem Leder. Corbett fragte sich, wie man bei so jungen Leuten die Moral aufrechterhalten mochte, tat diesen Gedanken dann aber als unfair ab. Derartige gemischte Orden waren in Frankreich an der Tagesordnung, und solche Doppelhäuser mit Mönchen und Nonnen wurden auch von dem von Gilbert of Sempringham in England begründeten Orden bevorzugt.

Die jungen Leute setzten sich um den Tisch herum. Master Joseph gesellte sich zu ihnen und sprach das Tischgebet, bevor Ale und Brot aufgetragen wurden. Die Pastoureaux unterhielten sich leise untereinander, sie schienen die Besucher, die sie beobachteten, kaum zur Kenntnis zu nehmen.

»Sind sie alle von hier?« flüsterte Corbett.

»Das kommt darauf an, was Ihr mit ›von hier‹ meint«, entgegnete Nettler. »Ungefähr vier sind aus dem Dorf, die anderen kommen von weiter weg.«

Corbett betrachtete die jungen Leute. Er kannte das harte, arbeitsreiche Leben, dem sie entronnen waren, und fragte sich, was sie wohl nach dem kalten und feuchten Klima Englands vom Heiligen Land halten würden. Sie schienen besorgt. Ab und zu fiel der Name Marina. Gurney ging zu ihnen hinüber und begann eine Unterhaltung mit einem jungen Mann, den er erkannte. Nettler hielt sich nervös in ihrer Nähe. Plötzlich richtete sich Master Joseph wie ein Jagdhund auf und spitzte die Ohren.

»Was ist das?« fragte er.

Alle im Zimmer verstummten. Da hörte Corbett es ebenfalls – am Tor wurde geklopft, dazu Ranulfs Stimme. Master Joseph eilte nach draußen. Nettler befahl den Pastoureaux, sitzenzubleiben. Corbett, Gurney und Monck folgten Master Joseph nach draußen. Sie eilten über den Hof. Master Joseph schob den schweren Riegel des Tores zurück. Ranulf stieß ihn zur Seite.

»Herr!« rief er. »Sir Simon!«
»Was ist los, Mann?« brüllte Gurney.
»Einer Eurer Diener, ein Jäger oder Forstmeister, hat die Leiche einer jungen Frau gefunden. Sie ist ermordet worden!«
»Gott stehe uns bei!« Master Joseph wurde bleich. »Gott behüte! Master Nettler, bleibt hier!«
Gurney war bereits zu Father Augustine und dem Arzt geeilt, die neben ihren Pferden standen. Zu ihnen hatte sich ein Mann gesellt. Er trug eine schmutzige braune Lederjacke und hohe Gamaschen, die in Reitstiefeln mit hohem Schaft steckten. Gurney wandte sich an ihn.
»Thomas, was gibt's?«
Der Mann drehte sich um. Sein gebräuntes, bärtiges Gesicht war bleich. Seine Augen hatten einen gequälten Ausdruck.
»Weiter im Moor draußen habe ich nach den Schlingen von Wilderern gesucht. Da liegt die Leiche eines Mädchens.« Der Mann räusperte sich und spuckte aus. »Ihr schaut Euch das am besten selbst an!«
Er rannte leichtfüßig los, Master Joseph hintendrein. Die anderen holten erst ihre Pferde und folgten den beiden. Sie legten etwa eine Strecke von einer Meile über das Moor zurück. In einer Senke, gerade vor einem kleinen Wäldchen, lag der Leichnam des Mädchens. Ihre braune Robe war über ihre jungen Brüste zurückgerutscht, ihre Beine waren gespreizt, ihre Strümpfe auf ihre Knöchel herabgezogen. Der Arzt stieg ab, um den Leichnam zu untersuchen. Corbett folgte ihm.
»Sie ist vergewaltigt worden!« sagte Selditch, der sich neben sie gekniet hatte. »Schaut nur auf die Quetschungen an ihren Oberschenkeln.«
Corbett warf einen flüchtigen Blick dorthin und wandte dann seine Aufmerksamkeit der dünnen Schnur zu, die dem jungen Mädchen um den Hals lag. Er gebrauchte sein Messer, um sie zu durchtrennen. Dann strich er das lange, glänzend schwarze

Haar des Mädchens mit einer sanften Handbewegung zurück und schaute voll Mitleid in das erschütternde Antlitz, das Spuren von Gewalt zeigte. Etwas geronnenes Blut klebte in einem Mundwinkel, der Mund war halb geöffnet. Die Tote hatte die Augen weit aufgerissen und den Blick blind in den Ginster gerichtet. Corbett schaute über die Schulter auf Master Joseph, der bleich auf die Leiche stierte.

»Das ist doch Marina?«

Master Joseph nickte.

»Gott sei mit ihr!« flüsterte Corbett. Er schloß dem Mädchen die Augen und zog ihr langes Gewand nach unten, um ihre Blöße zu bedecken.

Ranulf stand hinter ihm und sagte mit trauriger Stimme: »Sie muß wunderschön gewesen sein.«

»Ja«, erwiderte Corbett, »ein schreckliches Ende für ein liebreizendes Mädchen. Sir Simon, sie muß von hier fortgeschafft werden.«

Gurney nickte. Er befahl dem Jäger Thomas, ein Auge auf die Pferde zu haben, die vom Geruch der Leiche unruhig wurden, kam dann näher und kniete sich neben das Mädchen. Er nahm ihren Kopf mit beiden Händen.

»Ungefähr sechzehn Lenze alt«, murmelte er. »Ich erinnere mich noch an ihre Taufe. Ihr Vater Fulke wird vor Trauer außer sich geraten.«

Father Augustine, dessen alte Mähre mit den anderen Pferden nicht hatte Schritt halten können, kam endlich ebenfalls. Er stieg ab, betrachtete den Leichnam und schluckte heftig. Er strich die Kapuze seiner Kutte zurück, kniete nieder, flüsterte dem Mädchen die Absolution ins Ohr und machte über ihr das Zeichen des Kreuzes. Dann stand er auf und wischte die Tautropfen von seiner Kutte.

»Wir müssen sie nach Hause bringen«, sagte er. »Master Joseph, habt Ihr einen Karren?«

Der Führer der Pastoureaux nickte und eilte zurück zur Eremitage. Corbett ging zu Selditch hinüber, der einen großen Schluck aus Gurneys Weinschlauch nahm.
»Herr Medikus«, fragte er Selditch förmlich, »das Mädchen wurde also vergewaltigt und dann mit einer Schlinge erwürgt?«
Selditch ließ den Weinschlauch sinken. »Ja, das ist doch verdammt offensichtlich.« Seine Züge verloren ihre Härte. »Es tut mir leid«, murmelte er, »aber das Mädchen war ein Engel.« Er schaute Gurney an. »Ich bin mir nicht sicher, ob sie vergewaltigt und dann getötet wurde oder erst stranguliert und dann brutal mißbraucht.« Er drehte sich um, schaute auf das nebelverhangene Gehölz und dann schließlich wieder Corbett an. »Warum Ihr auch hier seid«, sagte er tonlos, »findet die Wahrheit heraus. Denn der Teufel hat seinen Einzug in Hunstanton gehalten.«
Corbett schaute zu Monck hinüber. Der große schwarzgekleidete Beamte war nicht abgestiegen und hatte keine Anstalten gemacht, sich der Leiche des Mädchens zu nähern. Sein Gesicht war bleicher als sonst, und ein Nerv in seiner Wange zuckte. Er ging auf ihn zu und berührte die Hand, die nicht in einem Handschuh steckte. Sie war kalt wie ein Eisblock.
»Lavinius?«
Monck starrte auf die Leiche.
»Lavinius!« zischte Corbett. Er griff den Arm des Mannes und drückte ihn. »Master Monck!«
Monck wurde aus seiner Versunkenheit gerissen, schaute auf Corbett hinunter, als sähe er ihn jetzt zum ersten Mal, und preßte die Lippen zusammen.
»Verpiß dich, du Bastard!« zischte er.
Corbett ließ die Hand sinken. Er trat zurück, erschreckt über die Wut in Moncks Augen, und breitete die Arme versöhnlich aus.
»Sie ist tot!« flüsterte Monck heiser. »Sie ist tot! Und keiner dieser verdammten Priester oder Pastoureaux kann sie wieder

ins Leben zurückbringen!« Er riß gewaltsam an den Zügeln seines Pferdes, stieß ihm die Sporen in die Flanken, drehte ab und preschte in Richtung des Herrenhauses davon.

»Herr!« Ranulf eilte herbei. »Herr, stimmt was nicht?«

Corbett schüttelte nur den Kopf. »Nichts von Bedeutung«, erklärte er, »gar nichts.«

Und dann erinnerte er sich an Geschichten, die er über Monck gehört hatte und die hinter vorgehaltener Hand von den Schreibern des Schatzamtes erzählt wurden, Hofklatsch eben.

»Der Mann ist verrückt«, murmelte Ranulf.

»Vielleicht«, entgegnete Corbett.

Master Joseph kam zurück. Er führte einen Esel, der einen flachen zweirädrigen Karren zog. Maltote und Ranulf legten den Leichnam des Mädchens vorsichtig darauf, und Gurney schickte den Jäger voraus ins Dorf.

»Sage ihnen, was passiert ist«, befahl er. »Father Augustine wird die Tote in die Kirche bringen.«

Die kleine traurige Prozession begab sich auf den Weg zurück. Der Karren holperte den schmalen Weg entlang, der nach Hunstanton führte. Es ging am Herrenhaus vorbei, und kurze Zeit später hatten sie das Dorf erreicht. Der Hauptweg war breit und hatte tiefe Karrenspuren. Der Wagen bewegte sich nur ruckweise, und die Erschütterungen schienen den Leichnam, der unter einer Decke verborgen lag, wieder zum Leben zu erwecken. Als sie sich der Mitte des Dorfes näherten, versammelte sich dort bereits eine kleine Menschenmenge. Frauen und Kinder zuerst, dahinter die Männer, die in eiligem Lauf von den Feldern kamen. Ihre Umhänge und Gamaschen waren fleckig und mit Lehm beschmiert. Kleine Jungen mit Schleudern, mit denen sie räuberische Krähen vertrieben, trotteten hinter ihnen her. Corbett schaute in ihre roten, vom salzwassergeschwängerten Wind verfrorenen Gesichter. Ihre Angst erfüllte ihn mit großer Anteilnahme. Sie versammelten sich wortlos um den Karren und schauten ihren Herrn etwas argwöhnisch an. Gurney nahm seine Kapuze ab, schüttelte den Kopf und stieg ab. Er hob die Hand und beendete so die leisen Seufzer und gemurmelten Flüche.

»Marina, Gott sei ihrer Seele gnädig«, verkündete er, »ist auf dem Moor heimtückisch ermordet worden. Ich schwöre bei Gott und dem König, ihr Mörder wird gefunden und gehängt werden!«

»Was hatte sie dort zu suchen?« rief jemand.

Die Frage wurde nicht beantwortet, ein beleibter, untersetzter Mann mit einer ängstlich dreinschauenden Frau im Schlepptau eilte gerade herbei und bahnte sich einen Weg durch die Menge. Er warf einen Blick auf die Leiche und wandte sich ab. Dann fuhr er sich an die Brust und krallte die Finger in seine Lederschürze. Er versuchte seine Frau daran zu hindern, zu sehen, was er gesehen hatte, aber sie machte sich von ihm los, stand eine Weile da und schaute auf die Tote hinunter. Dann brach sie mit offenem Mund auf den Pflastersteinen neben dem Karren zusammen und stieß den fürchterlichsten Schrei aus, den Corbett jemals gehört hatte. »Meine Kleine!« jammerte sie. »O nein, nicht meine Marina!« Das Jammern klang noch jämmerlicher, da sie einen sehr starken ländlichen Akzent hatte. Sie schlug mit dem Kopf gegen das Karrenrad. Ihr Mann versuchte sie wegzuziehen, aber sie machte sich von ihm los, und ihre Haube rutschte ihr von dem dünnen grauen Haar. Dann stürzte sie sich auf Gurney und klammerte sich an seine Robe.

»Wer ist zu so etwas fähig?« rief sie. »Wer ist zu so etwas fähig?« Ihr fürchterliches Schluchzen brachte jeden Lärm zum Verstummen. Gurney sah ihren Mann an.

»Ist es Marina?«

Der Mann nickte, Tränen rannen ihm über die Wangen.

»Ich will Gerechtigkeit, edler Herr«, flüsterte er.

»Die sollt Ihr bekommen.«

Er schaute auf den Geistlichen. »Ihr werdet sie begraben, Pater?«
»Ja, Fulke, das werde ich, in Gottes geweihter Erde.«
Fulke bahnte sich einen Weg zu Master Joseph, der schweigend etwas abseits stand.
»Ihr habt gesagt, Ihr würdet auf sie aufpassen«, sagte er bitter.
Master Joseph machte keine Zugeständnisse, er beachtete das bedrohliche Gemurmel nicht weiter, das sich um ihn herum erhob.
»Fulke, das habe ich auch gemacht. Aber Marina bestand gestern abend darauf, ins Dorf zurückzukehren. Sie mußte Euch unbedingt sehen, so sagte sie zumindest. Vielleicht wollte sie auch jemand anderen besuchen.«
»Wo ist Gilbert, der Sohn der Hexe?« rief jemand.
»Er ist nicht hier«, erwiderte ein anderer.
Corbett drehte sich um. »Father Augustine, wer ist dieser Gilbert?«
»Der Liebste des Mädchens. Oder zumindest hatte er ein Auge auf sie geworfen. Ein einfacher Bursche, der Sohn eines Holzfällers. Er lebt mit seiner Mutter am Rande des Dorfes hinter der Kirche. Sie ist in der Heilkunst bewandert, sie weiß alles über Kräuter und Kuren, Heilmittel und Heiltränke.« Father Augustine senkte seine Stimme. »Aber Ihr wißt ja, wie so etwas ist, Sir Hugh, man munkelt, sie beschäftige sich mit Schwarzer Magie und reite nachts mit anderen Dämonen auf dem Besen.«
Die Stimmung der Menge war von einem Augenblick auf den anderen aggressiv geworden. Gurney stieg wieder aufs Pferd und erhob die Stimme: »Es gibt gegen niemanden belastende Beweise.«
»Wer hätte es denn sonst tun sollen?« fragte jemand.
Eine Gruppe von Dorfbewohnern hatte einen Ring um Fulke und seine Frau gebildet. Ein kleiner Mann mit kugelrundem Bauch trat vor. Sein von Warzen bedecktes Gesicht war verknif-

fen, wütend glühten seine Wangen. Er bewegte sich selbstbewußt und fuhr sich mit seinen dicken Fingern durch sein strähniges blondes Haar. Er baute sich vor Gurneys Pferd auf.
»Ihr wißt doch, was hier üblich ist, Sir Simon? Ich, Robert Fitzosborne, der Vogt dieses Dorfes, fordere, daß eine Versammlung einberufen und der Mörder ausfindig gemacht wird!«
Das also war der Vogt. Corbett schaute sich den Mann gründlich an und dachte an den Klatsch vom Vorabend. Fitzosborne trug bessere Kleidung als die übrigen Dorfbewohner. Der Vogt streckte jetzt seine Arme aus und wandte sich halb den anderen zu. »Wir alle fordern das«, rief er, »denn so ist es Sitte und so verlangt es das Gesetz.«
Die Menge brach in zustimmende Rufe aus. Corbett faßte unter seinem Umhang nach dem Griff seines Schwertes und schaute Ranulf und Maltote warnend an. Die Leute aus dem Dorf bewegten sich auf sie zu. Corbett drehte sich um, als er Hufschlag auf dem Weg hörte, und sah Catchpole mit Dienern in Livree auf sie zugaloppieren. Gurneys Gefolgsmann hatte den Verlauf der Ereignisse klug vorhergesehen und trug unter seinem Umhang einen Kettenpanzer. Seine fünf Diener waren ebenfalls schwer bewaffnet.
Ihre Ankunft schmälerte die Arroganz Robert Fitzosbornes ein wenig, doch wollte er sich nicht so leicht geschlagen geben.
»Sir Simon, die Bräuche sind wohlbekannt«, rief er trotzig. »Einer Eurer Pächter ist brutal ermordet worden. Ihr habt die Macht.«
Gurney wandte sich an Corbett und lächelte ihm schwach zu.
»Fitzosborne hat recht«, sagte er. »Ich habe Macht über Schwert und Galgen. Aber Ihr seid hier der Vertreter der Krone, was schlagt Ihr vor?«
Corbett schaute auf die Menge der Bauern, die sich um den Karren mit seiner traurigen Fracht geschart hatten. Er fand die Forderung Fitzosbornes gerechtfertigt. Ein junges Mädchen

war brutal ermordet worden. Auf einer Versammlung würde er auch mehr über diesen geheimnisvollen Ort und seine seltsamen Morde erfahren. Hier herrschte ein Nebel, der nicht nur die Augen der Menschen, sondern auch die Augen Gottes trübte. Er schaute Gurney an.

»Eine Versammlung«, erklärte er mit fester Stimme, »soll einberufen werden!«

Kapitel 4

Noch zur selben Stunde war Marinas Leichnam ins Leichenhaus am Rande des Dorfes gebracht worden. Gleichzeitig hatte man das Langhaus der geräumigen und solide gemauerten Kirche in einen Gerichtssaal verwandelt, wie es der Brauch vorschrieb. Corbett stand vor dem Gotteshaus und schaute an dem gedrungenen Turm in die Höhe, in dem sich auch das große Hauptportal befand. Es stand offen. Er bewunderte die Skulpturen, die dieses und die Fenster schmückten. Die Darstellungen von Tieren, Pflanzen und Fabelwesen verrieten die Hand eines Meisters. Er sah über die Schulter zum Wohnhaus des Geistlichen hinüber, ein großes Fachwerkhaus mit verputzten Mauern und strohgedecktem Dach. Ihn fröstelte. Ein Ort der Geheimnisse, ging es ihm durch den Sinn, warum ist dieses Dorf zu einem Ort der Schatten und plötzlichen Todesfälle geworden? Ranulf, Maltote und er gingen um die Kirche herum und schauten auf den Ginster, das Unkraut und die Brombeerranken, die überall den Weg versperrten.

»Ein betrüblicher Ort«, sagte Ranulf.

Corbett betrachtete die ramponierten Holzkreuze und die umgestürzten Grabsteine. Er fragte sich, was Grabräuber hier wohl zu finden hofften, und ging dann zum Portal zurück. Father Augustine kam geschäftig vom Leichenhaus zurück und wischte sich die Hände an seiner Kutte ab. Die Stirn seines hageren Gesichts war in sorgenvolle Falten gelegt. Corbett und seine Gefährten folgten ihm in die Kirche. Sie bewunderten die Holzdecke, die in hellen Farben mit einem Rautenmuster bemalt war.

Die Wände und Pfeiler des Kirchenschiffs hatten ebenfalls eine kunstvolle Ausschmückung: Sie waren mit grellbunten Hundszahnornamenten bemalt. Die anschaulichen Szenen aus dem Leben Christi im Querschiff wurden von lodernden Fackeln beleuchtet.
In der Kirche herrschte vollkommene Stille. Im Schiff war eine lange Tafel auf Böcken aufgebaut. An jeder Seite saßen je sechs Männer. Am Kopfende thronte Gurney auf einem prunkvollen Stuhl aus dem Chor, der vor den Lettner getragen worden war. Ihm gegenüber nahm Father Augustine Platz, der auch als Dorfschreiber tätig war. Vor ihm waren Pergament, Tintenfaß und Bimsstein aufgebaut, bereit für das Protokoll. Hinter Gurney standen der furchteinflößende Catchpole, Giles Selditch und Master Joseph. Die Dorfbewohner hockten um die Tafel herum auf dem Boden. Gurney gab Corbett ein Zeichen, näherzutreten, und deutete auf einen Hocker neben sich.
»Sir Hugh, Ihr sollt mein Zeuge bei diesem Verfahren sein.«
Gurney stand auf und erklärte feierlich die Gerichtsverhandlung für eröffnet.
Corbett folgte dem Geschehen wie gebannt. Er war selbst oft als königlicher Richter oder Bevollmächtigter aufgetreten, hatte aber nie miterlebt, wie über eine ernste Angelegenheit durch das Gericht eines Herrenhofes verhandelt wurde.
»Der Tod, der uns hier beschäftigen soll«, fing Gurney an, »ist der von Marina, der Tochter von Fulke, dem Gerber, die draußen auf dem Moor barbarisch ums Leben gebracht worden ist. Sie ist vergewaltigt und erdrosselt worden«, er hob die Hand, um den Tumult des Publikums zum Verstummen zu bringen, »von einem oder mehreren uns noch Unbekannten. Nun«, setzte er seine Rede eilig fort, »Ihr kennt die alten Sitten und Gebräuche. Erst einmal müssen die Umstände des Todes niedergeschrieben werden. Dann erst kann, wenn es genug Indizien gibt, gegen eine oder mehrere Personen Anklage erhoben werden.«

Seine Stimme wurde lauter. »Gibt es tatsächlich Verdächtige, so wird es zu einer oder mehreren Festnahmen kommen, auf die ein fairer Prozeß vor dem nächsten Geschworenengericht folgt.«

Seinen Worten begegnete gemurmelter Widerspruch. Gurney wischte sich mit den Händen nervös über die Seiten seines Talars. Er schaute auf die Geschworenen zu beiden Seiten des Tisches und schenkte schließlich dem Vogt Robert einen durchdringenden Blick.

»Ihr habt alle den Eid auf das Buch des Evangeliums abgelegt.« Er zeigte auf den schweren Lederband auf der Tafel. »Jeder, der sich als Zeuge äußert, muß auf das Evangelium schwören. Ich muß nicht daran erinnern, daß Meineid als Kapitalverbrechen gilt.«

Gurneys letzte Worte hallten wie Totenglocken durch die Kirche, eine finstere Erinnerung seiner Pächter an die Gefahren, die es mit sich brachte, bei einem solchen wichtigen Anlaß zu lügen.

Danach begann die Befragung. Gurneys Jäger legte den Eid ab und beschrieb, wie er das Mädchen gefunden hatte. Danach kam Giles Selditch, der sehr anschaulich die Wunden der Toten beschrieb. Corbett fand die Neugier der Geschworenen und Dorfbewohner abstoßend.

»Wann glaubt Ihr, daß das Mädchen ermordet worden ist?« fragte Gurney.

Der Doktor, der an einer Ecke der Tafel stand, zuckte mit den Achseln.

»Sie war bereits starr und von Reif bedeckt. Sie muß gestern abend getötet worden sein.«

»Was hatte sie draußen auf dem Moor zu tun?« fragte einer der Geschworenen.

Gurney hieß den Mann schweigen.

Master Joseph ergriff als nächster das Wort. »Marina war Mit-

glied unserer Gemeinschaft«, begann er, »niemand zwang sie, zu uns zu kommen.« Er schaute in die Runde und quittierte die gemurmelte Zustimmung mit einem Kopfnicken. »Niemand zwang sie, bei uns zu bleiben.« Er hob eine Hand. »Die Tatsache, daß sie sich auf dem Moor befand, beweist, daß sie frei war, zu kommen und zu gehen, wann immer sie wollte.«
»Warum ging sie?« fragte Gurney streng.
Master Joseph schaute ihn an und wartete, bis Father Augustine mit kratzender Feder die Frage niedergeschrieben hatte.
»Sie sagte«, antwortete er schließlich, »daß sie ihren Vater besuchen wollte. Ich wollte sie erst nicht gehen lassen, hatte aber kein Recht und keinen Grund, sie daran zu hindern. Ich hatte jedoch bereits zu diesem Zeitpunkt den Eindruck, daß sie mich belog, daß sie in Wirklichkeit jemand anderes treffen wollte.« Er schaute über die Schulter Fulke, den Gerber, an, der am Sockel eines Pfeilers kauerte und einen Arm um seine schluchzende Frau gelegt hatte. »Ich weiß nicht, wen. Marina hätte uns bald verlassen sollen. Ihre Purifikation war abgeschlossen, und wir hatten gehofft, für sie am Ende des Monats eine Schiffspassage nach Outremer zu arrangieren. Sie hätte dann Weihnachten bereits in Bethlehem sein können.«
Corbett flüsterte Gurney etwas zu, der eilig sagte: »Sir Hugh Corbett würde gern ein paar Fragen stellen.«
Corbett erhob sich. »Master Joseph, hat jemand von außerhalb der Gemeinschaft versucht, mit Marina zu sprechen, während sie sich in der Eremitage aufhielt?«
»Ja, Gilbert, der Sohn der alten Hexe.«
»Und ist Marina ans Tor gegangen, um mit ihm zu sprechen?«
»Ja, zweimal. Aber dann hat sie sich geweigert, ihn zu sehen.«
»Und wie hat Gilbert diesen Bescheid aufgenommen?«
»Er war wütend und verletzt. Er ging jedoch, ohne länger zu murren.«
»Master Joseph«, Corbett lächelte schwach. Er war sich bewußt,

daß ihn die Dorfbewohner durchdringend anstarrten und sich gegenseitig anstießen in Ehrfrucht vor der Bedeutung dieses Mannes, der zwar Abgesandter des Königs war, den sie aber mit einer Mischung aus Bewunderung und Mißtrauen gegen jeden Fremden betrachteten.

»Master Joseph«, wiederholte Corbett. »Ich muß Euch auch das fragen. Hat gestern abend sonst noch jemand die Eremitage verlassen?«

»Nein. Master Nettler kann beschwören, daß ich mich nicht fortbegeben habe, und ich kann das auch für ihn bezeugen. Die übrigen Mitglieder der Gemeinschaft können ebenfalls füreinander bürgen.« Master Joseph sah Gurney direkt an. »Sir Simon, wir sind jetzt seit über einem Jahr auf Eurem Land und werden, wie Ihr wißt, weiterziehen, wenn der Frühling kommt.« Seine Worte riefen bei den Dorfbewohnern einen enttäuschten Seufzer hervor. »Wir haben Eure Gastfreundschaft und die dieses Dorfes kein einziges Mal mißbraucht. Wir haben nie gelogen und waren nie in irgendwelche Betrügereien verwickelt. Ich versichere das jetzt nur, um zu sehen, ob mir jemand widerspricht.« Er hielt inne und schaute in die Runde. Niemand sagte etwas. »Und jetzt unter Eid lüge ich ebenfalls nicht!«

Corbett nickte und setzte sich wieder. Master Joseph wurde entlassen und verließ die Kirche auf leisen Sohlen. Fulke, der Gerber, wurde als nächstes aufgerufen. Er erklärte, daß es sich bei der Toten um seine Tochter handele, und meinte, Marina sei in der Eremitage glücklich gewesen. Dann sagte er dem Gericht, er vermisse eine dünne Bernsteinkette, ein Geschenk von ihm und seiner Frau.

»Sie hat sie immer getragen«, sagte er kategorisch. »Und jetzt ist sie, wie auch ihre Seele, weg.«

Die Dorfbewohner klatschten, als er an seinen Platz zurückging. Andere wurden aufgerufen, um eine Aussage zu machen. Gilberts Name fiel immer wieder. Er hatte in der Dorfschenke die

Pastoureaux mit bitteren Worten dafür angeklagt, daß sie ihm Marina genommen hätten, und darüber gesprochen, wie sehr er sie vermißte. Einmal an einem denkwürdigen Abend hatte er sogar dreist versichert, daß sie Hunstanton nie verlassen würde. Gurneys Unbehagen wuchs, als andere Zeugen darauf hinwiesen, daß Gunhilda, Gilberts Mutter, die jetzt allgemein nur noch als eine berüchtigte Hexe beschrieben wurde, versucht hatte, ihrem Sohn zu helfen. War sie vielleicht auch diejenige, die frevelhaft die Gräber auf dem Kirchhof geplündert hatte?
»Der Gebrauch von Schädeln und Knochen von Toten«, sagte ein Mann mit Fistelstimme, »ist bei diesen Galgenvögeln und Hexen der Nacht nichts Ungewöhnliches!«
Father Augustine wurde daraufhin aufgerufen. »Ich kann nicht sagen«, antwortete er auf eine Frage von Gurney, »ob Gunhilda oder ihr Sohn für den wiederholten Grabraub verantwortlich sind. Dieser ist im letzten Jahr immer wieder vorgekommen, und ich kann mir keinen Reim darauf machen.«
»Warum sagt Ihr das?« fragte Corbett.
»Weil die Gräber, die geplündert werden, nie neueren Datums sind. Sie sind oft mehrere Jahrzehnte alt. In ihnen liegen nur noch ein paar Knochen.«
»Und hat jemals was gefehlt?« fragte Corbett weiter.
»Soweit ich weiß, nie.«
In der Kirche wurde es langsam dunkel. Der Tag neigte sich seinem Ende zu. Gurney faßte, was gesagt worden war, kurz zusammen. Die Geschworenen zogen sich zurück, kamen jedoch sehr bald wieder zurück. Sie traten hinter dem Vogt in die Kirche, der, wie Ranulf flüsternd bemerkte, so wichtig aussah wie ein Hahn auf einem Misthaufen.
»Habt Ihr ein Urteil?«
»Das haben wir, edler Herr. Wir kommen zu dem Schluß, daß Marina, die Tochter von Fulke, dem Gerber, von Gilbert ermordet worden ist, und zwar mit Wissen und Unterstützung seiner

Mutter Gunhilda. Wir fordern die Verhaftung der beiden, damit ihnen der Prozeß auf Leben und Tod gemacht werden kann.«
Gurney hob die Hand. »Sie sollen festgenommen werden«, versprach er. Er schaute warnend den Tisch entlang und dann auf die Dorfbewohner, die sich im Kirchenschiff zusammengedrängt hatten und halblaut Drohungen ausstießen. »Sie sollen einen fairen Prozeß bekommen«, sagte er mit fester Stimme. »Sie müssen einen fairen Prozeß haben.«
Die Menge machte den Eindruck, als ob sie sogleich einen Aufstand beginnen würde. »Die Sitzung dieses Gerichts ist beendet«, sagte Gurney. Er langte in seinen Geldbeutel und legte zwei Silbermünzen auf den Tisch. »Das hier ist für Fulke, den Gerber, um für die Totenmesse seiner Tochter zu bezahlen. Ich werde auch Father Augustine dafür bezahlen, daß er von heute ab bis Ostern Seelenmessen für sie liest, damit ihre Seele Ruhe findet.«
Die Dorfbewohner, die lärmten wie ein umgestürzter Bienenkorb, umschwärmten die Geschworenen und klopften ihnen auf die Schultern, als diese die Kirche verließen. Father Augustine murmelte, er hätte noch zu tun, gab sein Protokoll Gurney und eilte hinter seiner Gemeinde nach draußen.
Gurney gab Catchpole ein Zeichen, näher zu kommen. »Nimm Gunhilda und Gilbert mit ein paar Männern fest«, befahl er. »Hoffentlich kommen wir denen aus dem Dorf zuvor. Die Männer drängen sich in der Schankstube des Inglenook und betrinken sich dermaßen, daß sie früher oder später das Gesetz in die eigenen Hände nehmen.«
Catchpole eilte davon. Gurney stand auf, reckte sich und schaute Corbett an.
»Wirklich eine fürchterliche Geschichte, Hugh.«
»Ja, und sie wird nicht gut ausgehen.« Corbett preßte die Lippen zusammen und schaute in Richtung Kirchenportal. Eure Pächter, dachte er, fordern Gerechtigkeit und Blut.

»Reitet Ihr jetzt zum Herrenhaus zurück, Hugh?«
»Vielleicht etwas später. Es ist schon ziemlich spät, und ich würde gern noch etwas von der Gegend sehen, bevor es dunkel wird.«
Corbett entschuldigte sich und ging, begleitet von Ranulf und Maltote, die beide sehr schweigsam waren, zu den Pferden, die auf einer kleinen Koppel hinter dem Haus des Priesters friedlich grasten. Sie ritten, Corbett vornweg, durch das Dorf zurück und betrachteten die weißgestrichenen, strohgedeckten Hütten, die alle von einem kleinen Stück Land umgeben waren. Ein wohlhabender und blühender Ort, dachte er. Trotzdem schien alles von den gewaltsamen Todesfällen überschattet. Das Dorf wirkte ausgestorben. Die Frauen hielten sich mit ihren Kindern in den Häusern auf, die Männer hatten sich in der Schenke versammelt. Vor der Schenke lag die Allmende mit ihrem von einer dünnen Eisdecke überzogenen Teich.
Einige der Dorfbewohner, die an der Tür der Schenke standen, bemerkten Corbett und riefen ihm einen Gruß zu. Corbett hob die behandschuhte Rechte. Er sah, daß Robert, der Vogt, sein Haus verließ, ein frischgestrichenes Gebäude, das zur Hälfte aus Holz war. Er fragte sich, wie es wohl zu dem neuen Reichtum des Vogts gekommen sein mochte. Etwas weiter lag das Haus des Bäckers mit einem kleinen Schild in fröhlichen Farben, auf dem drei kleine Weißbrote auf einem silbernen Teller zu sehen waren. Corbett hätte angehalten, aber alle Läden waren geschlossen und verrammelt, als hätte der Tod des jungen Mädchens den Bäcker an seine eigene Tragödie erinnert. Corbett ritt weiter aus dem Dorf hinaus und folgte dann dem Pfad, der zum Rand des Kliffs führte.
Die Dunkelheit nahm zu, und Nebel brodelte über den wütenden Wogen, die bei Ebbe auf den Strand schlugen. Die unheimlichen Rufe der Meeresvögel übertönten den leise klagenden Wind. Corbett fühlte intensiv die trostlose Stimmung des Moors.

Er erinnerte sich an die Legenden des Ortes. In Swaffham hatte jemand diesen Wind den Dunklen Engel genannt und Corbett erzählt, dieser Teil von Norfolk sei einmal von einem alten Stamm regiert worden, der gegen die Römer rebelliert und den Boden mit Blut getränkt habe. Corbett fiel vor Schreck fast aus dem Sattel, als Ranulf sein Pferd neben seines lenkte.

»Herr«, fing er vorsichtig an, da er Corbetts abweisende Miene bemerkt hatte, »Maltote und ich fragen uns, wie lange wir hierbleiben?«

Corbett lächelte. »Wie lang ist ein Stück Seil, Ranulf?«

Ranulf versuchte es anders. »Die Dorfbewohner haben es bereits unter sich ausgemacht, wer das Mädchen getötet hat. Sir Simon hat schon recht. Wenn Gilbert in ihre Hände fällt, werden sie ihn töten.«

Corbett zügelte sein Pferd und schaute Ranulf an. »Kennst du Master Joseph?«

Ranulf kratzte sich seine Bartstoppeln am Kinn. »Darüber denke ich auch die ganze Zeit nach. Er hat mich mit Sicherheit wiedererkannt, und ich denke auch, daß ich ihn kenne.«

»Woher?«

»Ich weiß es nicht. Ich kann mich nicht erinnern.«

»Was hältst du von den Pastoureaux?« fragte Corbett.

»Gestörte und Betrüger.« Ranulf grinste. »Meine alte Mutter hat mich ermahnt, mich vor der Religion in acht zu nehmen. Sie zieht einige wenige Heilige an und viele, viele Schurken.«

»Du denkst also, daß die Pastoureaux Schurken sind?«

»Ich denke, wir sollten mit den jungen Männern und Frauen ihrer Gemeinschaft sprechen.«

Corbett nickte. »Wenn wir hier fertig sind, wirst du zusammen mit Maltote Master Joseph in meinem Namen das Beileid aussprechen. Sieh zu, daß du mit den anderen reden kannst.«

Ranulf schloß die Augen. »Herr, mir ist kalt, und ich habe Hunger!«

»Ja, und wenn ihr zurückkommt, wird es ein warmes Essen und ein gutes Bett geben. Dann kannst du mit Maltote Würfel spielen.« Er hob warnend einen Finger. »Aber nicht mit Sir Simons Dienern.«
Ranulf blinzelte ihn unschuldig an.
»Es ist mir damit Ernst«, beharrte Corbett. »Und du sollst sie auch nicht bereden, irgendeine von den Arzneien zu kaufen, die du immer auf dem platten Land feilbietest, diese seltsamen Gebräue und Elixiere, die du angeblich von den alten Ägyptern hast.«
Ranulf schluckte und schaute Maltote schuldbewußt an. Wie hatte Meister Langschädel nur von seinem kleinen Lederbeutel erfahren und von den Heilmitteln, die er an Gutgläubige verkaufte?
»Also«, Corbett gab seinem Pferd die Sporen, »laßt uns jetzt den Galgen anschauen.«
Sie ritten das Kliff entlang, bis sie wieder an den Galgen kamen. Er zeichnete sich gegen das dunkler werdende Blau des Himmels ab und war nur ungefähr sieben Schritt vom Abgrund entfernt. Corbett zügelte sein Pferd und versuchte es zur Ruhe zu bringen. Er schaute auf den gewaltigen Eisenhaken, der an dem Ausleger befestigt war.
»Ich vermute«, sagte er mehr zu sich selbst als zu seinen Gefährten, »daß der Unglückliche, den sie hier hinrichten wollen, eine Leiter heraufgeschleift wird. Dann wirft man die Leiter um, und er baumelt in der Luft. So ist es bei der Bäckersfrau aber nicht gewesen.«
Er schaute auf die Erde. Hier wuchs schon lange kein Gras mehr. Sein Pferd war so unruhig, daß er sich überlegte, ob jemand unter dem Galgen begraben lag. Er wußte, daß es Sitte war, Selbstmörder und Exkommunzierte am Richtplatz beizusetzen. Warum, fragte er sich, war die Bäckersfrau wohl hiergekommen? Warum hatte sie jemandem erlaubt, ihr eine

Schlinge um den Hals zu legen? Wie konnte es sein, daß der Mörder keine Spuren hinterlassen hatte? Und wer war auf dem Pferd des Bäckers wieder ins Dorf zurückgeritten?
Er hörte Hufschlag und drehte sich besorgt um. Monck kam aus dem Nebel galoppiert. Sein schwarzer Umhang wehte hinter ihm her, und er sah aus wie ein Rabe, der Unheil verkündet. Corbett nickte Ranulf und Maltote zu, daß sie sich entfernen könnten.
»Reitet zur Eremitage«, befahl er. »Ich sehe euch dann wieder im Herrenhaus.«
Ranulf und Maltote galoppierten davon, als Monck, sein Pferd jetzt im Schritt reitend, Corbett beinahe erreicht hatte. Er strich seine Kapuze zurück, Haare und Gesicht waren klatschnaß. War er am Strand gewesen und hatte dort in die Gischt geschaut? Monck deutete auf den Galgen.
»Rätselhaft, was, Corbett?«
»Habt Ihr die Leiche gesehen?« fragte Corbett.
»Ja, nichts als der Abdruck der Schlinge um ihren Hals. Nichts im Vergleich mit dem jungen Mädchen, das wir heute morgen gefunden haben.« Monck kam mit seinem Pferd näher. »Ich dachte, daß ich Euch entweder im Dorf oder hier finden würde. Ich wollte mit Euch sprechen.«
Corbett schaute ihn an. »Warum?«
Monck wischte sich mit dem Handrücken über den Mund.
»Ich wollte mich entschuldigen.«
Einige Sekunden lang hatte sein Gesicht einen entspannten Ausdruck, und er sah aus wie der junge und umgängliche Mann, der er eigentlich hätte sein können. Monck schaute über das Meer, über dem Nebelschwaden hingen, und sagte leise: »Ihr habt die Geschichte vermutlich gehört?«
»Ja«, entgegnete Corbett. »Ich habe mich daran erinnert. Ihr hattet ebenfalls eine Tochter.«
»Sie war sechzehn«, sagte Monck und blickte immer noch über

die See. »Sie war hübsch wie ein Sommertag. Jedesmal, wenn ich sie anschaute, dachte ich an ihre Mutter, die im Kindbett gestorben war. Es passierte alles so schnell. Der Earl of Surrey hatte ein kleines Bankett organisiert. Es war ein wunderbarer Tag. Caterina, meine Tochter, sagte, sie wolle einen Spaziergang in einem Wäldchen in der Nähe machen. Ich war so dumm, sie gehen zu lassen. Wir waren auf dem Besitz des Earls. Ich dachte, daß ihr dort schon nichts geschehen würde. Eine Stunde verging, und sie kam nicht zurück. Ich bekam Angst und machte mich auf die Suche. Sie lag genauso da wie das Mädchen, das wir heute morgen gefunden haben.« Er wandte sich jetzt zum ersten Mal wieder an Corbett und blinzelte, um die Tränen zu vertreiben. »Man hatte sie überfallen, vergewaltigt und dann erwürgt. Und ich konnte nichts tun. Ich redete auf sie ein.« Seine Worte stockten. »Ich zog sogar meinen Dolch hervor und schnitt mir in die Hand, um zu sehen, ob ich träume. Der Earl of Surrey war sehr freundlich, aber der Mörder wurde nie gefaßt.«

Corbett beugte sich zu ihm hinüber und berührte ihn leicht am Arm.

»Das tut mir wirklich leid, Lavinius, wirklich.«

»Es gab natürlich Verdächtige«, fuhr Monck fort. »Auf der anderen Seite des Waldes hatten sich die Pastoureaux niedergelassen. Sie hatten von einer Kirchenruine Besitz ergriffen. Sie schworen, daß sie mit Caterinas Tod nichts zu tun hätten.«

»Handelte es sich um dieselbe Gruppe?« fragte Corbett, »um die Leute, mit denen wir es hier zu tun haben?«

Monck schüttelte den Kopf. »Ich weiß es nicht. Ich war außer mir vor Kummer. Der Earl of Surrey holte den Sheriff und seine Männer. Die fanden jedoch nichts heraus.«

»Glaubt Ihr, daß die Pastoureaux Marina getötet haben?«

Moncks Gesicht verzog sich zu einem Hohnlächeln. »Das sollt Ihr beweisen, Corbett! Mir ist verdammt egal, wer Marina ermordet hat. Aber eines Tages wird jemand für den Tod meiner

Tochter bezahlen!« Monck griff die Zügel seines Pferdes fester und beugte sich zu Corbett hinüber, so daß sein Gesicht nur ein paar Fingerbreit von dessen entfernt war. »Ich weiß, wie Ihr über mich denkt«, flüsterte er. Corbett bemerkte den mörderischen Haß in den Augen des anderen. »Ihr denkt, daß ich vollkommen skrupellos bin, daß ich keine Prinzipien habe und keine Moral. Wie sollte ich aber, da ich keine Seele mehr habe? Meine Seele, mein Leben starben an dem Tag, an dem meine Tochter ermordet wurde. Gott nahm mir meine Frau, dann nahm er mir auch noch Caterina. Ich höre nicht mehr auf das Gewäsch der Priester!« Monck warf den Kopf zurück und schaute in den grauen Himmel. Ein ersticktes Geräusch kam aus seiner Kehle. »Ich verfluche ihn, verfluche ihn, bis ans Ende meiner Tage!« Monck gab seinem Pferd die Sporen und galoppierte in Richtung Herrenhaus.

Corbett schaute ihm hinterher. Er fühlte sich nicht wohl in seiner Haut. Er hatte sich ein Bild von Monck gemacht und dabei nicht bemerkt, von welchen Alpträumen und Gespenstern die Seele dieses Mannes verfolgt wurde. Er empfand Mitleid mit ihm. Monck hatte seine Tochter zum Mittelpunkt seines Lebens gemacht, und dann war ihm diese so grausam genommen worden. Corbett gab seinem Pferd die Sporen und ritt dann gemächlich den Pfad weiter. Was hatte er sonst noch gerüchteweise gehört? Hatte nicht der Verdacht bestanden, daß Moncks ermordeter Diener, Cerdic Lickspittle, ein Auge auf das Mädchen geworfen hatte? Monck hatte auf jeden Fall seinem Diener die Schuld gegeben, daß dieser sich nicht besser gekümmert hatte. Corbett schaute auf den wiegenden Kopf seines Pferdes. Was, wenn Monck um diese Aufgabe nachgesucht hatte? Was, wenn er sich nur deswegen in diesen unwirtlichen Teil Norfolks begeben hatte, um ein paar offene Rechnungen zu begleichen? Mit den Pastoureaux und mit seinem Diener? Hatte es etwa eine Verbindung zwischen Monck und der Bäckersfrau gegeben?

Das Wiehern seines Pferdes riß ihn aus seinen Gedanken. Er schaute auf und bemerkte, daß er nur noch einen Steinwurf weit vom Tor von Mortlake Manor entfernt war.
Im Hof nahm ihm ein Stallknecht sein Pferd ab. Corbett betrat das Haus durch das Hauptportal. Die Halle und der Festsaal waren menschenleer, und ein Diener sagte ihm, Sir Simon hätte sich bereits mit seiner Frau zurückgezogen. Corbett holte sich etwas zu essen aus der Speisekammer und ging mit einem Zinnbecher Glühwein auf sein Zimmer. Er wärmte sich zunächst an dem kleinen Feuer, zündete dann die Kerzen auf dem Tisch an, zog eine Feder hervor samt Tintenfaß und einen Bogen Pergament und versuchte, die Rätsel, denen er sich gegenübersah, in eine Ordnung zu bringen.
Als erstes fertigte er eine Kartenskizze an, auf der er die Küste und die verschiedenen Orte einzeichnete. Dann machte er sich eine Liste der Personen, die in die Sache verwickelt waren. Er fing mit Sir Simon Gurney an, stockte, kaute auf dem Ende seiner Feder und dachte nach. Sir Simon war nervös, leicht distanziert und hatte außerdem Angst – aber wovor? Dann war da Giles Selditch, der Arzt. Eine rätselhafte Figur. Als nächstes Catchpole, Sir Simons Gefolgsmann: Er war loyal, hatte eine Abneigung Fremden gegenüber und verabscheute die Pastoureaux. Dann war da Lavinius Monck: verrückt oder nur getrieben von Bösartigkeit oder Rachsucht? Mit seinem Namen verbanden sich die unterschiedlichsten Fragen. Was machte er wirklich in dieser Gegend? Befaßte er sich mit den Pastoureaux, versuchte er privat Rache zu üben, oder hatte er ein anderes geheimes Ziel? Wer hatte seinen Diener Cerdic Lickspittle auf dem Gewissen? Was hatte Cerdic im Moor zu suchen gehabt? Warum war er so barbarisch ermordet, geköpft und sein Kopf auf einem nebligen und kalten Strand aufgespießt worden? Wie hatte es der Täter angestellt, keine Spuren, keinerlei Anhaltspunkt zu hinterlassen?

Und wie war es mit den Pastoureaux? Waren sie Fanatiker, Einfaltspinsel oder Heilige? Lohnte es sich, bei der Kanzlei oder beim Schatzamt Erkundigungen über sie einzuziehen? Er fuhr fort, Namen zu notieren, den von Master Joseph. Wer war er? Warum hatte ihn Ranulf erkannt? Dann Marina, die Tochter von Fulke, dem Gerber: Warum hatte sie die Eremitage verlassen, und was hatte sie auf dem Moor zu suchen gehabt?
Corbett kam seine Namenliste schon jetzt endlos vor. Er fügte den Namen Amelia Fourbour dazu, die Frau des Bäckers. Warum war sie zum Galgen geritten? Warum hatte sie keinen Widerstand geleistet? Warum hatte man keine Spuren eines weiteren Pferdes am Tatort gefunden? Wer hatte ihr Pferd zum Rand des Dorfes zurückgeritten?
Corbett rieb sich müde die Augen und starrte eine Weile lang vor sich hin. Schließlich seufzte er, nahm einen Schluck aus seinem Becher und schrieb weiter.
Father Augustine: ein Fremder in dieser Gegend, der sich mit seiner Gemeinde nicht ganz wohl fühlte. Lady Cecily, klug, aber den Luxus liebend. Robert, der Vogt: Woher kam sein neuer Wohlstand? Corbett legte die Feder hin und las seine Namenliste noch einmal durch. Es stellten sich ihm weitere Fragen. Wer hatte sich an den Gräbern auf dem Kirchhof zu schaffen gemacht? Wie war Lady Agnes zu Tode gestürzt? Er stand von seinem Stuhl auf und starrte ins Dunkel am anderen Ende des Zimmers. Eine Frage beschäftigte ihn ganz besonders. Warum hatte man Monck hierhergeschickt? Was konnte so wichtig sein, daß der König der rechten Hand des Earl of Surrey noch einen überaus betrauten Diener beiseite stellte, scheinbar nur um ein paar zugegebenermaßen bizarre Morde aufzuklären?
Corbett kehrte an seinen Tisch zurück und erinnerte sich an sein letztes Zusammentreffen mit dem König. Edward hatte ihm nicht in die Augen geschaut und war nervös von einem Fuß auf den anderen getreten. Er hatte fasziniert auf einen Jagdfalken

auf der Veranda gestarrt, der an seinen Fesseln zerrte. John de Warenne, der Earl of Surrey, war ebenfalls dort gewesen. Er hatte versucht, unbeteiligt auszusehen, und war sich immer wieder mit der Hand über den Mund gefahren, als hätte er sich bemühen müssen, das Grinsen über einen Witz, den nur Eingeweihte verstehen, zu unterdrücken.

Das war in Swaffham. Jetzt, das wußte Corbett, hielt sich Edward mit seiner jungen französischen Königin vermutlich in Walsingham auf.

»Ich warte«, murmelte Corbett. »Ich werde noch etwas warten. Wenn Monck nicht mit der Wahrheit herausrückt, dann reite ich eben nach Walsingham und verlange, daß der König sie mir selbst sagt!«

Corbett legte sich hin, schloß die Augen und schlummerte ein. Draußen wurde es ganz dunkel, und das Lied des Dunklen Engels war über dem Donnern der See immer stärker zu hören.

Kapitel 5

Herr!«

Corbett öffnete die Augen. Ranulf stand über ihn gebeugt.

»Herr, der Verwalter läutet zum Abendessen!«

Corbett setzte sich auf die Bettkante und schaute Ranulf und Maltote an. Sie waren noch in ihre Mäntel gehüllt, auf denen die Regentropfen im Kerzenschein funkelten.

»Wir waren in der Eremitage«, berichtete Ranulf. »Master Joseph war unerwartet freundlich. Er erlaubte uns sogar einzutreten. Er meint auch, daß er mich irgendwoher kennt, kann sich aber auch nicht mehr erinnern, wo das gewesen sein könnte.«

Corbett rieb sich das Kinn.

»Hast du mit Mitgliedern der Gemeinschaft gesprochen?«

»Ja, Nettler und Master Joseph waren aber immer dabei. Alle meinten, Marina sei ein glückliches Mädchen gewesen, waren sich jedoch einig, daß sie die Tage vor ihrem Tod in sich gekehrt war.«

»Und?«

»Sie hatte Alpträume. Die Frauen – sie schlafen in dem einen Schlafsaal, die Männer in dem anderen – haben sie im Schlaf den Namen Blanche rufen hören.«

»Wer ist Blanche?«

»Eine Freundin Marinas aus Kindertagen. Die Tochter des Vogts und eine der ersten, die der Gemeinschaft beitraten. Sie verließ England schon vor über einem Jahr.«

Corbett seufzte. Er stand auf, ging ins Lavatium, wusch sich Hände und Gesicht und trocknete sich mit einem Handtuch ab.

Ranulf und Maltote zogen Mäntel und Stiefel aus und Halbstiefel aus weichem Leder an, wuschen sich ebenfalls und folgten Corbett hinunter in die Haupthalle.
Das Abendessen war heute eine lieblose Angelegenheit. Gurney war schweigsam und sorgenvoll, da er immer noch an den Tod des Mädchens und an die Ereignisse im Dorf denken mußte. Alice hatte sich von der Stimmung ihres Mannes anstecken lassen und stocherte in ihrem Essen. Monck lächelte etwas sonderbar vor sich hin und aß wortlos. Corbett beobachtete ihn und fragte sich, ob sein Kollege wohl gerade verrückt würde.
Sie saßen immer noch zu Tisch, als Catchpole in die Halle kam, naß und schmutzig und ganz offensichtlich äußerst übellaunig.
»Gott verfluche sie alle!« brüllte er. »Keine Spur von Gilbert oder von seiner verdammten Mutter! Sie sind getürmt!« Er zog eine Hand unter seinem Umhang hervor. »Ich habe das hier in ihrem Haus gefunden.« Er öffnete die Hand und zeigte den anderen ein paar funkelnde Bernsteinperlen.
»Das ist Marinas Halskette«, sagte Selditch sofort. Er lächelte verlegen. »Ich habe das Mädchen gut gekannt. Die Dorfbewohner scheinen also doch recht zu haben. Gilbert ist der Mörder.«
»Ich bin durch das Dorf zurückgeritten«, sagte Catchpole. »Die Hitzköpfe betrinken sich immer noch in der Inglenook Tavern. Es wird einen Tumult geben.«
Gurney schüttelte den Kopf. »Adam, danke, aber genug ist genug. Zieh dich um und iß mit uns zu Abend. Morgen ist auch noch ein Tag.«
Corbett nutzte die Gelegenheit, sich zu entschuldigen. Er ließ Ranulf und Maltote an der Tafel zurück und ging auf sein Zimmer, um noch einmal seine Notizen zu lesen. Er wartete, bis er hörte, daß die anderen die Halle verließen, dann ging er hinaus auf den Gang und bat einen Diener, ihn zu Moncks Kammer zu bringen. Er klopfte und öffnete die Tür absichtlich, ohne eine Antwort abzuwarten. Monck saß mit dem Rücken zur

Tür am Tisch. Er drehte sich hastig um, sah Corbett und raffte eilig die Pergamentblätter zusammen, die vor ihm ausgebreitet lagen. Dann stand er auf, das seltsame Lächeln immer noch auf den Zügen.

»Was ist los?« fragte er. »Was kann ich jetzt für Euch tun?«

Corbett trat ein, schloß die Tür hinter sich und setzte sich auf einen Hocker. Monck sorgte dafür, die Pergamentblätter mit seinem Körper zu verdecken.

»Warum seid Ihr hier?« fragte Corbett geradeheraus.

Monck zuckte mit den Achseln. »Wegen der Pastoureaux.«

»Und wie ist Lickspittle gestorben?«

»Das habe ich Euch gesagt. Er ging ins Moor und kam nie mehr zurück. Sein geköpfter Rumpf und abgetrennter Kopf wurden am Strand gefunden.«

»Absonderliche Art zu sterben«, sagte Corbett.

»Sterben ist immer absonderlich.«

»Ihr wißt, was ich meine, Lavinius. Jemanden umbringen ist eine Sache, eine Leiche verstümmeln eine andere.«

»Dies ist auch eine absonderliche Gegend«, entgegnete Monck. »Wenn man unserem feisten Arzt glauben darf, schnitten die Iceni, die früher hier lebten, ihren Feinden die Köpfe ab, um sie öffentlich zur Schau zu stellen – genau wie heute unser König auf der London Bridge.«

»Was hatte Lickspittle am Strand zu suchen?«

Monck zuckte mit den Achseln.

»Er wollte zum Kloster. Von dort führt ein Pfad zum Strand, aber warum er ausgerechnet dort runtergegangen sein soll, falls das wirklich so war, ist mir ein Rätsel. Er riskierte damit wirklich einiges.«

»Wie das?«

»Ebbe und Flut sind hier unberechenbar. Nach starken Regenfällen treffen die Wellen viel höher auf den Strand und können einen Nichtsahnenden davonspülen.«

»Sonst wollt Ihr mir nichts sagen?«
»Ich kann Euch sonst nichts sagen.«
Wieder dieses schiefe Lächeln. Corbett stand auf und ging zur Tür. Die Hand schon am Riegel, hielt er inne.
»Lavinius!«
»Ja?« Monck drehte sich halb auf seinem Stuhl um.
»Ihr solltet mir die Wahrheit sagen, denn ich kann Euch eines versichern: Es wird noch mehr Morde geben.«
Monck wandte sich jedoch ungerührt wieder seinen Papieren zu. Corbett verließ das Zimmer und schloß leise die Tür hinter sich. Er ging den Gang entlang und blieb oben an der Treppe stehen. Von unten hörte er Ranulf und Maltote lachen. Er hoffte, daß seine beiden Goldstücke nicht jemanden in ein Würfelspiel verwickelt hatten, und ging zurück auf ihr Zimmer. Draußen heulte der Wind, schlug gegen die Fenster und rüttelte an den Läden. Das düstere Heulen des Sturmes wurde noch vom donnernden Aufprall der Wogen auf die Felsen übertönt. Das Meer drängte in die Wash-Bucht. Er kniete nieder, bekreuzigte sich und sprach sein bevorzugtes Gebet: »Christus, sei in meinen Gedanken, Christus, sei in meinen Augen und in meinem Schauen, Christus, sei in meiner Linken und meiner Rechten.«
Seine Gedanken schweiften ab. Wie es Maeve jetzt wohl in London ging? Und der kleinen Eleanor? Er schüttelte sich und kehrte zu seinen Gebeten zurück, hatte jedoch Probleme, sich zu sammeln. Er gab auf, bekreuzigte sich ein weiteres Mal und legte sich zum Dösen aufs Bett. Nach einer Weile entkleidete er sich, legte sich richtig hin, zog die Decken bis unters Kinn und schlief sofort ein. Er träumte, er liefe über einen langen Strand und würde von dunklen Gestalten mit Kapuzen verfolgt.
Als er am nächsten Morgen erwachte, lagen Ranulf und Maltote noch vollständig angekleidet auf ihren Betten und sahen so zufrieden aus wie Schweine im Stall. So hätte Ranulf das zumindest ausgedrückt. Corbett öffnete die Läden. Der Wind hatte

sich gelegt, der Nebel war verschwunden, und er sah auf einen eisblauen Himmel. Er rieb sich die kalten Hände, wusch und rasierte sich, kleidete sich an und ging hinunter in die Speisekammer. Die Stundenkerze in ihrer Halterung aus Eisen zeigte ihm, daß er sehr lange geschlafen hatte: Die Flamme war bereits bis zur Zehnmarkierung niedergebrannt. Gurney trat gutgelaunt ein, stampfte mit den Füßen und blies sich in die Hände.
»Guten Morgen, Hugh. Warum machen einem Pferde im Winter eigentlich immer Ärger?«
Er goß sich warmes Ale ein, stopfte sich hungrig einige Brot- und Bratenbissen in den Mund und ging in der Speisekammer auf und ab. Alice kam mit Selditch herein. Sie besprachen heiter und entspannt die Ereignisse des Tages, da Monck sich bereits auf einem Spaziergang befand.
»Allein wie immer«, sagte Gurney und schnitt eine Grimasse. »Ich habe noch nie einen Mann getroffen, der so sehr von seiner eigenen Gesellschaft angetan war.« Dann stellte er seinen Krug ab, da vor dem Haus Tumult ausbrach. Mit lärmenden Stiefeln stürzte Catchpole in die Speisekammer.
»Sir Simon!« Ganz außer Atem, lehnte sich Catchpole gegen den Türrahmen. »Sir Simon, Sir Hugh, Ihr kommt besser sofort mit!«
»Was ist los?« fragte Alice mit schriller Stimme.
Catchpole wischte sich den Schweiß aus dem Gesicht. »Ich war unten im Dorf. Sie haben Gilbert und seine Mutter gefangen.«
»Gott stehe uns bei!« Gurney griff nach seinem Mantel und rief den Dienern zu, die Pferde zu bringen.
»Was werden sie tun?« fragte Corbett.
»Sie werden Gilbert zu einem Geständnis zwingen, und zwar auf die alte Art, indem sie ihn unter eine stabile Eichentür legen und diese dann mit Steinen beschweren.«
»Und Gunhilda?«
»Sie haben den Tauchstuhl hervorgekramt.«
Gurney verließ eilig den Raum. Corbett ging auf sein Zimmer

zurück, schnallte sich sein Schwert um, zog Stiefel und Mantel an und schaute niedergeschlagen auf seine beiden Diener. Diese schnarchten noch immer lautstark. Daraufhin eilte er wieder nach unten, um sich Gurney und Selditch anzuschließen, die bereits gestiefelt und gespornt im Hof standen und ungeduldig nach ihren Pferden riefen. Wenige Minuten später verließen die drei in Begleitung von sechs stämmigen Dienern das Herrenhaus und preschten den Weg zum Dorf entlang.

Die Wiese vor der Schenke war voll von Leuten, die hin und her gingen. Alles befand sich in einem großen Durcheinander. Lehmklumpen, Kuhfladen und sogar ein paar Steine flogen Gurney und seinen Leuten entgegen. Sein Gefolge sorgte schließlich mit den Breitseiten der Schwerter und mit Reitgerten für Ordnung und erzwang sich einen Weg durch die Menge. Das Bild, das sich ihnen unten am Teich bot, war fürchterlich. Gilbert lag unter einer schweren Eichentür, auf die Felsbrocken und Eisengewichte gelegt worden waren. Der flachsblonde junge Mann hatte halb das Bewußtsein verloren und stöhnte leise. Fulke, der Gerber, kniete neben ihm und brüllte ihn an, endlich zu gestehen. Etwas weiter hatten die Dorfbewohner einen schweren Baumstamm an das Ufer des Pfuhls gerollt und eine lange Stange mit einem kleinen Stuhl an ihrem einen Ende darübergelegt. Auf diesem war eine alte Frau wie ein Strohsack festgebunden, die einen erschütternden Eindruck machte. Ihre zerlumpten Kleider waren durchnäßt, und in ihrem langen grauen Haar hatten sich Wasserpflanzen verfangen. Eine Gruppe kräftiger Männer tauchte die Arme unter Anführung von Robert dem Vogt immer wieder ins eisige Wasser, und die Menge, auch Frauen und Kinder, rief: »Gesteh! Gesteh! Gesteh!«

»Das ist Mord!« brüllte Corbett.

Er ging auf die Männer zu und schob den Vogt beiseite. Hinter ihm hoben Gurney und die anderen Gewichte und Eichentür von dem hingestreckten jungen Mann.

»Ihr habt hier nichts zu sagen!« Das Antlitz des Vogts war wutverzerrt und ohnehin bereits von Ale gerötet und aufgedunsen.
Corbett zog sein Schwert.
»Ich bin Sir Hugh Corbett, der Abgesandte des Königs hier im Ort. Dieser Frau wird ein ordentlicher Prozeß gemacht!«
Die Menge reagierte auf seine Worte mit gemurmeltem Protest und machte Robert, dem Vogt, damit Mut. Dieser trat einen Schritt vor. Corbett nahm sein Schwert in beide Hände und hob es über den Kopf.
»Was wollt Ihr tun, Robert?« fragte er leise. »Mich angreifen?«
Der Vogt trat eilig zurück.
»Zieht die Schlampe aus dem Wasser!« rief er über die Schulter.
Die Stange aus Eschenholz wurde zurückgezogen und der Stuhl im seichten Wasser am Rand des Teiches niedergelassen. Corbett watete auf ihn zu.
»Christus erbarme dich!« sagte er leise.
Gunhildas graue Haare klebten an ihrem faltigen Gesicht. Corbett warf nur einen kurzen Blick in ihre halboffenen Augen mit den schweren Lidern und auf ihren hängenden Unterkiefer und wußte, daß es zu spät war. Er fühlte nach der Halsschlagader und nach den Pulsadern an ihren mageren Handgelenken, aber nichts, rein gar nichts rührte sich. Er zog seinen Dolch, löste ihre Fesseln und hob sie mit beiden Armen hoch. Sie war kaum schwerer als ein Kind. Er ging auf die durchweichte Wiese zurück.
»Ihr Verbrecher!« brüllte er.
Der Vogt machte sich wortlos davon, während Gurney und Catchpole neben ihn traten.
»Corbett, was ist los?«
»Die alte Frau ist tot!« entgegnete Corbett. »Diese Verbrecher haben sie umgebracht!«
Er ging weiter und legte den Leichnam der Frau auf einen Tisch

vor der Schenke. Er gab sich Mühe, sie ordentlich hinzulegen, und zog ihre Röcke über ihre mageren Beine, durch deren Haut die Adern schimmerten. Ein weiteres Mal fühlte er ihren Puls. »Tot, entweder durch Ertrinken oder vor Schreck.« Er schaute Gurney an. »Egal was auch immer, Sir Simon, diese Frau wurde ermordet.«

Zwei von Gurneys Männern führten den blonden jungen Mann in seine Richtung. Corbett ging ihm entgegen, legte die Hand sanft unter sein Kinn und hob seinen Kopf. Gilbert war ganz offensichtlich ein schlichtes Gemüt. Er ließ meist den Mund offen und hatte einen stieren Blick. Unter einem Auge war eine häßliche Schwellung, und blutiger Schaum hing in seinen Mundwinkeln. Von Kopf bis Fuß war er außerdem grün- und blaugeschlagen.

Corbett ließ sich von einem von Gurneys Gefolgsleuten einen Weinschlauch geben und schob dem jungen Mann das Mundstück zwischen die Lippen.

»Das ist ein Mörder!« brüllte Robert, der Vogt. Mit einer Menge aus dem Dorf im Rücken hatte er seinen Mut wiedergefunden.

Corbett schaute in das fette, anmaßende Gesicht des Vogtes.

»Ihr und Eure Freunde seid die Mörder!« rief er. »Gunhilda ist tot, und das Blut dieser Frau klebt an Euren Händen!«

Gilberts ersticktes Stöhnen war wie ein Echo seiner Worte.

»Diesem Mann«, rief Corbett heiser, »muß vor den Richtern des Königs ein ordentlicher Prozeß gemacht werden. Er ist ab sofort mein Gefangener.«

Father Augustine bahnte sich einen Weg nach vorne. Gurney, der jetzt neben Corbett stand, gab ihm ein Zeichen, näherzukommen.

»Pater, hättet Ihr das nicht verhindern können?«

Der Geistliche ließ seinen Blick von Gurney zu Corbett wandern. Er leckte sich über seine schmalen trockenen Lippen und schaute dann beschämt auf den Leichnam der alten Frau.

»Ich habe es versucht«, murmelte er, »aber die wollten Blut sehen. Ihr könnt ihnen dafür nicht die Schuld geben, Sir Hugh. Marinas Leiche liegt kalt in meiner Kirche. Wer ist sonst für ihren Tod verantwortlich?«
Gurney schnalzte mit den Fingern in Richtung seines Gefolges. »Bringt die Leiche der Frau zur Kirche. Ich werde ihr Begräbnis bezahlen.«
»Und der junge Mann?« Corbett nickte in Richtung von Gilbert, der sich aus dem Griff seiner Häscher loszumachen versuchte und den übel zugerichteten Leichnam seiner Mutter immer noch mit offenem Mund anstarrte.
»Bringt ihn ins Herrenhaus!« befahl Gurney seinen Männern. »Master Selditch soll sich um seine Wunden kümmern!«
Corbett schaute in die Runde der Dorfbewohner.
»Der König und sein Hof sind ganz in der Nähe in Walsingham. Er wird über diese gewalttätigen Ausschreitungen kaum begeistert sein. Jeder, der die Hand gegen Gilbert erhebt, muß mit der Ächtung rechnen.«
»Sir Hugh spricht die Wahrheit«, bestätigte Gurney. »Ein fürchterliches Übel hat sich dieses Ortes bemächtigt. Mehr Morde sind hier in den letzten Monaten geschehen als seit Menschengedenken. Geht jetzt! Geht zurück in eure Häuser!«
Und sie gingen. Einige Hitzköpfe murrten zwar noch, aber die Abgeklärten waren inzwischen in der Mehrheit. Die Menge zerstreute sich, die Frauen scheuchten ihre Kinder zurück in die Häuser, und die Männer erinnerten sich, daß gepflügt und geeggt werden mußte. Gilbert wurde auf das Pferd von einem aus dem Gefolge gesetzt, und Gurney führte äußerst schweigsam den Weg an, zum Herrenhaus zurück. Kurz vor dem Tor blieb er mit seinem Pferd zurück, bis er auf der Höhe von Corbett war.
»Hugh, ich danke Euch.«
Corbett schaute ihn an.

»Ich weiß, was Ihr denkt«, sagte Gurney. »Vielleicht hätte ich entschlossener auftreten sollen, aber das sind meine Leute. Ich habe Marina über das Taufbecken gehalten.«
Corbett nahm seinen Arm.
»Sir Simon, ich bin nicht Euer Richter«, sagte er. »Es kann schon sein, daß Gilbert der Schuldige ist, dann soll er aber auch für sein fürchterliches Verbrechen hängen. Andererseits kann er uns vielleicht auch helfen. Habt Ihr einen Kerker?«
Gurney nickte.
»Dann bringt ihn dorthin, sorgt aber dafür, daß es ihm an nichts fehlt.«
Gurney stimmte zu, und sie ritten mit klappernden Hufen auf den Hof.
Alice und ihre Zofen eilten nach draußen, und Gurney erzählte ihnen schnell, was passiert war. Danach führte sie Alice in die Halle, wo ihnen die Küchenjungen Krüge mit Ale, Brot, Käse und gesalzenen Speck brachten. Monck saß bereits zusammen mit Ranulf und Maltote vor dem Feuer. Beide machten einen etwas mitgenommenen Eindruck. Monck, etwas gelassener als am Vorabend, lauschte geduldig, als Corbett berichtete, was im Dorf vorgefallen war.
»Ihr werdet Gilbert verhören?«
Corbett nickte.
»Gut!«
»Aber solltet Ihr das nicht auch tun?« fragte Corbett. »Marinas Tod hat doch ganz sicher mit den Pastoureaux zu tun? Sie war schließlich eine von ihnen.«
»Nein, nein.« Monck schüttelte den Kopf und spielte mit dem Griff seines Dolches. »Kümmert Ihr Euch um Gilbert.«
Corbett verbarg seinen Ärger. »Sagt mir, wo ist Lickspittle begraben?«
»Auf dem Dorffriedhof.«
»Hat er irgend etwas hinterlassen?«

»Ja, einige Papiere, Krimskrams, Dolche, Schwerter und die Kleider, in denen er starb. Selditch hat die Leiche gewaschen, obwohl er es damit ziemlich eilig hatte. Ein geköpfter Toter ist nicht gerade die Gesellschaft, in der man sich gern länger aufhält.«

»Darf ich mir seine Hinterlassenschaft anschauen?« fragte Corbett.

»Bei Gelegenheit.« Monck erhob sich. »Jetzt muß ich mich um die verehrungswürdigen Schwestern des Holy Cross Convent kümmern.« Er tätschelte Corbett etwas herablassend die Schulter. »Kümmert Ihr Euch um die Bauern, Corbett, und überlaßt alles andere mir.« Er schritt aus der Halle.

Corbett blinzelte Ranulf und Maltote zu. »Und wie geht es meinen beiden lebenslustigen Dienern?«

Ranulf stöhnte. »Zuviel Wein und zuwenig Wasser«, sagte er. »Das ist Maltotes Schuld – er hat Catchpole zum Wettrinken aufgefordert.« Er unterbrach sich, da dieser gerade die Halle betrat.

»Sir Hugh, der Gefangene befindet sich jetzt im Kerker.« Der alte Soldat grinste. »Lange her, daß wir einen Gefangenen hatten.«

»Hat er es dort bequem?«

»Ja, aber er hat Angst, daß er gehängt wird.« Catchpole lächelte. »Aber haben wir diese Angst nicht alle?«

Corbett trank sein Ale aus und ging auf den Hof hinaus. Er sah Monck auf sein Pferd steigen und durch das Tor galoppieren, und suchte dann sein Zimmer auf, wo er einen besonderen Schlüssel aus seiner Satteltasche nahm.

»Jeder Einbrecher mit Selbstrespekt hat so einen, Herr«, hatte ihm Ranulf einmal erklärt. »Alle Schlösser sind ähnlich, und dieser Schlüssel paßt für die meisten.«

Corbett eilte den Gang entlang auf Moncks Tür zu und schob den Schlüssel ins Schloß, das sich mühelos aufschließen ließ.

»Nun«, sagte Corbett mehr zu sich selbst, »Ranulf hatte also recht.«
Er öffnete die Tür und sah sich im Zimmer um. Die Hocker standen alle im gleichen Abstand um den Tisch, die Decken waren ordentlich auf dem Bett zusammengefaltet. Moncks Penibilität, dachte Corbett. Die Satteltaschen waren akkurat unter dem Fenster aufgestellt, sicher verschnürt und mit Schnallen verschlossen. Corbett ging zu einem kleinen Tisch neben dem Bett. Hier stand eine dicke Bienenwachskerze, deren Wachs auf die Tischplatte getropft war und dort eine dicke Kruste bildete.
»Ich staune«, flüsterte Corbett vor sich hin.
Monck war vielleicht ein etwas seltsamer Mensch, aber vor allem immer noch Beamter. Er saß vermutlich wie Corbett auch noch spätabends im Bett und brütete über einem Pergament und machte sich Notizen auf einer Tafel. Corbett kniete sich hin, faßte unter die Bettstatt und lächelte triumphierend: In der Hand hielt er drei Stücke Pergament.
Er zog sie vorsichtig ganz hervor und setzte sich auf die Bettkante, um sie zu studieren. Erst hatte er den Eindruck, es handele sich um eine Liste wertvoller Gegenstände, dann las er sie genauer. Bei diesen Sachen handelte es sich nicht um irgendeinen Tand, sondern um Silbergeschirr, Pokale, sogar ein Meßgewand. Er konnte die Liste kaum entziffern, da Monck viele der privaten Abkürzungen verwendet hatte, wie sie bei den Beamten der Kanzlei beliebt waren. Corbett legte die Liste aufs Bett und widmete sich dem zweiten Pergament. Anfänglich ergaben die seltsamen Linien darauf keinen Sinn. Er glättete es und merkte dann, daß es sich um eine grob skizzierte Karte der Gegend von Hunstanton handelte, die der, die er gezeichnet hatte, sehr ähnlich war. Mit dem Finger verfolgte er die Küste der Wash-Bucht, wie Monck sie eingezeichnet hatte, und stieß auf die Kreuze, die den Holy Cross Convent, das Dorf Hunstanton, Mortlake Manor, den Galgen und die Eremitage mar-

kierten. Diese Karte war detaillierter als seine eigene und erfaßte ein größeres Gebiet bis hin nach Swaffham, die gesamte an die Wash-Bucht angrenzende Gegend und den Fluß Nene. Hier hatte Monck am meisten eingezeichnet, gestrichelte Linien kreuzten sich. Das dritte Pergament zeigte eine Skizze der Küste und die Zeichnung eines Handelsschiffes unter vollen Segeln.

Corbett versuchte sich jedes Detail der drei Pergamente zu merken, ehe er sie wieder unter das Bett zurückschob. Er stand auf, vergewisserte sich, das sich alles wieder an seinem Platz befand, und ging hinüber zum Fenster, vor dem kein Laden war und von wo der Blick wie von seinem eigenen über die graue düstere See reichte.

Was auch immer Euch hierhergeführt hat, Monck, dachte er, es sind nicht die Pastoureaux!

Er verließ das Zimmer, schloß es wieder ab und begab sich zu den anderen, die immer noch in der Halle saßen.

»Sir Simon, darf ich jetzt mit dem Gefangenen reden?« fragte er.

Gurney nickte. »Catchpole wird Euch nach unten bringen. Selditch ist bereits bei ihm.«

Catchpole begleitete Corbett einen Gang entlang. Vor einer eisenbeschlagenen Tür blieb er stehen und öffnete sie. Stufen wurden sichtbar, die in die Tiefe einer Höhle führten und nur ab und zu von einer Wandleuchte erhellt wurden. Am Fuße der Stufen begann ein langer Stollen, der in den Fels gehauen war. Corbett faßte überrascht an die Wände. Catchpole, der voranging, blieb stehen. »Habt Ihr nicht gewußt, Sir Hugh, daß Mortlake Manor auf einem Gewirr von Stollen und Tunneln erbaut ist? Hier kamen früher alle an, die über die Wash-Bucht übersetzen wollten.« Er deutete an die Decke. »Es wird behauptet, daß die Römer hier bereits einen Wachturm und ein Signalfeuer für ihre Schiffe hatten. Nach ihnen bauten die Angelsachsen und

schließlich der alte Herzog William der Normandie einen Bergfried. Ihr solltet mit Selditch sprechen, er kennt die Geschichte dieser Gegend am besten. Aber kommt.«
Der enge Tunnel schien endlos zu sein und führte leicht abwärts. Corbett fühlte einen leichten Anflug von Panik und versuchte, gleichmäßig zu atmen. Maeve und Ranulf zogen ihn immer wegen seiner Klaustrophobie auf. Schließlich blieb Catchpole vor einer massiven Eichentür mit einem kleinen Gitter oben stehen. Er schloß sie auf und schob Corbett spaßeshalber etwas unsanft hindurch.
Der Kerker war kaum mehr als ein kahler, geräumiger Lagerraum. Gurney hatte sich jedoch Mühe gegeben, seinem Gefangenen den Aufenthalt so angenehm wie möglich zu machen. Gilbert saß auf der Kante eines Feldbettes und Selditch auf einem Hocker ihm gegenüber. Der Arzt wusch das Gesicht des Gefangenen mit einer Mischung aus Wasser und Wein und trug auf die blutunterlaufenen Stellen um die Augen eine Salbe auf. Das Licht eines dreiarmigen Leuchters fiel auf die beiden. Gilbert schaute kaum auf, sondern blickte düster auf den binsenbedeckten Fußboden. Selditch, der mit seinen Heilmitteln und Tinkturen beschäftigt war, murmelte einen Gruß. Schließlich war er fertig.
»So!« Er lächelte Corbett an. »Keine ernsthaften Verletzungen, blaue Flecken auf der Brust und an den Beinen. Er wird auf jeden Fall bis zum Prozeß überleben.«
»Die haben meine Mutter ermordet!« murmelte Gilbert.
»Sie sagen«, entgegnete Corbett leise, »daß du das Mädchen auf dem Gewissen hast.«
Selditch stand auf. »Ich warte draußen auf Euch, Sir Hugh.«
Corbett nickte, setzte sich auf den Hocker und wartete, bis der Arzt die Tür hinter sich geschlossen hatte.
»Gilbert«, befahl er dann. »Schau mich an!«
Der junge Mann hob sein geschwollenes, ausdrucksloses Ge-

sicht und rieb sich seine unsteten, feuchten Augen. War dieser Mann, fragte sich Corbett, tolpatschig und offensichtlich etwas zurückgeblieben, dazu fähig, die junge Marina einzuholen und zu ermorden, die flink war wie ein junges Reh? Er schloß die Augen – ihm war eine Idee gekommen, die aber so undeutlich war wie eine eben verlöschende Flamme, und er verlor den Faden. Irgend etwas damit, daß sich Marina auf dem Moor befunden hatte? Corbett starrte auf seine Hände. Ja, das war es! Marina war ein Mädchen aus dem Dorf. Sie kannte die Gegend ausgezeichnet. Wenn sie bedroht wurde, warum hatte sie dann nicht versucht, zur Eremitage zurückzukehren? Oder hatte sie nicht ihren Vater im Dorf treffen wollen, sondern jemanden aus dem Herrenhaus? Die Besucher – die Priorin und Father Augustine – waren offensichtlich an diesem Abend unterwegs gewesen. Selditch war spät bei Tisch erschienen. Aber jeder hätte das Herrenhaus verlassen können – Catchpole hatte die unterirdischen Gänge erwähnt. Hatte jemand diese benutzt, um heimlich das Herrenhaus zu verlassen?

»Ich habe das Mädchen nicht umgebracht«, murmelte Gilbert.

Corbett deutete auf die Kratzer, die er auf den Händen, auf den Handgelenken und im Gesicht hatte.

»Woher stammen die?«

»Als ich weglief, habe ich mich in den Brombeerranken verfangen.«

»Und was ist mit der Bernsteinkette, die bei dir im Haus gefunden wurde?«

Gilbert schüttelte ratlos den Kopf, wandte den Blick aber nicht ab.

»Ich würde Marina kein Haar krümmen. Gilbert liebt Marina. Gilbert wollte ihr nur über ihr weiches Haar streichen.«

Corbett sah den jungen Mann nachdenklich an. Du bist kein Mörder, ging es ihm durch den Sinn, sondern der Handlanger für jemand anderen.

»Gilbert, die Halskette wurde in eurer Hütte gefunden.«
»Jemand hat sie dort hingelegt.«
»Und Marina hat sich geweigert, dich zu treffen.«
»Nein, das stimmt nicht.«
Corbett schaute überrascht auf. »Was?«
Der junge Mann lächelte so hinterhältig, daß Corbett kaum seinen Augen traute. Vielleicht war Gilbert intelligenter und verschlagener, als er geglaubt hatte.
»Hast du Marina getroffen?«
»Ja, an unserem gewöhnlichen Platz, der alten Eiche auf dem Moor. Marina hat mich dort zweimal getroffen. Ich habe dort etwas hingelegt. Als wir Kinder waren, haben wir dort gespielt. Marina, ich und Blanche.«
»Die Tochter des Vogts?«
»Ja, die Tochter des Vogts.« Gilbert griff plötzlich nach Corbetts Knie. »Warum haben sie Mutter umgebracht? Ist sie wirklich tot? Kommt sie in den Himmel?«
Corbett nahm vorsichtig die Hand des jungen Mannes von seinem Knie. Sie war schwach, kraftlos.
»Geht es dir gut, Gilbert?« fragte er.
»Ist Mutter jetzt im Himmel?«
»Ja natürlich. Sie starb im Angesicht Gottes. Aber, Gilbert, bist du verletzt? Deine Hände sind so schwach.«
»Das waren sie immer«, entgegnete der junge Mann. »Mutter sagte, das sei wegen meiner Geburt. Ich bin nicht so stark, wie ich aussehe. Deswegen hat mir Marina auch immer vertraut.« Gilbert richtete sich auf und lächelte. »Deswegen habe ich auch das Paket zur alten Eiche gebracht.«
»Welches Paket?« fragte Corbett.
»Nun ja, einen kleinen Brief, eine Pergamentrolle. Ein Hausierer brachte ihn aus Bishop's Lynn. Auf ihm stand Marinas Name. Ich habe die Aufschrift gelesen. Jeden Tag bin ich mit dem Brief zur Eiche gegangen, aber Marina kam nicht.« Er lächelte. »Aber

ich habe mit ihr gesprochen, als ich zur Eremitage kam, obwohl sie mir das nicht erlauben wollten. Ich habe ihr gesagt, daß ich ein Geschenk für sie hätte.«
Gilberts Stimme klang plötzlich rauh. Corbett schaute sich in dem Verlies um. In einer Ecke stand ein Krug mit Wein. Er füllte einen ramponierten Becher und drückte ihn Gilbert in die Hand.
Gilbert nahm ein paar Schluck und sprach dann weiter: »Marina kam zu der Eiche, und ich gab es ihr.«
»Das Paket?«
»Nun, wie gesagt, es war mehr eine kleine Rolle.«
»Weißt du, was in dieser Rolle war?«
»Nein, Marina steckte sie unter ihren Mantel, küßte mich auf die Wange und ging.«
»Und du weißt nicht, was in dieser Rolle war?«
»Nein, Herr, das weiß ich nicht. Werde ich gehenkt?«
Corbett stand auf und klopfte dem Gefangenen auf die Schulter.
»Keine Sorge, Gilbert, du wirst nicht gehenkt. Irgend jemand, aber nicht du. Es ist jedoch besser, wenn du hierbleibst, zu deiner eigenen Sicherheit.«
Corbett hämmerte gegen die Tür. Catchpole und Selditch hatten auf ihn gewartet. Sie gingen den Stollen zurück, die Stufen hinauf und kamen wieder in die Halle. Corbett versuchte Selditch in eine Unterhaltung über die Geschichte des Hauses zu ziehen, aber der Arzt gab seltsam ausweichende Antworten oder zuckte nur mit den Achseln, fuchtelte mit seinen tintenfleckigen Händen herum und wich Corbetts Blick aus. Der ließ ihn ungeduldig stehen und suchte nach Gurney und fand ihn schließlich in seinem Schreibkabinett. Sein Gastgeber blickte auf, als er eintrat.
»Ich will, daß der Bäcker hierhergebracht wird«, sagte Corbett übergangslos.

»Fourbour?«

Corbett trommelte mit den Fingern auf den Schreibtisch. »Ja, und Robert, der Vogt, auch. Ich will sie befragen.«

»Warum?«

»Weil keines dieser Rätsel gelöst wird, wenn ich nicht auf ein paar einfache Fragen ehrliche Antworten bekomme, Sir Simon!«

Kapitel 6

Um die Mittagszeit trafen Fourbour und der Vogt im Mortlake Manor ein. Corbett empfing den Bäcker als ersten, überging die Proteste des Mannes, daß man ihn von seiner Arbeit weggeholt habe, wies ihm einen Hocker in der Ecke der Halle zu und setzte sich ihm gegenüber. Er betrachtete das silberne Haar und die teigige Haut des Bäckers, die wirkte, als sei sie von Mehl gefärbt. Fourbour war klein und dünn, hatte einen unsteten Blick und fuhr sich ständig mit der Zungenspitze über die Lippen. Außerdem hatte er ein nervöses Zucken in der Schläfe.

»Ich möchte mit Euch über den Tod Eurer Frau sprechen«, sagte Corbett barsch.

Die Nervosität Fourbours nahm zu.

»Sie hieß doch Amelia?«

»Ja«, flüsterte Fourbour.

»Wie lange wart Ihr verheiratet?«

»Sechs Jahre. Sie war zehn Jahre jünger als ich.« Die Augen des Mannes füllten sich mit Tränen. »Sie war sehr hübsch, Sir Hugh.« Er sah sich hastig suchend in der leeren Halle um. »Aber sie hat sich in Hunstanton nie zu Hause gefühlt.«

»Woher kam sie denn?«

»Sie war die Tochter des Müllers in Bishop's Lynn. Ich war immer mal dort, um Mehl zu kaufen. Sie hieß mit Mädchennamen Culpeper.«

Corbett schaute weg. Ein Müller an einem Ort wie Bishop's Lynn war vermutlich sehr reich. Warum hatte er seiner Tochter erlaubt, einen Dorfbäcker zu heiraten? Fourbour schien seine Gedanken lesen zu können.

»Amelia war in einen Skandal verwickelt. Sie wurde schwanger, aber das Kind starb.« Seine Worte überschlugen sich förmlich.

»Und Ihr habt um ihre Hand angehalten?«

»Ja, das stimmt. Ihr Vater war darüber sehr froh. Er gab ihr eine große Mitgift, und Amelia hatte nichts dagegen einzuwenden. Anfänglich war unsere Ehe glücklich, aber ungefähr vor achtzehn Monaten«, Fourbour fuhr sich mit der Hand durch sein dünnes Haar, »ja, ich glaube, es war ab da, da war Amelia auf einmal zurückgezogen und wirkte unglücklich. Sie machte lange Spaziergänge oder Ausritte über das Moor. Ich war dagegen, aber sie sagte, daß die anderen im Dorf sie nicht leiden könnten und sie gelegentlich einfach ihre Ruhe haben müßte.«

»Wißt Ihr, wohin sie normalerweise ging?«

»Manchmal auf jeden Fall bis zum Holy Cross Convent.«

»Hatte sie keine Freunde?«

»Nein, nicht wirklich. Am 1. Mai und an den Feiertagen versuchte sie sich zu den anderen Frauen auf der Allmende zu gesellen, aber die schnitten sie immer. Das war auch in der Kirche der Fall.« Fourbour fuhr sich mit der Zungenspitze über seine trockenen Lippen. »Amelia sagte, daß man sie gelegentlich sogar absichtlich rempele.«

»Hat sie deswegen den Geistlichen aufgesucht?«

»Zweimal. Aber Amelia mochte Father Augustine nicht sonderlich. Sie fand ihn eher unzugänglich.«

Corbett nickte. Er konnte das verstehen. »Und der Abend, an dem Eure Frau ermordet wurde?«

Fourbour fuhr sich mit der Hand über den Mund. »Amelia war erregt«, entgegnete er langsam. »Kurz vor der Abenddämmerung sattelte sie unser Pferd und sagte, sie wolle aufs Moor reiten.« Der Bäcker konnte kaum weitersprechen. »Und dann kam das Pferd allein zurück. Ich und meine Lehrjungen gingen sie suchen. Dann fanden wir sie. Sie hing an einem Seil, das dick mit Teer beschmiert war. Der Himmel weiß, es war eine stockfinstere Nacht. Wäre ihr Gesicht nicht so fahl gewesen, hätten wir sie glatt übersehen. Einer meiner Lehrlinge sah sie zuerst dort hängen. Ich sagte, er solle sich ihr nicht nähern, konnte es auch gar nicht glauben.«

»Wolltet Ihr die Leiche Eurer Frau nicht vom Galgen schneiden?«

Fourbour schaute weg.

»Ich konnte nicht«, stammelte er. »Ich wurde ohnmächtig. Einer meiner Lehrlinge rannte zum Mortlake Manor. Sir Simon, der Arzt und dieser seltsame Mann, Monck, kamen. Monck hatte eine Fackel. Er und der Arzt wagten sich vor. Monck suchte den Boden unter dem Galgen ab und stieg dann wieder aufs Pferd und schnitt Amelia herunter. Nachher sagte er, er hätte keine anderen Hufabdrücke oder Fußspuren gesehen.«

Fourbour machte eine Pause. Er schien nachzudenken. »Am nächsten Morgen«, sagte er schließlich, »wurde der Leichnam seines Dieners ohne Kopf am Strand gefunden. Zuerst glaubte ich, daß die beiden Todesfälle etwas miteinander zu tun hätten.«

»Wirklich?« sagte Corbett. »Warum?«

»Einfach, weil es gleichzeitig passiert ist.«

Corbett nahm die Hand des anderen. Sie war kalt wie ein Eisklotz.

»Sie sind ermordet worden, Master Fourbour. Cerdic Lickspittle und Eure Frau sind ermordet worden. Wißt Ihr, warum?«

Der Mann schüttelte den Kopf.

»Könnt Ihr mir irgend etwas sagen, wie sich der Tod Eurer Frau erklären ließe?«

Wieder das Kopfschütteln.

»Oder wer das Pferd Eurer Frau an den Rand des Dorfes zurückritt?«

»Ich weiß es nicht«, flüsterte Fourbour. »Die Dorfbewohner, die das gesehen haben, meinten, es war Amelia, aber die Nacht war dunkel, und die Person auf dem Pferd trug einen Mantel.«
Corbett nagte an seiner Unterlippe. Er hörte Robert, den Vogt, vor der Tür. Dieser klagte lautstark, daß man ihn warten ließe. Corbett beachtete das nicht weiter.
»Ihr habt die Leiche Eurer Frau gesehen?« fragte er leise.
Fourbour nickte.
»Und Spuren von Gewalt waren nicht zu entdecken?«
»Nein«, flüsterte der Bäcker.
»Und Ihr habt nichts bei ihren Habseligkeiten entdeckt, einen Brief oder einen Zettel vielleicht, was ihren Tod erklären könnte?«
»Nein, das habe ich nicht.« Fourbour schaute weg. »Amelia war eine liebevolle und sorgende junge Frau. Sie war dadurch, daß ihr Liebhaber sie verlassen hatte und ihr Kind gestorben war, sehr verletzt worden. Und, damit Ihr Euch diese Frage sparen könnt, sie hat diesen Liebhaber nie erwähnt.« Einen Augenblick lang sah er so aus, als wolle er noch mehr sagen, aber dann besann er sich ganz offensichtlich eines besseren.
»Was wolltet Ihr gerade sagen?« fragte Corbett mit leiser Stimme. »Bitte, sagt es mir.« Er lehnte sich vor und ergriff den anderen beim Handgelenk. »Ich entschuldige mich für meine direkten Fragen. Eure Frau hatte vielleicht ein trauriges Leben, aber sie hatte auch einen tragischen Tod. Sie traf ihren Mörder auf dem Moor. Wollt Ihr, daß das ungesühnt bleibt?«
Fourbour öffnete seine Brieftasche und zog eine Elfenbeinhalskette daraus hervor. Sie schimmerte und glänzte im Kerzenschein.
»Wunderschön«, murmelte Corbett, »und wahrscheinlich sehr kostbar.«
»Das gehörte Amelia«, sagte Fourbour, »und obwohl sie mir das nie sagte, glaube ich, daß sie sie von ihrem Liebhaber bekam.

Es gibt für diesen Verdacht keinen Beweis, nur daß sie sie immer trug.«

»Noch etwas?« fragte Corbett.

»Einmal, nur einmal, bin ich ihr aufs Moor hinterhergegangen. Amelia hatte angefangen, sich über die Dorfbewohner zu beklagen. Ich sagte ihr, sie seien arme Leute. Amelia schaute mich an und lachte. Sie sagte, Hunstanton sei vermutlich reicher, als ich ahnte.« Er zuckte mit den Achseln. »Ich wußte nicht, was sie damit meint. Wißt Ihr das, Sir Hugh?«

»Nein.« Corbett stand auf und hielt dem anderen die Hand hin. »Master Fourbour, danke, daß Ihr mit mir gesprochen habt. Wenn es nötig sein sollte, werde ich mich wieder an Euch wenden.«

Fourbour seufzte erleichtert, verließ den Raum, und Gurneys Verwalter ließ Robert, den Vogt, in die Halle. Robert schaute säuerlich auf Corbett, der auf den Hocker deutete. Der Vogt zog seinen Mantel enger um sich, sein gedunsenes Gesicht hatte einen bösartigen Ausdruck.

»Ich bin ein vielbeschäftigter Mann, Sir Hugh. Stellt Eure Fragen, aber bevor Ihr mir droht, darf ich Euch daran erinnern, daß Gilbert und seine Mutter vom Gericht schuldig gesprochen wurden. Wir haben sie auch nicht vorsätzlich getötet.«

Corbett beugte sich vor. »Vogt, Ihr seid ein Meuchelmörder und Schinder. Ihr seid so stolz, daß Eure Geheimnisse kaum verborgen bleiben.«

Der Vogt wurde bleich.

»Was meint Ihr damit?« stammelte er.

Corbett lächelte innerlich. Der Vogt hatte die Beleidigungen, die er ihm entgegengeschleudert hatte, vergessen, so groß war sein Schrecken über die Unterstellung, daß er Geheimnisse habe. Seine Knopfaugen ruhten ängstlich auf Corbett.

»Geheimnisse!« rief er. »Was für Geheimnisse?«

»Euer neuer Reichtum.«

»Das war eine Erbschaft. Ein Vermächtnis.«
»Von wem?«
»Von einem entfernten Verwandten.«
»Wo hat dieser entfernte Verwandte gelebt?«
Der Vogt schaute weg.
»Master Robert«, flüsterte Corbett, »ich kann dafür sorgen, daß Ihr festgenommen und nach Süden geschickt werdet, um vom obersten Gerichtshof des Königs befragt zu werden. Das wollt Ihr doch sicher nicht, oder? Eure Frau hat gerade erst wieder ein Kind bekommen, und Ihr seid, ganz zu Recht, ein bedeutender Mann in dieser Gemeinde. Ihr könntet monatelang in London festsitzen.«
Der Vogt schaute düster drein und kaute auf seinen schmutzigen Fingernägeln.
»Ich habe das Geld auf ehrliche Weise erhalten.«
»Von wem?«
Der Vogt seufzte.
»Ich will die Wahrheit hören«, beharrte Corbett.
»Ein Hausierer kam nach Hunstanton. Er hatte eine Nachricht von Edward Orifab, einem Goldschmied in Bishop's Lynn, die besagte, daß dieser eine bestimmte Summe Geldes für mich habe. Ich ging dorthin und bekam von Orifab fünf Silbermünzen und ein Goldstück.«
Corbett schaute ihn durchdringend an: »Und Ihr habt nicht gefragt, wer Euch einen solchen Reichtum schenkt?«
Robert schüttelte den Kopf. »Der Goldschmied bestand darauf, daß er mir nichts sagen dürfe.«
Corbett sah den Vogt nachdenklich an. Du lügst, ging es ihm durch den Kopf.
»Seid Ihr Euch da ganz sicher, Robert?«
»So sicher wie in der Frage, daß Gott die Äpfel grün gemacht hat, Sir Hugh.«
»Und Eure Tochter Blanche?«

Robert lächelte. »Die hat sich den Pastoureaux angeschlossen und das Dorf verlassen.«
»Ihr scheint froh darüber zu sein.«
»Sie fehlt mir, aber ich muß sieben Münder satt kriegen, und was hätte Blanche auch sonst tun sollen? Sie war zu arm, um in ein Kloster zu gehen, und wen hätte sie schon heiraten sollen? Etwa jemanden wie Gilbert? Ich bin ein armer Mann, Sir Hugh. Blanche ist sicher glücklich.«
Corbett nickte. Er dankte dem Vogt und entließ ihn. Dann saß er einfach da und starrte an die Wand. »Bishop's Lynn! Bishop's Lynn!« sagte er leise vor sich hin.
»Herr?«
Corbett blickte auf. Ranulf stand über ihn gebeugt.
»Setz dich, Ranulf. Fühlst du dich jetzt besser?«
»Ja, es ist schon ein Wunder, was ein Spaziergang in Gottes frischer Luft bewirken kann.«
»Gut! Hör zu, Ranulf, wir tappen hier noch vollkommen im dunkeln. Monck wieselt durch die Landschaft und tut weiß der Himmel was. Es wird Zeit, daß wir selbst etwas unternehmen. Ich will, daß du mit Maltote morgen ins Dorf gehst und zusiehst, was ihr herausfinden könnt. Und rede mit Gilbert. Er war viel auf dem Moor unterwegs und hat vielleicht etwas gesehen.«
Ranulf verzog das Gesicht. Insgeheim war er jedoch über die Aussicht erfreut, unabhängig einmal nicht unter dem wachsamen Auge Meister Langschädels arbeiten zu dürfen.
»Noch etwas, Herr?« fragte er unschuldig.
»Nein, benutze deinen gesunden Menschenverstand«, sagte Corbett. »Hilf mir dabei, dieses Rätsel zu lösen, denn der Teufel ist auf dem Moor von Hunstanton unterwegs, das versichere ich dir!«
»Und Ihr reitet nach Bishop's Lynn, Herr?«
Corbett schüttelte den Kopf. »Nein, noch nicht. Erst nach Walsingham. Wenn Monck mir nicht die Wahrheit sagt, dann werde

ich eben den König selbst fragen. Entweder gibt er mir die gewünschten Auskünfte, oder wir brechen hier unsere Zelte ab, und Monck muß allein herausfinden, was hier vorgeht.« Corbett erhob sich. »Und du kannst dich immer noch nicht daran erinnern, wo du Master Joseph früher schon einmal gesehen hast?«
Ranulf schüttelte den Kopf.
»Nun gut. Laß Maltote wissen, was geplant ist.«
Corbett ging zurück auf ihr Zimmer, packte seine Satteltaschen, zog Stiefel und Mantel an und schnallte sich sein Schwert um. Dann starrte er aus dem Fenster. Es war ein schöner Tag, aber immer noch etwas neblig. Er wollte ins Dorf reiten und mit Father Augustine über die geschändeten Gräber sprechen. Dann wollte er noch zum Holy Cross Convent und von dort aus weiter nach Walsingham.
Corbett fand den Geistlichen damit beschäftigt, alles für die Begräbnismessen von Gilberts Mutter und Marina vorzubereiten. Die beiden Särge standen auf Holzböcken vor dem Lettner. Father Augustine beschnitt die Dochte der purpurnen Begräbniskerzen, die neben den Särgen standen. Er legte das Messer hin, als Corbett durch das Kirchenschiff auf ihn zukam.
»Sir Hugh, ich hoffe, es gibt nicht noch mehr tragische Nachrichten?«
Corbett schüttelte den Kopf.
»Wo sind alle anderen?« fragte er. »Das Dorf war wie ausgestorben.«
Father Augustine wies ihn zu einer der Bänke im Querschiff.
»Meine Schäfchen versuchen die verlorene Zeit wieder hereinzuholen. Was auch immer geschieht, die Äcker müssen gepflügt werden, der Boden duldet es nicht, vernachlässigt zu werden.«
»Ihr habt gesagt, daß Ihr in Bishop's Lynn geboren worden seid. Ihr seid also selbst kein Bauer?« fragte Corbett.
»Nein, mein Vater war Händler. Aber raus mit der Sprache, Ihr seid ein vielbeschäftigter Mann, Ihr seid doch sicher nicht

hergekommen, um mich über meine Vergangenheit zu befragen.«
»Nein, Pater, ich kam wegen der geschändeten Gräber. Vielleicht könntet Ihr sie mir zeigen?«
Father Augustine führte ihn auf den überwachsenen Kirchhof.
»Mein Vorgänger«, erklärte er, »Father Ethelred war schon sehr alt und zudem gebrechlich. Deswegen hat mich der Bischof auch hierhergeschickt. Wenn der Frühling kommt, werde ich hier für Ordnung sorgen.«
Corbett sah sich um, umgestürzte Grabsteine und verwitterte Holzkreuze – die alle frisch mit Teer bestrichen waren.
»Das habe ich gemacht«, sagte Father Augustine. »Der Gemeinderat war besorgt, daß das Holz sonst so schnell verrottet. Aber laßt mich Euch die Gräber zeigen, die geöffnet worden sind.«
Er führte Corbett über den Friedhof und deutete auf einen Fleck, an dem die nasse Erde frisch umgegraben worden zu sein schien.
»Das ist das letzte.«
»Wer ist da begraben?« fragte Corbett.
Father Augustine hockte sich in das nasse Gras und betrachtete nachdenklich den verwitterten Grabstein.
»Ja, jetzt erinnere ich mich«, sagte er. »Als ich im Kirchenbuch nachsah, stellte ich fest, daß es sich um einen Unbekannten handelt. Das Kirchenrecht ist da sehr strikt«, erklärte er. »Wenn ein Fremder stirbt, dann muß er in der nächsten Gemeinde begraben werden mit dem Wort ›Incognitus‹ – unbekannt – und dem Sterbedatum auf dem Stein.«
»Und die anderen Gräber?« fragte Corbett.
Der Geistliche führte ihn herum und zeigte auf die Gräber, die zerstört worden waren. Corbett erkannte recht bald, daß diese Entweihungen ein bestimmtes Muster aufwiesen. Alle bis auf zwei der geplünderten Gräber gehörten Unbekannten, die zwei Ausnahmen waren die von alten Damen. Und immer handelte

es sich um alte Leute, die zwischen 1216 und 1256 gestorben waren.
»Und Ihr habt keine Idee, wer der Täter sein könnte?«
»Nein, überhaupt nicht.« Father Augustine seufzte. »Ich habe Wachen aufgestellt, und das haben Robert, der Vogt, und der Gemeinderat auch. Es ist immer dasselbe.«
»Wann passierte es?« fragte Corbett. »Nachts?«
Der Geistliche nickte. »Obwohl einmal auch am Spätnachmittag ein Grab geschändet wurde. Der Herr mag wissen, was sie gesucht haben.«
»Amelia Fourbour, die Frau des Bäckers«, fragte Corbett unvermittelt, »hat sie Euch besucht?«
Der Priester zuckte mit den Achseln. »Ja. Eine sehr unglückliche Frau. Amelia klagte über die Dorfbewohner, aber ich konnte da kaum etwas tun.« Father Augustine schaute in den wolkenverhangenen Himmel. »Ich kann ihren Tod nicht erklären und war auch nicht in der Lage, ihr zu helfen, als sie noch lebte. Gott möge mir das vergeben. Ihr habt doch meine Gemeinde getroffen, Sir Hugh, die Menschen hier sind so hart wie die Erde, die sie beackern!«
Corbett stimmte zu und dankte ihm. Er ging zum Friedhofstor zurück, bestieg sein Pferd und ritt durch die Abenddämmerung zum Holy Cross Convent. Er folgte dem Pfad das Kliff entlang und blieb gelegentlich stehen, um aufs graue, tosende Meer hinauszusehen. Schließlich tauchte das Kloster vor ihm auf. Als sich die Tore hinter ihm schlossen, war sich Corbett bereits im klaren darüber, daß es sich um eine sehr reiche Stiftung handeln mußte. Die Türen waren frisch gestrichen und öffneten sich lautlos auf gerade erst geölten Scharnieren. Die Nebengebäude hatten Ziegeldächer, die Holzwände machten einen frischen und leuchtenden Eindruck, und der Hof war erstklassig gepflastert. Ein Stallbursche nahm ihm sein Pferd ab, und eine Laienschwester führte ihn ins Haus. Hier war der Reichtum der Schwestern

ebenfalls sehr augenfällig. Die Wände waren getäfelt, die Möbel poliert, und in Nischen standen wunderschöne geschnitzte Statuen. Am Ende des Ganges war über einem spitzbogigen Portal ein erstklassiges Triptychon zu bewundern. Es duftete nach Holz, Harz und Weihrauch.

»Bewundert Ihr unser Kloster?« fragte die Laienschwester. Corbett war stehengeblieben, um ein großes geschnitztes und bemaltes Kruzifix im byzantinischen Stil anzuschauen.

»Wunderschön«, sagte Corbett.

»Nur Frauen aus guter Familie werden hier zugelassen, die Töchter oder Witwen von Adligen«, erklärte die Schwester. »Sie haben meist eine reiche Mitgift, und dann ist da natürlich noch der Ertrag von den Schafen.«

Corbett erinnerte sich an die Herden, die er auf dem Moor gesehen hatte.

»Das Kloster exportiert Wolle?« fragte er.

»O ja, ganze Karren voll davon gehen nach Whitstable, Boston, Bishop's Lynn und Hull. Hochwertige Wolle, die bei den flämischen Webern sehr gefragt ist«, antwortete die Schwester noch selbstbewußter.

Corbett warf einen letzten gründlichen Blick auf das Kruzifix und folgte dann seiner Führerin wundervoll möblierte Gänge entlang zur Zelle von Lady Cecily. Die Priorin schien erfreut zu sein, ihn zu sehen. Sie ließ Wein und Konfekt kommen und geleitete Corbett zu einem großen, thronähnlichen Stuhl vor einem prasselnden Feuer. Corbett setzte sich und schaute sich um. Das Gemach der Königin in Westminster konnte es mit diesem Zimmer nicht aufnehmen – wollene Teppiche, golddurchwirkte Gobelins, silberne Öllampen, kostbare Kandelaber, Gemälde und silberne Wasserkannen, Becher und Teller schmückten den Raum.

»Damit Ihr nicht erst fragen müßt, Sir Hugh«, sagte Lady Cecily und stellte einen Becher Wein neben ihn hin, »wir Schwestern vom Holy Cross legen kein Armutsgelübde ab. Wir sind eine Stiftung, die es sich zum Ziel gesetzt hat, gute Werke zu tun, zu beten und Frauen aus guter Familie eine Zuflucht zu bieten vor einer Welt, die man nur als gewalttätig bezeichnen kann.«

Corbett murmelte einen Dank und starrte ins Feuer. Solche Gründungen waren nicht selten, überlegte er, die auf großzügigen Stiftungen beruhten und die laufenden Ausgaben durch eine regelmäßige Einkommensquelle bestritten.

»Wie lange gibt es dieses Kloster schon?« fragte er.

»Der Großvater von Sir Simon gewährte dem Orden die ersten Privilegien. Das Gebäude wurde 1220 fertiggestellt. Ich bin die fünfte Priorin, und unsere Gemeinschaft besteht aus sechzig Schwestern.«

»Ihr habt also nichts gegen die Pastoureaux einzuwenden? Ihr seht sie nicht als Konkurrenz?« fragte Corbett, um die Priorin etwas zu provozieren. Diese ließ sich anmutig in einen großen gepolsterten Stuhl sinken.

Lady Cecily schüttelte den Kopf.

»Natürlich nicht. Wir gewähren den Pastoureaux Hilfe, wo es uns nur möglich ist. Wir sind mehr als froh darüber, daß sie in unseren Stallungen, auf unseren Feldern und in unseren Gärten arbeiten. Sie haben uns noch nie Probleme bereitet.«

»Ihr habt von dem Mord gehört?« fragte Corbett unvermittelt. »Das Mädchen Marina?«

Lady Cecily nickte. »Natürlich. Das arme Mädchen. Sie bewarb sich für diesen Orden. Sie wollte als Laienschwester zu uns kommen, aber ...« Lady Cecily zuckte mit ihren feisten Achseln und hatte einen Ausdruck dermaßen gespielter Trauer im Gesicht, daß Corbett unter anderen Umständen gelacht hätte.

»War Master Monck bereits hier?«

»Ja, heute morgen.«

»Warum?«

»Er kam wegen seines Dieners, Cerdic Lickspittle, den sie ermordet am Strand gefunden haben.«

»Und?« fragte Corbett etwas gereizt.

Lady Cecily wurde etwas nervös. »Um genau zu sein, er wollte wissen, ob Lickspittle am Tage seines Todes hiergewesen ist. Ich habe mit Ja geantwortet.« Lady Cecily spielte mit den Falten ihres wollenen Gewands. »Aber sein Besuch hier war sehr kurz. Er war zudem ein Ärgernis – unsere Schwestern sahen ihn ständig, wie er auf die Landzunge hinausritt und aufs Meer starrte. Mit Master Monck ist es nicht besser.«

»Vielleicht waren sie bekümmert?« suggerierte Corbett.

»Worüber?«

»Über eine Schwester Eures Ordens, Lady Agnes, diejenige, die vom Kliff herabstürzte.«

Lady Cecily wurde sichtlich erregt.

»Das war ein Unfall!« sagte sie kurz angebunden.

»Aber Lady Cecily«, beharrte Corbett, »was hatte eine Eurer Schwestern mitten in der Nacht auf der Landzunge zu suchen?«

»Das weiß ich nicht. Wir sind ein Zusammenschluß für adlige Damen, kein Gefängnis. Wir schützen uns gegen Eindringlinge, hindern unsere Schwestern aber nicht daran, zu kommen und zu gehen. Ich kann nur vermuten, daß Schwester Agnes einen Spaziergang machen wollte.«

»Auf einem sturmumtobten Kliff«, sagte Corbett ungläubig, »mitten in der Nacht?«

Lady Cecily breitete ihre dicken Arme aus.

»Schwester Agnes war ganz robust.«

»Welche Stellung bekleidete sie?«

»Sie war für unsere Finanzen verantwortlich.«

»Habt Ihr ihren Tod untersucht?«

»Ja. Sir Simon war hier und Master Monck. Sie untersuchten die Landzunge, fanden aber keine anderen Spuren außer solchen, die darauf schließen ließen, daß Agnes ausglitt und abstürzte.«

»Es existieren also keine verdächtigen Umstände?« fragte Corbett.

»Nein, überhaupt keine. Wir fanden die Tote auf den Felsen unterhalb des Kliffs, und jetzt liegt sie auf unserem Kirchhof begraben. Gott sei ihrer Seele gnädig!«

»Und Cerdic?«

»Oh, der kam eines Morgens. Er wohnte der Messe bei, sah sich unsere Kirche an und ging dann wieder.«

»Das ist alles?«

»Natürlich.«

»Und die Frau des Bäckers«, fragte Corbett, »Amelia Fourbour?«

»Die arme Frau, sie ritt oft an unserem Tor vorbei.« Lady Cecily spielte mit dem goldenen Armreif, der ihr klobiges Handgelenk umschloß. »Aber wir wußten nichts über sie.«

Corbett hatte den bestimmten Eindruck, daß er nicht mehr aus ihr herausholen würde. Er trank seinen Wein aus und stellte den Kelch vorsichtig wieder auf den Tisch neben sich.

»Lady Cecily, ich reite jetzt nach Walsingham. Seine königliche Hoheit werden über die Gastfreundschaft erfreut sein, die Ihr mir gewährt habt.«

Lady Cecily lächelte mit den Lippen, aber ihre Augen waren besorgt.

»Ich würde gerne in Eurem Gästehaus übernachten«, erklärte Corbett.

Die Priorin schlug ihre Hände in einer gespielt mädchenhaften Geste zusammen. »Aber natürlich, Ihr sollt uns ein willkommener Gast sein.«

Corbett dankte ihr, verließ ihr Gemach und ging zurück zu den Ställen. Er kündigte dem Stallburschen an, daß er in einer Stunde wieder zurück sei – er mußte einfach ausreiten, sich entspannen und seine Gedanken ordnen. Als er das Tor des Klosters hinter sich hatte, lenkte er sein Pferd in Richtung der

Landzunge. Er war entschlossen, das letzte Licht des Tages auszunutzen. Als erstes fand er den langen, gewundenen Pfad, der hinab an den Strand führte. Der Nebel wurde dichter, und die Flut kam immer näher, die Wellen schlugen bereits an den Fuß des Kliffs. Er kehrte um und führte sein Pferd das Kliff entlang. Der Wind war so stark, daß er das Gesicht abwenden mußte. Er ging vorsichtig weiter, da der Untergrund heimtückisch war, und sah schließlich das Kloster, das sich in eine Senke zu schmiegen schien, eine Reihe von Gebäuden, weitläufig und von einer Ringmauer umgeben. Er ging weiter hinaus auf die Landzunge und schaute übers Meer. Hier war der Wind noch stärker. Sein Pferd wurde unruhig, also ließ er es grasen und ging allein bis zu dem Punkt weiter, an dem Schwester Agnes gestanden haben mußte. Es wurde nun sehr schnell dunkel, und er war froh, daß ein warmes Bett auf ihn wartete – die Nacht würde pechschwarz werden, ohne Sterne oder den Mond am Himmel, und der Wind, der jetzt schon sein Haar zerzauste und seine Augen tränen machte, wurde zunehmend stärker.

Er stand eine Weile reglos. Er konnte verstehen, wie Schwester Agnes ausgerutscht war, aber was hatte eine Nonne mittleren Alters hier mitten in der Nacht zu suchen? Was hatte sie auf dem Meer zu sehen gehofft? Er versuchte immer noch, die Rätsel dieser Gegend zu ergründen. Warum waren Monck und Cerdic hierhergekommen? Corbett wollte sich gerade abwenden, als er ein schwaches Licht auf See bemerkte. Er sah länger dorthin und machte sich klar, daß trotz des Nebels und der Einsamkeit auf den Schiffahrtsrouten hinter dem Horizont ein ziemlicher Betrieb sein mußte. Fischerboote und Handelsschiffe auf dem Weg von oder nach Hull, anderen Häfen im Osten oder den vielen Fischerdörfern an der Küste. Corbett ging weiter. Er entfernte sich immer weiter vom Kloster und bemerkte, daß hier unterhalb des Kliffs eine Reihe kleiner Buchten und natürlicher

Häfen lagen. Zufrieden ging er zu seinem Pferd zurück und ritt wieder zum Kloster. Er sah dem Stallburschen zu, wie er den Sattel vom Pferd nahm und es für die Nacht in einen Stall brachte, und gab ihm ein Geldstück.
»Kümmere dich gut um mein Pferd«, drängte er ihn. »Morgen muß ich weit reiten und das schnell.«
»Wohin, Sir?«
»Nach Walsingham.«
Der Mann kratzte sich am Kopf. »Dann reitet Ihr am besten zum Dorf zurück und nehmt die Straße von dort. Wenn Ihr sie nicht verfehlt und das Wetter einigermaßen gut ist, solltet Ihr bis zum Nachmittag dort sein.«
Corbett dankte ihm. »Oh, übrigens, Schwester Agnes, die Nonne, die abstürzte ...«
»Gott sei ihrer Seele gnädig, Sir, ich kannte sie gut.«
»Ging sie oft auf dem Kliff spazieren?«
»O nein, nur gelegentlich. Und sie war immer sehr vorsichtig, hatte einen Spazierstock und eine Laterne, aber, und da sieht man es mal wieder, sie war eine sehr vielbeschäftigte Frau.« Der Stallbursche grinste, so daß seine sämtlichen Zahnlücken zu sehen waren. »Dieses Kloster ist wie ein Bienenstock, mit seiner Landwirtschaft, seinen Schafen und seiner Wolle.«
»Sie machte diese Spaziergänge aber nicht mit einer bestimmten Regelmäßigkeit?« fragte Corbett.
»Warum?« Der Mann wurde jetzt vorsichtiger. »Schwester Agnes kam und ging, wie es ihr gefiel. Ich will Euch folgendes sagen, Sir: Ich bin in dieser Gegend geboren, und hier kann es verdammt gefährlich sein. Die Kliffs sind aus Kreide und können nachgeben. Auf dem Moor können Pferd und Reiter versinken. Und vor allem sind da die Gezeiten – nach starkem Regen und starkem Wind kann die Flut schneller kommen als ein Windhund.«
Corbett dankte ihm und betrat bald darauf das Kloster. Eine der

Schwestern wies ihn in das kleine Gästehaus gegenüber der Kapelle und brachte ihm einen schmackhaften Pie und einen kleinen Krug des besten Rotweins, den er seit Monaten genossen hatte. Nach diesem Mahl ging er zu Bett. Während er vor sich hin döste, mußte er immer wieder an die einsame, windgepeitschte Landzunge denken und an die Nonne, die sich auf einen Stock lehnt, eine Laterne in der Hand, und auf das mitternächtliche Meer starrt.

Kapitel 7

»Eure königliche Hoheit, ich muß wissen, warum sich Lavinius Monck im Mortlake Manor aufhält.«
Corbett stand im Gemach des Königs im Augustinerkloster von Walsingham und schaute diesen finster an. Der König saß bequem zurückgelehnt in einer Fensternische und starrte mißmutig aus dem Fenster.
Am anderen Ende des Zimmers saß behäbig John de Warenne, der Earl of Surrey, vor dem offenen Kamin, rutschte gelegentlich verlegen hin und her und schlug sich mit seinen gepanzerten Handschuhen auf das Knie.
»Abgesandter«, rief der Earl über die Schulter, »Ihr habt Eurem König keine Forderungen zu stellen.«
»Ach, haltet doch den Mund, Surrey, seid nicht so verdammt anmaßend!«
Edward von England schaute zu seinem munteren Gefährten und treuen Freund hinüber. Er wünschte, der Earl würde schweigen. De Warenne konnte einen Angriff gegen die Schotten anführen, aber sobald es um Intrige ging, besaß er nur noch den Takt und die Diplomatie eines Sturmbocks oder Mauerbrechers. Edward schaute Corbett an und unterdrückte ein Grinsen. Der sonst so ruhige und gelassene Corbett war von der Reise mitgenommen und von Kopf bis Fuß vom Schmutz der Landstraße bedeckt. Er war unrasiert, und seine sonst häufig halbgeschlossenen Augen blitzten verärgert. Der König breitete die Hände aus.
»Hugh, Hugh. Warum all diese Aufregung?« Er deutete auf

den Stuhl neben sich. »Setzt Euch, Mann.« Edward lächelte, sein zerfurchtes und herrisches Gesicht floß vor Charme förmlich über. »Ich bin zu diesem gesegneten Wallfahrtsort gekommen, um den Frieden und die Weisheit Gottes zu suchen.«

Corbett ging zu dem ihm zugewiesenen Stuhl und setzte sich. Du bist ein Lügner, dachte er. Er schaute in das Habichtantlitz des Königs. Der silbergraue Bart, das schulterlange Haar, die unschuldigen Augen, die vollen Lippen, all das war nur eine Maske. Edward von England war ein geborener Intrigant, der sich in jeder Situation zurechtfand. Corbett war jedoch nicht in Stimmung, sich verschaukeln zu lassen. Vom Holy Cross Convent hatte er einen ganzen Tag benötigt und Walsingham erst bei Einbruch der Dunkelheit erreicht.

»Warum«, fragte der König, »macht Ihr Euch so viele Gedanken über Lavinius?«

Corbett ergriff die Gelegenheit, um in ein paar kurzen Sätzen zu erklären, was gerade in Hunstanton vorging. Edward kratzte sich den Bart und fand die Vorstellung immer fataler, daß Corbett, der immerhin sein wichtigster Bevollmächtigter war, in den Salzsümpfen und sumpfigen Wiesen Norfolks für Unruhe sorgte.

»Ich dachte«, sagte er, als Corbett geendet hatte, »daß Ihr Lavinius vielleicht helfen könntet, erst recht nach dem Tod von Cerdic.« Er nickte in Richtung von de Warenne, der mißmutig ins Feuer starrte. »Und Surrey stimmt mir da zu.«

»Lavinius ist ein guter Beamter!« sagte de Warenne.

»Gütiger Himmel«, entgegnete Corbett, »Lavinius ist verrückt.« Der Earl drehte sich hastig auf seinem Stuhl um, aber Corbett wich seinem Blick nicht aus.

»Ihr wißt das selbst, edler Herr«, fuhr er mit leiser Stimme fort. »Der Mann ist verrückt vor Kummer.«

»Und die Pastoureaux?« warf Edward eilig ein.

»Eure Hoheit, ich würde empfehlen, daß Ihr, wenn Ihr Eure Ratsherren das nächste Mal in Westminster trefft, eine Verfügung an alle Sheriffs, Amtsleute und Hafenbeamten sowie an alle führenden Barone und Kronvasallen herausgebt, daß sämtliche Pastoureaux aus Eurem Reich verbannt werden.«
»Aus welchem Grund?«
»Öffentliche Sicherheit und Landfrieden.«
»Warum? Meint Ihr, daß die Pastoureaux für die Morde verantwortlich sind?«
»Das könnte sein. Aber ich habe einfach ein ungutes Gefühl, wenn ich höre, daß Fremde sich irgendwo ansiedeln und junge Leute mit Traumgespinsten von Reisen in fremde Länder in ihren Bann ziehen.«
Edward nickte.
»Aber Monck hält sich nicht wegen der Pastoureaux in Hunstanton auf«, fuhr Corbett fort. »Eure Hoheit, werdet Ihr mir die Wahrheit sagen, oder soll ich meine Dienstsiegel zurückgeben und mich wie Sir Simon Gurney auf meinen Landsitz zurückziehen?«
Edward beugte sich vor und legte, eine plötzliche freundschaftliche Geste, Corbett eine Hand aufs Knie. In seinen blauen Augen standen die Tränen. Nicht auch das noch, dachte Corbett. Nicht wieder diese alte Leier, daß er jetzt im Alter von allen seinen Freunden verlassen wird. Er wußte, was der König sagen würde.
»Hugh«, die Stimme des Monarchen klang heiser, »Ihr seid müde.«
»Nehmt seinen Rücktritt doch an«, höhnte de Warenne.
»Verschwindet, Surrey!« brüllte Edward, »verschwindet, oder haltet endlich den Mund!«
Er stand auf, seine Stimmung schlug um. Er ging zu de Warenne hinüber und beugte sich über ihn.
»Das habt Ihr uns eingebrockt!« brüllte er. »Ich habe Euch

das vorher gesagt. Aber nein, Ihr mußtet ja unbedingt Monck schicken!«
De Warenne wich seinem Blick nicht aus. Der König zwinkerte ihm zu. Der Earl seufzte. Seit ihrer Kindheit hatte er den Sündenbock des Königs spielen müssen. Ihm blieb nichts anderes übrig, als auch diese gespielte Tirade des Königs hinzunehmen. Corbett starrte aus dem Fenster. Er mußte ein Grinsen unterdrücken. Er wußte, daß der König und de Warenne nur Theater spielten. Jetzt konnte er die weitere Entwicklung jedoch ruhig abwarten: Er würde zumindest einen Teil der Wahrheit erfahren.
Edward ging zum Tisch hinüber, füllte drei Becher mit Weißwein und gab Corbett und de Warenne je einen. Dann setzte er sich halb abgewandt wieder ans Fenster und trank schlürfend aus seinem Becher. Unter seinen buschigen Augenbrauen hervor schaute er Corbett an.
»Ich werde Euch heute abend einen Brief geben«, sagte er. »Ihr sollt Monck ablösen.« Er schnalzte mit der Zunge. »Jetzt, Surrey, solltet Ihr meinem guten Freund Hugh hier vielleicht sagen, was Monck in Mortlake Manor zu suchen hat.«
De Warenne stand auf, zog seinen Stuhl näher zu den beiden anderen heran und klopfte Corbett auf die Schulter.
»Nichts für ungut, Hugh.«
»Ich bitte Euch, edler Herr.«
De Warenne schaute in seinen Becher. »Die Geschichte beginnt im Oktober 1216 im letzten Jahr der Regierung von König John, dem edlen und mächtigen Großvater unseres gegenwärtigen Monarchen.«
»Etwas weniger von diesem verdammten Sarkasmus, wenn ich bitten darf!« unterbrach ihn Edward.
»Die Geschichte geht folgendermaßen. John verbrachte den größten Teil seiner Herrschaft damit, gegen seine Barone zu kämpfen, im Land umherzuziehen und zu versuchen, diesen

Earl oder jenen hohen Herren zu zwingen, sich zu unterwerfen. Er starb in Newark-on-Trent. Manch einer denkt, daß er vergiftet wurde, andere wiederum, daß es ihm das Herz gebrochen hatte, daß er all seine Schätze und Regalien in der Wash-Bucht verloren hatte.« Er lächelte, als er den veränderten Gesichtsausdruck Corbetts bemerkte. »Ah, Ihr habt die Geschichte also gehört. Erlaubt mir dann, daß ich Euer Gedächtnis etwas auffrische. John kam aus dem Norden, aus Bishop's Lynn. Er reiste mit dem gesamten Hof, und eine Reihe von Packpferden trug seine Schätze. Er versuchte gerade die Mündung der Nene zu überqueren, als er sämtliche Wagen, Karren und Packpferde inklusive Schätze, wertvolle Gefäße und alles andere, was ihm teuer war, verlor. Das berichtet zumindest die Chronik.« De Warenne machte eine Pause und fuhr sich mit der Zungenspitze über die Lippen. »Dem Chronisten Florence of Worcester zufolge, dessen Schriften meine Beamten studiert haben, öffnete sich die Erde, worauf mächtige Strudel Männer, Pferde, einfach alles, verschlangen.«
»Was jedoch passierte«, erklärte Edward, »ist folgendes: Der liebe Großvater versuchte, die Mündung zu spät am Tag zu überqueren. Ihr kennt doch die Gegend? Dort gibt es gelegentlich Springfluten. Die Wellen brausten heran, und das Gefolge mit den Schätzen ging verloren.«
Edward zuckte mit den Achseln. »Der liebe Großvater zog zur Swynesford Abbey, um sich mit frischem Cidre und fauligen Pfirsichen zu trösten, und von dort nach Newark, wo er den Geist in einem Zustand der Heiligkeit aufgab – annäherungsweise zumindest.« Corbett lächelte – der liebe Großvater war das schwarze Schaf der Plantagenets gewesen, er hatte weder heilig gelebt, noch war er wie ein Heiliger gestorben.
»Wie sahen diese Schätze aus?« fragte Corbett.
»Ein Riesenvermögen«, antwortete Edward langsam. »Dutzende Gold- und Silberbecher, Kannen, Becken, Kandelaber, An-

hänger und mit Edelsteinen verzierte Gürtel. Die Krönungsjuwelen«, Edward seufzte, »und, was noch schlimmer ist, auch die der lieben Ururgroßmutter Matilda aus der Zeit, als sie noch Kaiserin des fränkischen Reiches war: eine große edelsteinbesetzte Krone, purpurne Roben, ein goldenes Zepter und das Schwert Tristans.« Edward rieb sich mit der Hand den Bauch und stöhnte auf. »Ein Vermögen«, murmelte er. »Ein verdammtes Vermögen, das einfach ins Meer fiel!«
»Hat man den Versuch gemacht, es wiederzufinden?«
»Ihr könnt Euch das Durcheinander vorstellen, das auf Großvaters Tod folgte. Alle gegen alle, und den letzten beißen die Hunde, so ungefähr. Vater war der einzige Thronerbe. Er hatte Mühe, die Krone zu behalten, und andere Sorgen, als nach verlorenen Schätzen zu suchen!«
»Wieso hat dann Monck mit dieser Sache zu tun?«
Jetzt antwortete de Warenne: »Meine Familie hat sich immer für die Katastrophe, die den König in der Wash-Bucht befallen hat, geschämt. Mein Großvater war für die Packpferde verantwortlich, müßt Ihr wissen.«
Er schaute Corbett finster an. Er wartete nur darauf, daß dieser lächeln würde, denn umsichtiges Verhalten und andere Fähigkeiten des Geistes waren bei den Surreys immer selten gewesen. Corbett hielt es jedoch nicht für nötig, darauf hinzuweisen.
»Gut!« sagte de Warenne leise. »Also, der Schatz ist verloren. John stirbt. Alle vergessen die Geschichte mehr oder weniger, bis vor einem Jahr Walter Denuglis, einer der führenden Goldschmiede in London, von einem Pfandleiher einen goldenen Teller mit Johns Wappen darauf kaufte.« De Warenne schaute nachdenklich auf seinen Becher. »Denuglis brachte den Teller zum Schatzamt. Dann tauchten zwei weitere sehr ähnliche Stücke auf. Die Beamten des Schatzamtes studierten die Urkunden aus Johns Zeit, und, keine Frage, alle drei Teller stammten aus Johns Schatz.«

»Aber«, unterbrach ihn Corbett, »ich dachte, alles sei verlorengegangen. Ist es möglich, daß die Stücke irgendwo angeschwemmt, von einem Hausierer gefunden und in London verkauft worden sind?«

»Das ist unwahrscheinlich«, entgegnete der König. »Wenn es sich wirklich um einen Hausierer gehandelt hat, hat er seine Spuren auf jeden Fall sehr gut verwischt. Was wichtiger ist, Corbett, es gibt bei Hofe eine Legende, daß die Katastrophe König Johns in der Wash-Bucht geplant war. Nicht einmal der liebe Großvater, der zugegebenermaßen etwas begriffsstutzig sein konnte, hätte die Wash-Bucht ohne kundige Führer überquert. Sie bedienten sich damals, wie wir aus den Urkunden wissen, eines Mannes aus der Gegend, der John Holcombe hieß. Er kannte das Mündungsgebiet sehr gut. Der durchaus glaubwürdige Bericht besagt, daß er bei der Tragödie ums Leben kam.« Edward spitzte die Lippen. »Die Legende der Gegend weiß jedoch auch, daß er mit einer Reihe von Packpferden entkam.«

»Was ist aus ihm geworden?«

»Das wissen wir nicht«, sagte de Warenne. »Unsere Beamten haben die Register sämtlicher Gerichte durchgesehen. Nirgendwo gibt es einen Hinweis darauf, daß ein John Holcombe überlebt haben könnte.«

»Seid Ihr Euch da ganz sicher?« beharrte Corbett. »Das Schatzamt wird nach Johns Tod solchen Gerüchten doch ganz sicher gründlich nachgegangen sein?«

»Das war auch der Fall«, entgegnete de Warenne. »Sie bekamen jedoch nur eine sehr unzusammenhängende Geschichte zu hören, daß jemand Holcombe irgendwo nördlich von Walpole St. Andrew, irgendwo zwischen diesem Dorf und Bishop's Lynn gesehen hatte. Danach verliert sich seine Spur vollkommen.«

De Warenne machte eine Pause, als die Glocke des Klosters zur

Vesper rief. Corbett dachte über die bruchstückhafte Geschichte nach, die die beiden ihm erzählt hatten.

»Hat jemand die Katastrophe in der Wash-Bucht überlebt?« fragte er.

»O ja«, antwortete de Warenne. »Nur die Pferde und Wagen mit den Schätzen gingen verloren. Der König, der Hof und die Eskorte entkamen.«

»War ein Gurney unter ihnen?«

Edward grinste. »Ich habe mir schon überlegt, wann Ihr das fragen würdet! Die Antwort ist: ja. Sir Richard Gurney, Sir Simons Großvater, folgte dem König zur Swynesford Abbey, wo er der Verleihung der Privilegien beiwohnte. Nachdem die königliche Armee sich zerstreut hatte, trat er ebenfalls den Heimweg an.«

Corbett kaute auf seinem Daumennagel.

»Und so«, schloß Corbett, »kam es, daß Monck zum Mortlake Manor geschickte wurde, nicht etwa, um Erkundigungen über die Pastoureaux einzuholen, sondern um zu prüfen, ob es wahrscheinlich ist, daß der Schatz oder Teile davon immer noch in der Gegend versteckt sind?«

Der König nickte.

»Aber warum Mortlake Manor?« fragte Corbett. »Warum nicht in der Umgebung von Bishop's Lynn?«

»Das ist nur eine vage Vermutung«, sagte de Warenne, »die auf einer Information über den Führer John Holcombe beruht. Er wurde gesehen, wie er von Bishop's Lynn nach Norden ritt. Der einzige Hafen in dieser Richtung ist Hunstanton, falls er tatsächlich die Absicht hatte, ins Ausland zu fliehen.«

»Es gibt noch einen Grund, warum wir Monck dort hingeschickt haben«, unterbrach ihn der König. »Wer auch immer die Teller in London verkauft hat, wußte genau, wo er hingehen mußte. Sie sind nicht einfach bei irgendeinem Goldschmied reingegangen. Nein, die drei Stücke wurden in verschiedenen Stadtteilen verkauft. Eines in der Nähe des Tower, ein anderes in Southwark und das dritte bei einem schäbigen Pfandleiher in der Nähe von Whitefriars. Das erfordert eine gewisse Planung, bedeutet aber auch, daß der Verkäufer die Stadt gut kennt.«

»Ihr meint Sir Simon Gurney?«

»Das ist möglich, aber wir haben die Pastoureaux im Verdacht. Ihr Anführer ist ein Mann mit Namen ...« Edward schloß die Augen.

»Master Joseph«, erinnerte ihn Corbett.

»Ja richtig, Master Joseph. Und der besucht London regelmäßig. Er ist vielleicht sogar dort geboren. Als wir uns Hunstanton anschauten, fragten wir uns, was dort etwa zeitgleich mit dem Auftauchen des Goldes Wichtiges vorgefallen ist.« Edward lächelte. »Die Ankunft der Pastoureaux war einfach nicht zu übersehen.«

»Aber wie hätte Master Joseph davon wissen sollen?«

»Das, mein lieber Gesandter«, sagte de Warenne, »läßt sich nur vermuten. Aber wie ließe sich besser nach Gold und Silber suchen als mit dem Deckmantel, Anführer einer Sekte zu sein!«

»Und was hat Monck bisher herausgefunden?« fragte Corbett.

»Sehr wenig«, entgegnete der König säuerlich. »Deswegen haben wir ja Euch geschickt. Monck war außer sich.« Der König ergriff das Handgelenk Corbetts. »Wollt Ihr das für mich tun, Hugh? Wollt Ihr nach Hunstanton zurückkehren und Großvaters Schatz für mich finden?«

Corbett nickte. Der König stieß einen Seufzer der Erleichterung aus. Er stand auf und klopfte Corbett auf die Schulter.

»In diesem Falle wollen wir Euch Euren Überlegungen überlassen. Es hat zur Abendandacht geläutet, und für mich steht noch eine Zwiesprache mit Gott aus.«

Der König gab de Warenne ein Zeichen, ihm zu folgen. Corbett hörte, wie sich die Tür hinter den beiden schloß. Er ging zum

Tisch und füllte geistesabwesend erneut seinen Becher. Gott sei Dank hatte ihn Edward nicht gefragt, wen er im Verdacht hatte; seine Verdächtigen waren zahlreich, und bei ihnen handelte es sich nicht nur um die Pastoureaux. Corbett trank einen kleinen Schluck. Waren die Gräber deswegen geöffnet worden? fragte er sich. War es möglich, daß sie damals den Schatz auf dem Friedhof vergraben hatten? War so der auffällige Reichtum des Holy Cross Convent zu erklären? Und was war mit Robert dem Vogt? War er über etwas gestolpert? Und was war mit den Gurneys? Sir Simon war reich. Und dann die Pastoureaux – suchten sie wirklich nach dem Gold? Hatte Marina deswegen sterben müssen? Und hatte sich Ranulf deswegen an Master Joseph erinnert, weil er ihm schon einmal in London begegnet war? Corbett lehnte sich auf einen Stuhl zurück, schloß die Augen und schlummerte ein.

Er kehrte spät am folgenden Tag nach Mortlake Manor zurück. Gurney war gereizt, weil Monck noch nicht vom Moor zurück war.

»Wann ist er fortgeritten?« fragte Corbett, legte den Mantel ab und zog vor dem Feuer langsam die Stiefel aus.

»Gestern nachmittag. Ich habe Erkundigungen eingezogen. Er wurde gestern nacht gesehen, wie er durch das Dorf galoppierte. Ich habe Catchpole und einigen meiner Diener befohlen, das Moor nach ihm abzusuchen, aber sie können ihn nicht finden.«

»Und Ranulf?« fragte Corbett.

»Er und Maltote haben sich bereits zu Bett begeben. Sie sagten, sie seien erschöpft.«

Corbett nickte und streckte seine schmerzenden Füße in Richtung des Feuers. Er schaute auf die andere Seite des Kamins. Hier saßen Lady Alice und Selditch und tranken Glühwein.

»Hat Monck Euch jemals gesagt«, fing Corbett mit leiser Stimme an, »warum er wirklich hier ist?«

»Er sagte wegen der Pastoureaux.«

Corbett stand auf und schloß die Türen der Halle. Dann ging er zurück, setzte sich jedoch nicht wieder hin, sondern schaute Gurney, seine Frau und den verschlagenen und wortkargen Arzt an.
»Lavinius Monck kam nicht etwa wegen der Pastoureaux nach Mortlake Manor«, erklärte Corbett, »sondern wegen einer viel länger zurückliegenden Sache, dem verlorenen Schatz König Johns.«
Das hatte ins Schwarze getroffen. Lady Alice schaute erschreckt auf. Der Arzt senkte den Kopf, um seinen Gesichtsausdruck zu verbergen. Gurney fuhr sich sofort mit der Hand an die Stirn, als wolle er sein ängstliches Stirnrunzeln wegwischen. Corbett setzte sich.
»Ihr wußtet das? Ihr wußtet das, oder hattet Ihr zumindest einen Verdacht?«
»Ja.« Gurney zuckte mit den Achseln. »Natürlich. Sofort nach ihrer Ankunft wollten Monck und Lickspittle die Akten und Urkunden des Herrenhauses und des Gerichts sehen.«
»Warum?« fragte Corbett. »Steht da etwas über den verlorenen Schatz drin?«
Gurney schüttelte den Kopf.
»Sir Simon«, beharrte Corbett. »Ihr kennt die Geschichte. Euer Großvater begleitete König John bei seinem Ritt durch die Wash-Bucht. Er begleitete ihn bis zur Swynesford Abbey und kehrte dann hierher zurück. Ihr müßt die Legenden über John Holcombe gehört haben, den Führer, der vielleicht mit einem Teil des Schatzes den Wellen entkommen ist. Der König ist fest entschlossen, diesen Schatz wiederzufinden. Hat Monck Euch gesagt, warum?«
Wieder schüttelte Gurney den Kopf, hatte den Blick aber weiterhin auf Corbett gerichtet.
»Weil einige der Teller, die eigentlich im Sand der Wash-Bucht liegen sollten, unlängst in London wieder bei Goldschmieden

aufgetaucht sind. Jemand weiß, wo der Schatz versteckt ist, und verkauft ihn.«
Die drei Zuhörer saßen wie versteinert auf ihren Stühlen.
»Ich glaube«, fuhr Corbett fort, »daß jemand hier im Herrenhaus den Schatz verkauft. Ich will die Wahrheit wissen. Schreckliche Todesfälle ereignen sich, fürchterliche Morde. Ich erinnere Euch an den Treueschwur dem König gegenüber, Sir Simon, wißt Ihr etwas über den Schatz?«
»Nein, er weiß nichts, aber ich!« Selditch sprang auf.
»Giles, das ist nicht nötig!« sagte Gurney.
Der Arzt fuhr sich mit der Hand ans Kinn. »Ich sage es lieber Corbett als Monck. Gegen Euch soll keine Anklage erhoben werden.«
»Master Selditch!« befahl Gurney. »Setzt Euch und haltet den Mund!«
Der Arzt sah Corbett an.
»Ihr hättet es ohnehin früher oder später herausgefunden«, sagte er. »Ihr, mit Euren scharfen Augen und Eurer ruhigen Art. Ich habe die Teller in London verkauft.« Er lachte gezwungen. »Schließlich bin ich Arzt. Ich reise regelmäßig nach London, um meine Freunde zu treffen und um einzukaufen. Gewisse Tinkturen und Puder kann man nur dort bekommen. Außerdem komme ich aus London, das hättet Ihr auch bald herausgefunden, und kenne deswegen die Stadt gut.« Selditchs Stimme klang bitter. »Besonders die Pfandleiher. Ich stamme aus armen Verhältnissen. Meine Eltern konnten sich meine Ausbildung eigentlich nicht leisten. Diese elenden kleinen Händler kannten mich also gut.«
»Das ist nicht nötig«, unterbrach ihn Gurney mit leiser Stimme.
»Doch, Sir Simon, es tut mir leid. Das ist bitter nötig.« Selditch holte tief Luft. »Sir Hugh, ich gehöre zu Sir Simons Haushalt. Er ist ein sehr großzügiger Dienstherr. Als wir die Dienste des Königs verließen, machte er sein Zuhause zu meinem.« Der

Arzt hielt inne und schaute sich in der aufwendig möblierten Halle um. »Die Gegend faszinierte mich. Ich habe jeden Winkel erforscht und jedes Dokument im Archiv des Herrenhauses gelesen, bis ich auf Mortlakes großes Geheimnis stieß.« Selditch schaute Gurney an. »Corbett sollte erfahren, was wir wissen.«

Gurney stimmte ihm rasch zu. Er forderte seine Frau auf, in der Halle zu warten, und führte einen erstaunten Corbett zusammen mit Selditch hinunter in die unterirdischen Gänge. Fackeln wurden angezündet. Sie gingen den Stollen entlang, an dem Gilberts Zelle lag. Corbett spähte durch das Guckloch der Tür, aber der junge Mann schien auf seinem bequemen Lager fest zu schlafen. Am Ende des Ganges schob der Arzt ein großes Bierfaß beiseite. Dahinter kam eine schmale Tür zum Vorschein. Von einem Ring am Gürtel nahm er einen Schlüssel, schloß auf, und sie betraten einen langen Tunnel. Hier war die Luft viel kälter, und Corbett war sich sicher, das Rauschen des Meeres zu hören. Der Arzt ging vor ihm, Gurney hinter ihm, und er bemerkte, daß er sich möglicherweise in Lebensgefahr befand, und wünschte sich Ranulf an seine Seite. Vorsichtshalber legte er die Hand auf den Dolch. Der Boden wurde glitschig, und er bereute, die weichen Lederpantoffeln angezogen zu haben. Sein Herz schlug schneller, und ihm brach der Schweiß aus, denn der Gang wurde immer schmaler, so daß er fast das Gefühl hatte, die Wände wollten ihn festhalten. Er holte tief Luft. Er ließ den Blick auf der flackernden Fackel ruhen, die Selditch in der Hand hielt, und betete still für ein schnelles Ende ihrer Wanderung. Plötzlich bogen sie um eine Ecke. Der Gang wurde wieder breiter und führte in einen unterirdischen Raum. Corbett wurde es leichter ums Herz, als Selditch die Fackeln entzündete, die an den Wänden befestigt waren. Mit einem Mal war der Raum hell erleuchtet. Selditch fing an, einen Haufen Felsbrocken und größere Steine in einer Ecke wegzuräumen. Gurney gesellte sich zu ihm, um ihm zu helfen, und Corbett schaute interessiert zu, als sie einen Sarg aus Tannenholz unter den Steinen hervorzogen. Gurney öffnete den Deckel und schob den Sarg in die Mitte des Raumes. Corbett schaute auf ein gelbliches Skelett. Überrascht blickte er auf.

»Wer ist das? Und was ist das hier?«

Er deutete auf einen Lederbeutel am Fußende des Sarges, er beugte sich vor, um ihn hochzuheben, aber Gurney war schneller. Er riß ihn an sich und preßte ihn vor die Brust.

»Wer ist das?« fragte Corbett noch einmal.

Seine Nackenhaare stellten sich auf. Er fühlte mit einer Hand nach seinem Dolch.

»O Hugh, Hugh«, murmelte Gurney. »Wir sind nicht Eure Feinde. Wir haben nur Angst vor dem, was Ihr tun könntet.« Gurney deutete auf das Skelett. »Das ist John Holcombe, der aus Bishop's Lynn stammte. Mein Großvater, Sir Richard Gurney, heuerte ihn an, um den Konvoi König Johns über die Wash-Bucht zu führen.« Gurney berührte den verfaulenden Sarg mit der Spitze seines Stiefels. »Statt dessen führte Holcombe den Konvoi in seinen Untergang, zumindest einen Teil, den Teil mit den königlichen Schätzen. Offensichtlich hatte Holcombe gesehen, wie die Schätze auf Maultiere und Pferde verladen wurden, ehe der König Wisbech verließ. In den Abgründen seiner Seele entstand ein mörderischer Plan. Der Konvoi des Königs bestand aus drei Abteilungen – erst kamen der König und sein Hof, dann die Pferde und Maultiere mit den Schätzen und zum Schluß die Fußsoldaten. Holcombe hätte an der Spitze gehen sollen, aber an diesem Tag hielt er sich zurück. Absichtlich verzögerte er die Überquerung und benutzte dafür den dichten Nebel als Entschuldigung.«

»Alles Weitere wißt Ihr«, warf Selditch ein. »Die Flut lief auf. Die Eskorte des Schatzamtes bekam es mit der Angst. Holcombe ritt zurück. Er bemächtigte sich einiger Maultiere und flüchtete. Er

kannte die Schleichwege. Der Rest des Schatzes ging zusammen mit der Wachmannschaft in den Fluten unter.«
Gurney setzte die Erzählung fort. »Als mein Großvater Swynesford erreichte, fing er an, darüber nachzudenken, was genau vorgefallen sein könnte. Er war nicht dumm, und in den letzten chaotischen Tagen von König Johns Herrschaft beschloß er, den Hof zu verlassen und Holcombe zu stellen. Das ist eine lange Geschichte.« Gurney spielte mit dem Lederbeutel, den er in der Hand hielt. »Sie findet sich hier.«
Corbett streckte die Hand aus, und Gurney gab ihm den Beutel. »Nur für Euch, Hugh. Ich will nicht, daß diesem Idioten Monck diese Urkunden in die Hände fallen!«
Corbett nickte. »Das sehen wir dann«, murmelte er und deutete auf den Sarg. »Wie ist Holcombe hierhergeraten?«
»Um es kurz zu machen, mein Großvater hat ihn gefangen und aufhängen lassen, an dem Galgen, an dem Ihr am Kliff von Hunstanton vorbeigekommen seid. Als die Leiche verwest war, ließ er den Toten einsargen und hier begraben.«
»Aber er sagte keinem davon ein Wort?« fragte Corbett.
»Nein, er schämte sich. Er hatte schließlich Holcombe den Auftrag gegeben, und diese Tatsache hätten sich seine Feinde zunutze gemacht. Die, die ihm übelwollten, hätten behaupten können, er hätte mit Holcombe unter einer Decke gesteckt.«
»Und was wurde aus dem Schatz?«
»Hier fangen die Fragen an. Sir Richard hatte in dieser Angelegenheit wenig Verständnis. Er ließ Holcombe in dem Kerker foltern, an dem Ihr gerade vorbeigekommen seid, bevor er gehenkt wurde. Dieser weigerte sich, das Versteck preiszugeben, gab jedoch zu, einen Komplizen zu haben, einen zweiten Führer, der Alan of the Marsh hieß und damals Verwalter des Herrenhauses hier war. Holcombe zufolge wußte Alan, wo der Schatz versteckt ist. Die Bekenntnisse meines Großvaters, die

er seinem Sohn diktierte, besagen jedoch, daß weder dieser Alan noch das Versteck des Schatzes je gefunden wurden.«
Corbett zeigte mit dem Finger auf Selditch. »Aber Ihr habt doch drei Stücke in London verkauft?«
»Ach das!« Gurney kniete sich hin und legte wieder den Deckel auf den Sarg. Er schaute zu Corbett hoch. »Die Katastrophe in der Wash-Bucht geschah im Oktober 1216. Mein Großvater erwischte Holcombe erst im Februar darauf. Das war draußen im Moor. Holcombe hatte einen Lederbeutel bei sich, in dem sich diese drei Teller befanden. Seinen Bekenntnissen zufolge war mein Großvater der Meinung, Holcombe sei auf dem Weg zu einem der Häfen gewesen, um von dort ein Schiff nach London oder auch ins Ausland zu nehmen, um die drei Stücke zu verkaufen.« Gurney stand auf. »Mein Großvater hatte Holcombe also mit einem sehr kleinen Teil der Beute erwischt. Was sollte er tun? Wenn er ihn der Gerichtsbarkeit übergab, konnte Holcombe ihn aus reiner Bösartigkeit der Mittäterschaft an diesem schrecklichen Verbrechen beschuldigen. Und was sollte Sir Richard mit diesen Tellern schon anfangen? Sollte er sie dem Schatzamt in London schicken und behaupten, er hätte sie gefunden? Nein. Er begrub sie einfach in Holcombes Grab in dieser Höhle. Kein Holcombe, kein Grab, kein Schatz. Sir Richard diktierte seine Bekenntnisse, verriet seinem Erben aber nicht, wo Holcombe be- und die wertvollen Teller vergraben seien.«
Gurney verstummte, und Corbett schaute auf Selditch. »Und was habt Ihr mit dieser Sache zu tun?«
Selditch stieß einen langen Seufzer aus.
»Ich fing an, mich für die Geschichte des Mortlake Manor zu interessieren, für seine Geheimnisse und Legenden. Ich öffnete die unterirdischen Gänge, fand diese Höhle und entdeckte, daß sich jemand an den Steinen hier in der Ecke zu schaffen gemacht hatte. Schließlich zog ich Holcombes Sarg hervor. Darin fand

ich Sir Richards Bekenntnisse und die drei goldenen Teller. Ich erzählte Sir Simon davon. Dieser sagte, ich solle die Teller wieder dorthin legen, wo ich sie gefunden hätte. Das tat ich auch, weil ich seinen guten Namen schützen wollte. Aber dann unterbanden die Kriege des Königs den Handel. Sir Simon geriet in die Fänge von Geldleihern. Ich erinnerte mich an die Goldteller, holte sie wieder hervor, reiste unter einem Vorwand nach London und bekam genug Gold und Silber zusammen, um seine Gläubiger zufriedenzustellen.« Selditch breitete die Hände aus. »Was ich tat, war falsch. Ich sagte es Sir Simon erst nach meiner Rückkehr.« Der Arzt lächelte. »Er war wütend, aber was konnte er schon tun? Die Teller waren verkauft, seine Gläubiger bezahlt.« Selditch zuckte mit den Achseln. »Und ich hatte eine alte Schuld beglichen.«

Corbett schaute ihn an.

»Was werdet Ihr tun, Hugh?« fragte Gurney.

Corbett verzog das Gesicht. »Warum sollte man damit den König behelligen?« sagte er. »Schließlich hat er die drei Teller bereits. Was mich mehr beunruhigt, ist, wer sonst noch auf der Suche nach dem Schatz sein könnte. Ob diese geheimnisvollen Morde damit zu tun haben?« Corbett steckte den Lederbeutel in seinen Gürtel, streckte eine Hand aus und legte sie auf Gurneys Arm. »Warum sollte ich Euch bestrafen, Sir Simon? Der König würde es ohnehin nicht glauben. Was Euren Arzt angeht, so hat er einen dummen, aber wohlmeinenden Fehler gemacht.« Er hielt die Hand hoch. »Aber diese Urkunden gehören jetzt mir, und Monck darf nichts davon erfahren.«

Gurneys und Selditchs Dankbarkeit brachte ihn in größte Verlegenheit. Sie schworen alle, daß außer Lady Alice, Ranulf und Maltote niemand davon erfahren würde. Schließlich war Corbett froh, die Stollen hinter sich zu haben und wieder auf seinem Zimmer zu sein. Er war erschöpft nach der Reise und der angespannten Konfrontation in dem unterirdischen Labyrinth.

Er schaute auf seine beiden Gefährten, die friedlich in ihren Betten schnarchten, und setzte sich hin, um das Manuskript zu studieren, das er Gurney abgenommen hatte.
Gelegentlich fand Corbett es schwierig, die Sätze zu entziffern. Das Pergament war vergilbt, und Sir Richards Sohn hatte die Bekenntnisse seines Vaters in einer unordentlichen, fast unleserlichen Handschrift niedergeschrieben. Corbett las den ersten Satz: »Im Namen des Vaters, des Sohnes und des Heiligen Geistes, bekenne ich, Sir Richard Gurney of Mortlake Manor, dies in aller Heimlichkeit, aber trotzdem wahrheitsgemäß. Ich rufe Christus, die gesegnete Mutter Gottes und alle Heiligen als meine Zeugen an.« Die Bekenntnisse handelten dann äußerst weitschweifig von der Überquerung der Wash-Bucht, Holcombes Verrat, der Schande Lord Richards, seiner heimlichen Verfolgung Holcombes, dessen Gefangennahme, Folter und langsamen Tod durch Erhängen am Galgen. Die meisten Einzelheiten kannte Corbett bereits, eine Aussage relativ weit am Ende erregte jedoch seine Aufmerksamkeit. Nach dieser war Holcombes Komplize Alan of the Marsh irgendwo in der Nähe von Hunstanton untergetaucht.
Corbett las das Manuskript ein weiteres Mal, rollte es auf und legte es in seine Satteltasche. Dann ging er in dem Zimmer auf und ab und dachte über die ungelösten Fragen nach. Was war aus Alan of the Marsh geworden? Wo war der Schatz? Sagte Sir Simon die Wahrheit? Was wußte Robert, der Vogt? Was Master Joseph von den Pastoureaux? Corbett atmete tief durch, legte sich auf sein Bett und fragte sich, welche Rolle Monck in dieser Sache spielte.

Kapitel 8

Corbett setzte sich auf und schaute auf Maltote und Ranulf, die friedlich in ihren Betten schliefen. Hatten sie irgend etwas während seiner Abwesenheit herausgefunden? Er wollte sie wach rütteln, aber das wäre dann doch zu unfreundlich gewesen. Er verließ das Bett, setzte sich an den Tisch und dachte über das Zusammentreffen mit dem König nach. Was wäre gewesen, wenn Edward seinen Rücktritt angenommen hätte? Was wäre dann aus Ranulf geworden? Könnten sie sich einfach auf ein Gut zurückziehen und Bauern werden? Ranulf war mittlerweile ebenfalls königlicher Beamter, war am Ziel seiner Wünsche. Corbett überlegte hin und her, ob er Maeves Rat folgen und einen größeren Teil seiner Arbeit an Ranulf-atte-Newgate delegieren sollte.

»Das kann warten«, murmelte Corbett.

Er legte für einige Sekunden den Kopf auf die Arme und schlief dann wieder ein. Er träumte von Leighton und von den grünen Wiesen hinter dem Herrenhaus, die bis zur Lea reichten. Andere Traumbilder tauchten auf. Er hörte jemanden seinen Namen rufen. Er öffnete die Augen und schaute auf. Ranulf stand über ihn gebeugt und grinste breit.

»Herr, seid Ihr gestern abend noch zurückgekommen?«

Corbett stöhnte und reckte seine schmerzenden Glieder. Er schaute aus dem Fenster.

»Der Herr stehe uns bei, es ist bereits Morgen!« murmelte er.

»Allerdings«, pflichtete ihm Ranulf bei. »Maltote und ich waren bereits in der Messe.« Darauf schien er sich wirklich etwas einzubilden. »Wir wollten Euch schon in Euer Bett legen, aber Ihr schlieft so behaglich. Wir wären auch wach geblieben, um Eure Rückkehr abzuwarten«, fuhr Ranulf fort, »aber ich habe Maltote ein neues Würfelspiel beigebracht. Wir tranken einen Krug Wein, zwei Mägde aus der Küche gesellten sich zu uns.« Ranulf zuckte mit den Achseln. »Ihr wißt doch, wie diese Dinge sind, Herr?«

»Ja, das weiß ich verdammt gut!« gab Corbett zurück und stand auf.

Hinter seinem Rücken verzog Ranulf sein Gesicht in Richtung Maltotes, der auf seiner Bettkante saß.

Corbett zog sein Hemd aus, rasierte und wusch sich. Ranulf legte ihm frische Kleider hin. Während sich Corbett wieder ankleidete, erzählte er ihnen in kurzen Sätzen, was er am Vorabend in Erfahrung gebracht hatte, und berichtete auch von seinem Zusammentreffen mit dem König.

Ranulf zwinkerte belustigt. »Dieser elende Monck wird sich zu Tode ärgern!« höhnte er. Er reichte Corbett seinen Schwertgürtel. »Der Schatz liegt also hier irgendwo?«

»Ja, Ranulf, der Schatz des Königs. Wenn wir ihn finden, geht jeder Penny davon ans Schatzamt.«

Nicht, wenn ich da ein Wort mitzureden habe, dachte Ranulf.

»Gibt es da nicht ein Gesetz?« protestierte er und sah Maltote hilfesuchend an.

Der Kurier nickte weise, obwohl er keine Ahnung hatte, wovon die Rede war.

»Welches Gesetz?« fuhr Corbett Ranulf an.

»Daß von jedem Schatz ein Viertel dem Finder gehört? Das war damals auch so, als der alte Leofric, Ihr wißt, der halbverrückte Priester, der zur Untermiete beim Tower wohnt …«

Ranulf unterbrach sich, da er von unten Rufe und eilige Schritte

hörte. Ein Diener hämmerte an die Tür und stürmte dann ins Zimmer.
»Was ist los, Mann?«
»Sir Hugh, Ihr kommt am besten sofort! Catchpole ist zurückgekommen. Er hat Master Monck gebracht!«
»Was meint Ihr damit?«
»Monck ist tot, hat den Bolzen einer Armbrust im Herzen!«
Corbett und seine beiden Gefährten eilten nach unten in den Hof. Sir Simon, Catchpole und seine anderen Getreuen standen im Scheunentor. Corbett drängte sich zwischen ihnen durch. Moncks Leiche lag mit ausgebreiteten Armen und Beinen, den Kopf im Nacken, auf einem Strohlager. Die Augen waren unter schweren Lidern halb geschlossen. Sein linker Mundwinkel war blutverkrustet, der Bolzen einer Armbrust steckte tief in seiner Brust.
Corbett kniete sich hin und starrte in das wächserne Gesicht.
»Was ist passiert?«
»Gestern«, entgegnete Gurney, »ist Monck am Spätnachmittag aufgebrochen. Er hat Father Augustine in Hunstanton besucht und ist dann zum Holy Cross Convent weitergeritten.«
»In der Nacht wurde er dann gesehen, wie er durch das Dorf galoppierte«, fuhr Catchpole fort, »er ritt, als würde er vom Leibhaftigen selbst und allen seinen Dämonen verfolgt.«
»Wo habt Ihr ihn gefunden?«
»Auf dem Moor, ins Gras hingestreckt. Keine Spur von seinem Pferd. Das kann überall sein.«
»Wo auf dem Moor?« hakte Corbett nach.
»Da, wo es besonders öde ist. Und um Euch die Frage zu ersparen, Sir Hugh, es fanden sich keine Anzeichen eines Kampfes oder weiterer Gewalt. Nur Moncks Leiche und die Hufabdrücke seines eigenen Pferdes. Das Tier muß davongaloppiert sein, nachdem sein Herr von ihm herabgefallen war.«

Corbett schaute auf den rotäugigen Arzt. Er war unausgeschlafen und unrasiert. Sir Simon sah ebenfalls so aus, als hätte er in der vorangegangenen Nacht nicht geschlafen. Habt Ihr mir wirklich die Wahrheit gesagt? überlegte Corbett. Wenn dem so ist, warum habt Ihr Euch dann nicht zu Bett begeben? Warum seid Ihr die ganze Nacht aufgeblieben?
»Irgendwas nicht in Ordnung?« fragte Selditch irritiert.
Corbett zwang sich zu einem Lächeln. »Herr Arzt, was meint Ihr? Vielleicht solltet Ihr Monck untersuchen?« Corbett richtete sich wieder auf und betrachtete Moncks Stiefel, seine Gamaschen und seinen Mantel. Alles war schlammverkrustet. »Wo ist sein Schwertgürtel?« fragte Corbett plötzlich.
»Er saß ziemlich lose«, erklärte Catchpole, »also habe ich ihn abgenommen und an meinen Sattelknauf gehängt.«
Corbett nickte und schaute dem Toten ins Gesicht.
»Der Friede Gottes sei mit Euch, Lavinius«, murmelte er. »Vielleicht habt Ihr jetzt Eure Seelenruhe gefunden!«
Er ging aus der Scheune und untersuchte Moncks Schwertgürtel, der immer noch an Catchpoles Sattelknauf hing. Er war ziemlich abgenutzt. Corbett zog Dolch und Schwert aus ihren Scheiden. Diese waren schimmernd blank, also schob er sie wieder zurück.
»Was ist los, Herr?« flüsterte Ranulf.
Corbett schüttelte nur den Kopf und ging zur Wassertonne, um sich die Hände zu waschen. Dann trocknete er sie an seinem Wams. Er legte einen Finger an die Lippen und führte Maltote und Ranulf zurück in die Halle. Diener brachten Platten mit Brot, Käse und geschnittenem Schinken zum Frühstück. Corbett ließ sich auf die Bank sinken, Ranulf neben ihn.
»Warum habt Ihr Euch den Schwertgürtel angesehen, Herr?«
»Monck war ein geborener Kämpfer«, erklärte Corbett. »Er konnte ausgezeichnet mit Dolch und Schwert umgehen und war außerdem nicht dumm.« Er biß geistesabwesend in ein Stück

Käse und schaute hoch auf Gurneys großes Wappen über dem Kamin. »Ich denke, daß er mit jemandem verabredet war und daß dieser Jemand eine Armbrust hatte. Moncks Schwertgürtel saß etwas lose. Ich stelle mir das Ganze folgendermaßen vor: Der Mörder Moncks kannte den Ruf, den dieser als Kämpfer genoß, und war deswegen vorsichtig. Er bedroht ihn also mit seiner Armbrust und fordert ihn auf, sein Schwert abzulegen. Als Monck die Schnalle löst, feuert er. Monck wird von seinem Pferd geworfen, das läuft davon, und der Mörder macht sich aus dem Staub, vermutlich zu Fuß.«

Ranulf nickte zustimmend. Er stellte seinen Krug hin und langte über den Tisch, um Maltote ein Stück Schinken unter der Nase wegzuziehen.

Corbett schüttelte spöttisch-mißbilligend den Kopf und fuhr fort: »Ich frage mich jedoch, was Monck im Holy Cross Convent zu tun hatte und warum er wie ein Besessener durch Hunstanton galoppierte. Warum diese Eile? Wen wollte er treffen?« Corbett erhob sich. »Komm, Ranulf, du kannst nachher weiteressen. Wir wollen in Moncks Zimmer gehen, ehe jemand anderes auf diese Idee kommt.«

Ranulf fluchte leise, griff sich ein Stück Brot und ein Stück Käse und folgte dann mit Maltote Corbett aus der Halle. Auf halber Treppe blieb Corbett stehen.

»Übrigens, habt ihr irgend etwas herausgefunden, während ich weg war?«

Ranulf zuckte mit den Achseln. »Niemand mochte Monck. Aber Euch mag auch niemand, Herr. Man hat hier nicht viel für Fremde übrig. Im Dorf wollen sie, daß Gilbert hängt. Sir Simon scheint ein guter Lehnsherr zu sein. Die Pastoureaux sind harmlos, die guten Schwestern des Holy Cross anmaßend und reich.«

»Dann ist da auch noch diese Sache mit den Lichtern«, ergänzte Maltote.

»O ja«, unterbrach ihn Ranulf hastig, um dem anderen jede Gelegenheit zu nehmen, die Geschichte selbst zu erzählen. »Wir sind in den Kerker hinabgestiegen, um mit Gilbert zu reden. Wir hatten einen Krug Wein und unsere Würfel dabei. Er ist ein Hasenfuß, Herr, er könnte keiner Fliege etwas zuleide tun. Etwas haben wir aber doch herausgefunden. Offensichtlich wildert Gilbert draußen auf dem Moor. Gelegentlich sieht er dann, besonders bei gutem Wetter, eine Laterne draußen auf See blinken, so als wollte ein Schiff jemandem an der Küste ein Signal geben.«
»Das haben wir schon früher gehört«, sagte Corbett. »Catchpole berichtete ebenfalls, er habe diese Lichter gesehen.« Er unterbrach sich, da Lady Alice an ihm vorbeieilte. Sie lächelte ihn nervös und etwas kokett an. Ranulf und Maltote traten zur Seite. Ranulf fuhr sich mit der Zungenspitze über die Lippen, als er Alices Hüften unter ihrem braunroten Kleid aus Taft sich abzeichnen sah.
Maltote machte sich diese Ablenkung zunutze, um selbst eine Information beizutragen. »Dann gingen wir in die Dorfschenke und sprachen mit einem alten und ziemlich geschwätzigen Fischer. Er behauptete, er hätte nicht nur die Lichter auf See, sondern auch Antwortsignale vom Kliff gesehen.«
Corbett zog die Brauen hoch. »Das ist neu«, sagte er. »Catchpole hat kein Licht von Land gesehen. Also weiter, vielleicht geben uns Moncks Papiere ja einige Aufschlüsse.«
Sein Spezialschlüssel öffnete ihnen die Tür zu Moncks Zimmer. Nichts hatte sich seit seinem letzten Besuch verändert. Ranulf zerschnitt die Verschnürung von Moncks Satteltaschen mit seinem Dolch, leerte ihren Inhalt aufs Bett, und Corbett fing an, die Gegenstände zu sichten.
Plötzlich wurde die Tür aufgerissen, und Gurney trat ein.
»Ihr hättet damit warten können!« rief er wütend.
»Warum, Sir Simon?« fragte Corbett. »Um Eure Erlaubnis einzuholen?«

»Das ist mein Haus«, entgegnete Gurney kurz angebunden.
»Sir Simon, ich will Euch nicht zu nahe treten, aber vielleicht finden wir hier ja etwas, das uns Aufschluß darüber gibt, wer Monck ermordet hat und welchem Rätsel er auf der Spur war.«
Gurney stürmte aus dem Zimmer und knallte die Tür hinter sich zu.
»Interessant«, murmelte Corbett. Er grinste Ranulf an. »Lady Alice muß geahnt haben, wohin wir auf dem Weg waren, und hat es sofort ihrem Mann erzählt. Ich frage mich, ob Sir Simon wegen unserer Unhöflichkeit so wütend war oder wegen etwas anderem? Wie auch immer, an die Arbeit.«
Sie begannen, die Habseligkeiten des Beamten in Augenschein zu nehmen. Zwei Haarlocken, jede in einem kleinen Beutel aus Taft, ein Ehering und eine kleine, etwas mitgenommene Puppe waren die traurigen Andenken an Moncks Frau und an seine ermordete Tochter. Ein kurzer Brief, das Pergament vergilbt und brüchig, erwies sich als Liebesbotschaft seiner Frau und war zwanzig Jahre alt. Als er sie las, verspürte Corbett plötzlich großes Mitleid mit Monck.
»Gott gebe deiner Seele Frieden, Lavinius«, flüsterte er. Er schüttelte sich, als hätte ihn jemand mit einer eisigen Hand im Nacken berührt. Würde ihm das auch einmal so gehen? Würde irgendein Beamter seine privaten Habseligkeiten sichten nach einem tödlichen Angriff aus dem Hinterhalt einer Londoner Gasse oder auf einer einsamen Landstraße?
»Herr?« Ranulf schüttelte ihn sanft.
»Ranulf, nimm alles mit in unser Zimmer. Schlag es in eine Decke ein. Alles.«
Maltote und Ranulf türmten Moncks Habseligkeiten aufs Bett.
»Was ist das?« Ranulf zog ein paar schmutzige Kleider aus einer etwas ramponierten Satteltasche.

»Das sind vermutlich Lickspittles Kleider«, entgegnete Corbett. Er nahm Ranulf den Umhang, das Hemd und die Hosen ab. Das Hemd war blutgetränkt und, wie Umhang und Hosen auch, noch etwas feucht. Corbett warf alles zu den anderen Sachen.
»Seht zu, daß ihr auch das mitnehmt«, sagte er. »Sir Simon ist sicher ebenso neugierig wie wir. Und, Maltote, geh runter zu den Ställen, und schau nach, ob man noch irgendwelche Habseligkeiten mit seiner Leiche zurückgebracht hat.«
Wieder in ihrem Zimmer, ordneten sie, was sie gefunden hatten. Bei dem rein persönlichen Besitz fanden sich ein kleines Buch und einige Pergamentrollen. Corbett legte sie auf den Tisch und fing an zu lesen. Da trat Selditch ein und erbot sich, behilflich zu sein.
»Sir Hugh, falls es Euch interessiert: Monck wurde nur vom Bolzen einer Armbrust getötet. Seine Leiche weist sonst keine Spuren von Gewalt auf, abgesehen einmal von einem Bluterguß unter dem Nabel.«
»Wo könnte der herkommen?« Corbett horchte auf.
Selditch verzog das Gesicht. »Monck könnte sich an etwas gestoßen haben, ehe er aufbrach. Er könnte aber auch entstanden sein, als er aus dem Sattel fiel. Es ist nichts Ernstes.«
»Und seine Habseligkeiten?« fragte Corbett.
»Euer Diener hat bereits alles mitgenommen.« Selditch lächelte schwach. »Und ehe Ihr noch fragt: Er hatte kein Geld bei sich. Ich vermute, Catchpole hat sich bereits bedient.«
Corbett dankte ihm und widmete sich wieder den Pergamenten. Bei einigen handelte es sich um Kartenskizzen, die der einen ähnelten, die er bereits früher gesehen hatte. Es gab außerdem eine kurze Denkschrift über den in der Wash-Bucht verlorenen Schatz König Johns und einige rasch niedergeschriebene Notizen, die interessanter waren. Monck hatte eine Liste mit Fragen zusammengestellt:

PUNKT 1
Die Lichter auf See und die Lichter auf dem Kliff?

PUNKT 2
Wo könnte der Schatz versteckt sein? In der Eremitage? Oder in den Stollen unter Mortlake Manor?

PUNKT 3
Ist Holcombe auf dem Dorffriedhof beerdigt?

PUNKT 4
Wo ist Alan of the Marsh?

Corbett las weiter und lächelte. Die weiteren Fragen betrafen den Vogt und die Pastoureaux, und es hatte den Anschein, als habe Monck Gurney, Selditch und die Schwestern vom Holy Cross Convent im Verdacht gehabt. Corbett schaute auf.
»Alan of the Marsh«, murmelte er.
»Was ist damit, Herr?«
»Alan of the Marsh«, sagte Corbett. »Ich weiß erst von seiner Existenz, seit mir Gurney gestern von ihm erzählt hat. Woher hat Monck aber von ihm gewußt?« Er studierte die Dokumente ein weiteres Mal und fand das Pergament, das ihm diese Frage beantwortete. »Monck war vielleicht etwas verrückt«, sagte er zu Ranulf, »aber er war trotzdem ungemein gewissenhaft. Er fand heraus, daß Holcombes Schwester Adele mit Alan of the Marsh verheiratet war. Ein bestimmter Besitz in Bishop's Lynn war ihre Mitgift. Diese Gabe wurde, wie es Sitte war, verbrieft und in dem Bericht des Sheriffs an das Schatzamt erwähnt. Bevor er London verließ, muß Monck die Urkunden des Schatzamtes durchgesehen und den Eintrag gefunden haben.«
»Und?« fragte Ranulf.
»Von Alan of the Marsh hieß es, daß er in Hunstanton lebe«,

erklärte Corbett, »deshalb kam Monck hierher. Alan of the Marsh war Holcombes Schwager und Komplize. Wo könnte also Alan begraben sein? Und, was wichtiger ist, wer sind seine Nachkommen?«

Corbett ging hinunter in die Halle und traf dort Gurney. Dieser konnte ihm jedoch kaum weiterhelfen.

»Glaubt Ihr etwa, ich sei dieser Sache nicht auch schon nachgegangen?« sagte er. »Alan hatte keine Nachfahren. Er verschwand etwa gleichzeitig mit Holcombe. Vielleicht kann Euch ja Father Augustine weiterhelfen? Die Register über Begräbnisse, Eheschließungen und Taufen der Kirche befinden sich jedoch in einem ziemlichen Durcheinander – der Vorgänger von Father Augustine war nicht sonderlich ordentlich.«

Corbett überließ es Ranulf und Maltote, sich die restlichen Habseligkeiten Moncks anzusehen, sattelte sein Pferd und ritt nach Hunstanton. Hier war er alles andere als willkommen – die Dorfbewohner schauten ihn finster an und wandten ihm den Rücken zu, als er vorbeiritt. Die Frauen zerrten ihre zerlumpten Kinder in die Häuser, und die Männer, die zum Mittagessen von den Feldern kamen, warfen ihm einen ärgerlichen Blick zu und schienen ihn halblaut zu verfluchen.

Corbett fand Father Augustine in einer kleinen Sakristei neben dem Hochaltar. Robert der Vogt, der auch das Amt des Kirchendieners versah, war ebenfalls dort. Er sah Corbett verdrossen an. Der Priester hieß ihn jedoch willkommen.

»Wie kann ich Euch helfen, Sir Hugh?«

»Ihr habt die Tauf-, Todes- und Eheschließungsregister hier?«

»Das stimmt, Sir Hugh. Wir haben in der Tat gerade versucht, etwas Ordnung da hineinzubringen. Warum? Wie können diese Dokumente Euch weiterhelfen?«

»Ich suche nach dem Namen eines Dorfbewohners, der hier vor etwa hundert Jahren lebte. Ein wahrscheinlich ziemlich wohlhabender Mann, der Alan of the Marsh hieß.«

»Warum?« Robert, der Vogt, trat mit aufgerissenen Augen und zusammengepreßten Lippen vor.
»Warum nicht?« entgegnete Corbett mürrisch.
»Weil er mit mir verwandt ist. Er ist einer meiner Vorfahren.«
»Ist er hier begraben?«
»Nein, das ist er nicht. Nicht eigentlich ...« Der Vogt hüstelte verlegen. »Er ist nicht wirklich ein Verwandter, was die Blutsbande angeht. Meine Großmutter war mit ihm verheiratet. Sie war aus Bishop's Lynn. Aber Alan verschwand kurz nach ihrer Hochzeit. Sie hatten keine Kinder, und meine Großmutter heiratete ein zweites Mal. Father Augustine kann Euch die Einträge zeigen.«
Der Geistliche war bereits zu einer großen, eisenbeschlagenen Truhe auf der anderen Seite der Sakristei gegangen und wühlte in ihr herum. Schließlich zog er ein großes, ledergebundenes Buch und einige Pergamentrollen hervor und legte sie auf den Sakristeitisch. Robert, der Vogt, war ganz klar fest entschlossen, sich nicht zu entfernen. Er stellte die Kerzen neu auf und fing dann an, das Weihrauchfaß aus Messing zu polieren. Corbett versuchte ihn nicht weiter zu beachten, als Father Augustine das große Buch öffnete.
»Hier«, der Geistliche deutete mit einem mageren Finger auf einen Eintrag. Die Tinte verblaßte bereits auf dem Pergament. Ein lange vergessener Priester hatte die Ehe von Adele Holcombe und Alan of the Marsh am 8. November 1215 beurkundet.
»Das wird der einzige Eintrag hier sein«, sagte Father Augustine. Er schloß das Buch wieder und wandte sich einer knisternden, vergilbenden Pergamentrolle zu. »Das hier ist das Sterberegister für die Jahre 1215 bis 1253.« Er rollte das Pergament auf und fand den Eintrag über das Begräbnis von Adele Holcombe, jetzt Adele-atte-Reeve, auf dem Kirchhof. »Und das hier«, er zeigte auf eine weiter Pergamentrolle, »ist das Taufre-

gister.« Gemeinsam mit Corbett überflog er die Namen, konnte jedoch keine Kinder von Alan of the Marsh entdecken.
»War das Grab von Adele Holcombe eines der Gräber, die geöffnet wurden?« fragte Corbett.
»Nein, das glaube ich nicht.« Father Augustine sah den Vogt an. »Oder?«
Der Vogt schüttelte nur den Kopf.
»War es für eine Frau wie Adele leicht«, fragte Corbett, »eine Ehe annullieren zu lassen, um wieder zu heiraten?«
Der Geistliche setzte sich an den Tisch und legte die Arme über eine Stuhllehne. »Nach dem kanonischen Recht kann die Ehefrau um Annullierung nach fünf Jahren nachsuchen, wenn der Ehemann verschwindet und die Ehe kinderlos ist. Adele hat das vermutlich getan. Sir Hugh, ich möchte nicht neugierig erscheinen, aber warum interessiert Ihr Euch für Leute, die schon so lange tot sind?«
»Es tut mir leid, Pater, aber diese Frage kann ich Euch im Moment nicht beantworten. Aber«, fuhr er fort, »das bedeutet doch, daß Adele gewußt haben muß, daß Alan tot ist.«
»Nicht notwendigerweise. Sie hat vielleicht einfach nur nach den fünf Jahren einen anderen Freier gefunden und dann beim Bischof um Annullierung nachgesucht. Solche Fälle sind ziemlich häufig.«
Corbett schaute den Vogt an. »Master Robert, darf ich Euch eine Frage stellen? Ihr dürft aus ihr folgern, was Ihr wollt. Gibt es in Eurer Familie irgendwelche Legenden oder Geschichten über verborgene Schätze?«
Der Vogt schaute ihn herablassend an, seine Augen hatten jedoch etwas Schuldbewußtes.
»Herr Vogt«, beharrte er. »Ich schlage vor, daß Ihr ehrlich mit mir seid.«
Der Vogt faltete die Hände und schaute zur Decke. »Das sind doch alles nur Legenden.«

»Legenden über den Schatz König Johns?«
Der Vogt zuckte zusammen, als hätte Corbett einen wunden Punkt getroffen.
»Master Monck hat mir dieselbe Frage gestellt.«
»Kam er hierher?« fragte Corbett.
»O ja«, entgegnete Father Augustine. »Deswegen haben wir die Einträge auch so schnell gefunden.« Der Geistliche legte nachdenklich die Stirn in Falten. »Ich denke, er kam schon am zweiten Tag nach seiner Ankunft hierher und stellte dieselben Fragen wie Ihr. Hat er Euch das nicht gesagt, Sir Hugh?«
Corbett lächelte gequält. »Master Monck trug sein Herz nicht auf der Zunge.«
»Trug?« Fragten der Geistliche und der Vogt wie aus einem Mund.
»Heute morgen kam Master Catchpole mit seiner Leiche. Er hatte sie mit einem Armbrustbolzen in der Brust auf dem Moor gefunden.«
Der Vogt trat mit seinen schlammverkrusteten Stiefeln von einem Fuß auf den anderen und schaute weg.
Habt Ihr ihn vielleicht umgebracht? fragte sich Corbett. Er erinnerte sich an die finsteren Blicke, die er geerntet hatte, als er durch das Dorf gegangen war. War Monck einer Verschwörung aus dem Dorf zum Opfer gefallen?
»Herr Vogt«, sagte er leise. »Ihr habt meine Frage immer noch nicht beantwortet.«
Robert holte tief Luft. »In ganz Norfolk gibt es Legenden über den Schatz des alten Königs. Über einen heimtückischen Führer namens Holcombe, den Sir Richard Gurney am Galgen auf dem Kliff hängen ließ. Alan of the Marsh soll sein Komplize gewesen sein.«
»Und wie endet die Geschichte?«
»Holcombe soll erwischt worden sein.«
»Und?«

»Entweder brachten die Gurneys Alan of the Marsh und behielten den Schatz ...«
»Oder?«
»Oder er versteckte sich. Aber es gelang ihm dann nicht mehr, sich aus diesem Versteck zu befreien. Schließlich verhungerte er.«
»Pater, kennt Ihr diese Geschichten auch?«
Der Geistliche lächelte. »Wie Robert sagt, sie sind bekannt. Das Grab von Alan of the Marsh und das Versteck des Schatzes geben jedoch immer noch Rätsel auf.« Father Augustine legte die Fingerspitzen gegeneinander. »Ich habe sogar gehört«, sein langes Gesicht verzog sich zu einem Grinsen, »daß die Dorfbewohner hier Alan of the Marsh ermordet, sich des Schatzes bemächtigt und diesen entweder verteilt oder ebenfalls versteckt haben.«
Robert, der Vogt, machte ein unflätiges Geräusch mit den Lippen.
»Hat Master Monck Adeles Grab untersucht?«
»Ja, das hat er«, antwortete der Geistliche. »Niemand wußte genau, wo es lag, und wir brauchten einige Zeit, um es zu finden. Er hat sogar den Sarg untersucht.« Er schüttelte den Kopf. »Da ist jedoch nichts.«
»Eine letzte Frage«, sagte Corbett.
»Ja, Sir Hugh?«
»Master Monck war an dem Nachmittag, bevor er starb, hier. Warum?«
»Er erkundigte sich ein weiteres Mal nach seinem Schreiber Cerdic. Ich konnte ihm jedoch nicht weiterhelfen. Er saß einige Zeit hier bei mir und stellte Mutmaßungen darüber an, was Cerdic zugestoßen sein könnte.« Der Priester schaute Corbett etwas hinterhältig an. »Er sagte einige etwas unvorteilhafte Dinge über Euer Kommen und war fürchterlich schlechter Laune. Er ging und sagte, daß er sich ein weiteres Mal auf den

Weg zum Holy Cross Convent machen würde.« Der Geistliche hielt inne. »Das muß eine ganze Weile nach Einbruch der Dunkelheit gewesen sein. Erinnert Ihr Euch noch, Robert, ich rief Euch zur Kirche, nachdem ich einen Krankenbesuch gemacht hatte?«
»Das stimmt«, bestätigte der Vogt. »Ich wartete hier auf Father Augustine, als ich plötzlich Hufschläge hörte. Ich eilte aus der Kirche, und Monck galoppierte vorbei. Er ritt wie der Teufel. Hunde und Hühner sprangen nur so zur Seite. Er blieb für niemanden stehen, weder für Männer noch für Frauen und Kinder.«
»Warum meint Ihr, hatte er es so eilig?«
»Das weiß der Himmel. Ich dachte, daß er vielleicht auf dem Weg zurück zum Herrenhaus ist oder über das Moor zu den Pastoureaux will.«
Corbett dankte ihnen und ging wieder nach draußen. Er band sein Pferd los und überlegte sich, ob er zum Holy Cross Convent reiten sollte. Der Tag neigte sich seinem Ende zu. Große Regentropfen wurden ihm vom starken Wind ins Gesicht getrieben. Verdammt, dachte Corbett, wendete sein Pferd und ritt zurück zum Herrenhaus.
»Ich habe ohnehin keine Lust auf den Convent und die hochmütige Art Lady Cecilys«, murmelte er und starrte in die zunehmende Dunkelheit. Es war einfach auch Vorsicht. Konnte Monck einem Hinterhalt zum Opfer fallen, dann konnte ihn das gleiche Schicksal ereilen.
Corbett ritt aus dem Dorf und den Weg zum Kliff entlang. Er sah den Galgen, der sich gegen den Himmel abzeichnete, und erinnerte sich an die welken Blumen, die er dort gefunden hatte. Sie hatten so ausgesehen, als hätten sie schon wochenlang dort gelegen. Es konnte sich also nicht um eine kleine Aufmerksamkeit der Nachbarn der Fourbours handeln. Corbett sah hinaus aufs Meer, eine düstere graue Ebene, die sich langsam hob und

senkte. Der Wind zerzauste seine Haare, und nächtliche Geschöpfe bewegten sich im Farn zu beiden Seiten des Weges. Corbett schauderte es.
»Du bist ein Dummkopf«, murmelte er, »daß du so spät abends noch unterwegs bist.«
Er zwang sein Pferd zu einem Galopp zurück zu den einladenden Lichtern von Mortlake.
Ranulf und Maltote warteten bereits auf ihn. Ihnen war anzumerken, daß sie sich langweilten.
»Wir haben nichts gefunden, Herr«, gestand Ranulf, als sich Corbett auf die Bettkante setzte, um seine Reitstiefel auszuziehen.
»Ich denke auch nicht, daß wir etwas finden werden«, erwiderte Corbett. »Wir sind fertig in Hunstanton.«
»Was meint Ihr damit, Herr?«
»Morgen früh ...« Corbett fuhr sich mit den Fingern durchs Haar. »Was hat das schon für einen Sinn. Schaut! Setzt euch hin!« Er machte eine einladende Geste in Richtung seiner beiden Gefährten. »Als ich noch in Oxford die Universität besuchte – eine Erfahrung, die ich dir nicht wünschen möchte, Ranulf –, ließen uns unsere Lehrer ein Problem dabattieren. Wir sollten die Schwierigkeiten, was unlogisch war, herausfinden. Also, was haben wir hier? Ungefähr vor neunzig Jahren«, Corbett benutzte seine Finger, um die einzelnen Punkte aufzuzählen, »verliert ein König ein Vermögen in der Wash-Bucht. Der heimtückische Führer entkommt der Katastrophe mit einem Teil des Schatzes.«
»Holcombe?« fragte Maltote.
»Ja«, ahmte ihn Ranulf nach. »Holcombe.«
»Holcombe wird gefaßt und von einem der Vorfahren Gurneys aufgehängt«, fuhr Corbett fort. »Sein Komplize, Alan of the Marsh, verschwindet, der Schatz, zumindest der größte Teil, ebenfalls. Die Gurneys finden einiges darüber heraus, was aus

dem Schatz geworden sein könnte, halten das jedoch geheim, um den guten Namen ihrer Familie zu schützen. Selditch findet diese Informationen und drei Goldteller. Er reist nach London und verkauft diese Preziosen.« Corbett sah Ranulf an und zog die Augenbrauen hoch. »Was weiter?«
»Seltsame Lichter in der Nacht, sowohl auf dem Kliff als auch auf See«, entgegnete Ranulf.
»O ja«, Corbett starrte an die Decke. »Und dann haben wir einen Vogt, der plötzlich und unerwartet reich wird, und Nonnen, die etwas zu verbergen haben. Die Pastoureaux sind rätselhaft wie immer. Was noch?«
»Marina«, antwortete Maltote.
»Ach ja, ein Mädchen wird ermordet. Sie erhielt eine geheime Botschaft, vermutlich von einer alten Freundin, die sich ebenfalls den Pastoureaux angeschlossen hatte.«
»Dann haben wir noch die beiden anderen Morde«, sagte Ranulf, »Cerdic und Monck. Was hatte Cerdic am Strand verloren? Und wen wollte Monck so eilig treffen?«
Corbett stand auf und reckte sich. »Fehlt dir London, Ranulf?«
»Fehlt einem Fisch das Wasser, Herr?«
Corbett lächelte. »Wie gesagt, wir sind hier fertig.«
»Wohin dann, Herr?«
»Laßt uns nach Bishop's Lynn reiten. Wer weiß, welches lichtscheue Gesindel wir dort aufschrecken können.«
»Zum Beispiel?« fragte Ranulf. Ihm war jede Stadt recht.
»Nun, da ist erst einmal die Frau des Bäckers, Amelia Fourbour. Ich möchte jedoch, daß ihr zuerst zum Convent reitet und die blasierte Priorin fragt, ob ihr der Name Alan of the Marsh etwas sagt. Zweitens, warum Master Monck sie aufgesucht hat.« Corbett ging zum Lavatium, um sich Hände und Gesicht zu waschen. »Lady Cecily wird lügen, daß sich die Balken biegen. Sie sagt nur die Wahrheit, wenn sie dazu gezwungen wird. Paßt also auf, wie sie reagiert.«

»Und danach?« fragte Maltote hoffnungsvoll.
»Danach schließen wir alles weg, beladen unsere Pferde und reiten nach Bishop's Lynn.«
»Könnte es dort immer noch Holcombes geben?« fragte Ranulf.
»Vielleicht«, entgegnete Corbett.
Er ging hinüber zum Fenster, öffnete die Läden und betrachtete den starken Regen, der gegen das Herrenhaus schlug.
»Wir müssen vorsichtig sein«, murmelte er, »oder der Meuchelmörder schlägt wieder zu.« Er schaute über die Schulter auf seine ängstlichen Gefährten. »Wenn wir nicht vorsichtig sind, wird Monck nicht der einzige königliche Beamte bleiben, der auf dem Moor sein Leben läßt!«

Kapitel 9

Lady Cecily war am folgenden Morgen nicht sonderlich erfreut, Ranulf und Maltote bei sich zu sehen. Sie ließ sie in einem Vorzimmer warten, bevor sie sie in ihr prächtiges Gemach vorließ. Hier saß sie zusammen mit Father Augustine auf Stühlen mit hoher Lehne vor dem Kamin. Ranulf und Maltote mußten mit Hockern vorliebnehmen, die eine betagte Laienschwester herangeschoben hatte. Der alte Meister Langschädel hatte doch recht gehabt, dachte Ranulf. Er zwinkerte Maltote frech zu. Die Priorin sah sie von oben herab an und lächelte säuerlich, während sie ihre Robe aus feiner Wolle enger um sich zog.

»Was will Sir Hugh Corbett dieses Mal von mir?« fragte sie.

»Einfache Antworten auf einfache Fragen«, entgegnete Ranulf. »Lavinius Monck war zu Gast bei Euch, bevor er starb?«

»Ja, ja, der arme Mann.« Lady Cecily sah Father Augustine schüchtern an. »Unser Kaplan«, sie betonte dieses Wort besonders, »hat uns die Neuigkeiten bereits überbracht. Was für eine Tragödie! Was für schreckliche Zeiten!«

»Warum war Monck hier?« fragte Ranulf noch einmal.

»Nun, es würde mir nie einfallen, Master Moncks Gedanken lesen zu wollen. Gott sei seiner Seele gnädig! Aber er suchte immer noch herauszufinden, warum sein Diener Cerdic hierhergekommen war.«

»Und welche Antwort habt Ihr ihm gegeben?«

»Dieselbe wie Master Corbett. Daß ich es nicht weiß.«

Father Augustine hustete und räusperte sich.

»Lady Cecily«, sagte er, »kann nicht für alle Leute, die sie aufsuchen, die Verantwortung tragen.«
»Und warum seid Ihr hergekommen, Pater?«
»Ich bin Kaplan dieses Klosters.« Der Geistliche lächelte Ranulf an. »Ich komme schon seit vielen Jahren hierher. Schon als ich Hilfsgeistlicher in Swaffham war, kam ich jeden Sommer, um mich von meinen seelsorgerlichen Pflichten auszuruhen.«
Ranulf wußte nicht, wen er mehr verabscheute, die hochmütige Priorin mit ihrer falschen, lächelnden Schüchternheit oder diesen Priester mit dem langen, säuerlichen Gesicht. Ranulf fühlte sich in der Gegenwart der Geistlichkeit immer unwohl – die Leute waren stets von oben herab oder schienen sich insgeheim über ihn lustig zu machen. Dieses Mal war es nicht anders. Er streckte seine schmutzigen Stiefel absichtlich in Richtung Feuer, reckte sich und lächelte, als er die Verärgerung der Priorin über seine schlechten Manieren bemerkte.
»Wir machen uns nach Bishop's Lynn auf den Weg«, kündigte er an. Er gähnte, streckte die Hände nach dem Feuer aus, rieb sie und schlug sich dann auf die Oberschenkel. »Ihr könnt Euch jedoch auf eine Sache verlassen.«
»Und was ist das?« fragte Father Augustine scharf.
»Sir Hugh Corbett ist ein schrecklicher Mann«, erklärte Ranulf. »Er gräbt nach der Wahrheit und geht jedem Geheimnis auf den Grund, er ist für Mörder wie die Rache Gottes.«
»Dann wird es ja Zeit, daß er mehr Erfolg hat!« erwiderte Lady Cecily kurz angebunden. »Glaubt mir, Master ...?«
»Ranulf.«
»Ach ja, Ranulf. Ich habe die Absicht, dem König zu schreiben. Ich habe etwas dagegen, daß der Frieden und die Ruhe meines Hauses durch diese ständigen Besuche gestört werden!«
Ranulf lächelte zuckersüß. »Mit allem Respekt, Lady Cecily. Ihr könnt dem Heiligen Vater persönlich schreiben, und trotzdem

wird Sir Hugh Corbett Euch immer aufsuchen, wenn er das für angebracht hält.«
Das teigige Antlitz der Priorin war verärgert. Nur noch eine weitere Provokation, dachte Ranulf.
»Natürlich«, mischte sich Father Augustine ein, »hat Lady Cecily den Wunsch, Euch behilflich zu sein, aber das hier ist ein Nonnenkloster.«
Eher ein Luxusbordell, dachte Ranulf und schaute sich in dem Zimmer um: Wandteppiche mit Samtquasten, Ziergegenstände aus Gold und Silber, polierte Möbel und Bienenwachskerzen.
»Sagt Euch der Name Alan of the Marsh etwas?« fragte er unvermittelt.
Er hätte sich vor Freude beglückwünschen mögen. Lady Cecily setzte sich kerzengerade auf und fing vor Nervosität an, mit dem Kruzifix zu spielen, das sie an einer Kette um den Hals hängen hatte.
»Nun?«
»Alan of the Marsh?« stotterte Lady Cecily. »Wer soll das sein?«
»Erlaubt mir diese Bemerkung, aber das war nicht die Frage. Habt Ihr den Namen schon einmal gehört?«
»Natürlich nicht!« fuhr sie Ranulf an.
»Irgendwie scheint er Euch aber nicht ganz gleichgültig zu sein.«
»Natürlich.« Sie zwang sich zu einem Lächeln. »Warum sollte der Name eines Mannes der Priorin eines Klosters etwas bedeuten? Was wollt Ihr damit andeuten?«
»Nichts«, entgegnete Ranulf frech. »Also kann ich Sir Hugh berichten, daß Ihr den Namen Alan of the Marsh noch nie gehört habt?«
»Ich habe ihn noch nie gehört.«
Ranulf zog die Nase hoch und stand auf. Maltote ebenfalls.
»In diesem Fall verabschiede ich mich von Euch.«
Ranulf ging leise kichernd aus dem Zimmer.

Die alte Laienschwester hätte sie direkt wieder zu den Ställen gebracht, aber Ranulf war übermütig geworden. Er stieß Maltote an.

»Madame?«

Die Laienschwester blieb stehen. Der nette, charmante rothaarige junge Mann, dessen grüne Katzenaugen vor Freude funkelten, schmeichelte ihr.

»Ja?«

»Ich war noch nie in einem Kloster, und dieses ist so prächtig. Wäre es wohl möglich, daß Ihr uns herumführt?«

Die Laienschwester schüttelte mißbilligend den Kopf.

»Aber das hier ist ein Nonnenkloster!« hauchte sie. »Ein Haus des Gebets nur für Damen!«

Ranulf schüttelte den Kopf. »Nein, ich meinte nicht im Haus selbst, sondern auf dem Anwesen?« Er griff nach seinem Geldbeutel.

Die Augen der Laienschwester funkelten begehrlich.

»Ich nehme einmal an, daß ich Euch den längeren Weg zu den Ställen zurückbringen könnte, vielleicht könnte ich Euch auch den Kreuzgang zeigen, die Kapelle und einige der Gärten?«

Ranulf lächelte. »Madame, Euer Diener.«

Er ergriff ihre kalte, von Äderchen durchzogene Hand, führte sie an seine Lippen und gab ihr mit derselben Bewegung die Münze. Die Laienschwester lächelte einfältig und führte sie trotz ihres Alters zügig durch die Gänge. Sie plapperte die ganze Zeit, während sie ihnen den Kreuzgang, die Kapelle, das Gästehaus und das Refektorium zeigte. Nach einem Besuch des Kräuter- und Obstgartens gingen sie um die Kirche herum zurück zu den Stallungen. Ranulf schaute sich alles aufmerksam an. Lady Cecily hatte gelogen, und Ranulf hoffte, dem alten Meister Langschädel etwas mitbringen zu können, was als Beweismittel von Nutzen sein konnte. Sie kamen am überdachten Tor des kleinen Friedhofs vorbei, und Ranulf sah etwas rotbraun schim-

mern. Er beachtete die Bitten der Laienschwester nicht weiter, stieß das Tor auf und ging auf den Friedhof. Er sah Pastoureaux, die zwischen den Gräbern arbeiteten. Sie harkten das alte Laub zusammen und schnitten die Brombeerranken und die Weiden zurück. Einer von ihnen drehte sich um, lehnte sich auf seine Hacke und schob seine Kapuze zurück.
»Master Joseph!« Ranulf lächelte. »So verbringt Ihr also Eure Zeit?«
Der Führer der Pastoureaux lächelte und ging auf ihn zu.
»Wir tun alle Gottes Werk, Master Ranulf. Warum seid Ihr hier?«
»Oh!« Ranulf zuckte mit den Achseln. »Genau wie Ihr, Master Joseph, ich tue ebenfalls Gottes Werk, aber auf eine andere Art.«
Master Joseph wurde ernst. »Wir haben vom Tod von Master Monck gehört. Ich darf Euch mein Beileid aussprechen.«
Ranulf nickte.
»Habt Ihr irgend etwas über seinen Tod herausgefunden?«
»Nein, Master Joseph. Der Tod ist wie alles andere hier rätselhaft.«
»Wird Sir Hugh Moncks Arbeit fortsetzen?«
Ranulf lächelte und nickte. »Natürlich. Wir werden uns bald auf den Weg nach Bishop's Lynn machen, aber Sir Hugh wird zurückkommen.« Er starrte den anderen durchdringend an. »Ich bin mir sicher«, fuhr er fort, »daß ich Euch schon einmal irgendwo getroffen habe, kann mich aber nicht erinnern, wo.«
Der Anführer der Pastoureaux stülpte seine Kapuze wieder über und setzte die Arbeit mit der Hacke fort.
»Vielleicht in einem anderen Leben, Master Ranulf! Ich denke, Eure Führerin wird unruhig.«
Ranulf schaute über die Schulter. Die alte Laienschwester trat von einem Fuß auf den anderen, ein lustiges Bild.
»Ich habe Euch genug gezeigt! Ich habe Euch genug gezeigt!« blökte sie. »Die Priorin wird böse. Bitte kommt!«
Ranulf und Maltote folgten ihr. Sie holten ihre Pferde und

verließen das Kloster. Sie lachten und scherzten über Lady Cecilys Unbehagen, ritten an der Kirche vorbei und ins Dorf. Am Inglenook hielten sie an, um Ale zu trinken. Ranulf schwatzte ein wenig mit Robert, dem Vogt, und Fulke, dem Gerber, deren finstere Mienen und zögerliche Antworten jedoch zeigten, daß sie alles andere als willkommen waren. Also gingen sie wieder und kehrten zum Herrenhaus zurück. Hier brütete Corbett über einem Stück Pergament, machte ab und zu eine Notiz und legte die Feder wieder hin. Dann saß er, den Kopf in die Hände gestützt, da und starrte auf das, was er geschrieben hatte. Er hörte ruhig zu, als Ranulf berichtete, was im Kloster vorgefallen war. Corbett hob die Feder auf und klopfte mit ihr auf die Tischplatte.

»Bishop's Lynn!« sagte er. »Sind die Taschen gepackt?«

Ranulf nickte.

»Dann sollten wir aufbrechen. Ich möchte noch vor Einbruch der Dunkelheit dort sein.«

Ranulf und Maltote gingen zu den Ställen hinüber, und Corbett folgte ihnen mit den Satteltaschen. Er blieb stehen, um sich von Gurney zu verabschieden, der erregt zu sein schien, daß sie so unvermittelt aufbrachen. Er bestand darauf, daß sie noch eine Kleinigkeit essen und sich vom Koch etwas Proviant für die Reise mitgeben lassen sollten. Corbett zögerte, seinen Gastgeber noch weiter zu verärgern, und willigte deshalb ein. Der Verwalter deckte den Tisch in der großen Halle und servierte einige kleine Gerichte und Käse. Catchpole erklärte ihnen, welchen Weg sie nehmen sollten.

Eine Stunde später ritten sie los. Corbett fluchte leise. Der Himmel war inzwischen bedeckt, und ein kalter, nasser Nebel kroch von See über das Kliff herauf. Als sie die Weggabelung endlich erreichten, war der Nebel bereits sehr dicht. Maltote und Ranulf stritten sich, welche Richtung sie einschlagen sollten.

»Haltet euch an den Wegweiser«, unterbrach Corbett sie barsch. »Das hat Catchpole uns auch so erklärt.«
Er ritt als erster. Keine Stunde später stieg ein böser Verdacht in Corbett auf. Catchpole zufolge hätte die Straße breiter sein sollen, und sie hätten durch eine Reihe kleiner Dörfer kommen müssen. Da sie aber nicht viel sehen konnten, glaubte Corbett, daß sie immer weiter ins Hinterland, ins Moor gerieten. Schließlich blieb er stehen und fluchte leise. Die Pferde bemerkten die gespannte Stimmung und traten unruhig auf der Stelle. Sie schnaubten und wieherten in der schwarzen Stille des Moors. Corbett wendete sein Pferd.
»Wie lange sind wir jetzt schon seit Mortlake unterwegs?«
Ranulf zuckte mit den Achseln und blies sich auf die starren Finger. »Ungefähr zwei Stunden. Maltote, was ist los?«
Der junge Bote schaute in die Richtung, aus der sie gekommen waren.
»Maltote!« fuhr ihn Corbett an. »Verdammt noch mal, du bist so ängstlich wie eine Küchenmagd!«
Maltote wandte sich ihm zu, bleich und mit furchtsamen Augen. »Ich weiß nicht recht«, murmelte er. »Hinter der Weggabelung blieb ich etwas zurück. Ich bin mir sicher, daß wir verfolgt werden.«
»Unsinn!« spottete Ranulf.
»Ich bin mir da ganz sicher«, beharrte Maltote. »Ich habe das Klimpern von Zaumzeug gehört.«
»Verdammt, Herr!« sagte Ranulf aufbrausend. »Wir haben uns verirrt und werden erfrieren, wenn wir noch lange hier stehenbleiben.«
Corbett tätschelte seinem Pferd den Hals. »Wir können nur eines tun, zur Weggabelung zurückkehren.«
»Schaut!« rief Ranulf. »Vielleicht ist doch alles in Ordnung!«
Er deutete in den Nebel, der sich bewegte wie Dampf über einem Wasserkessel. Corbett sah den Lichtschein ebenfalls, den

Ranulf gesehen hatte. Ein Bauernhof, vielleicht eines der Dörfer. Er ritt weiter, verließ den Weg und überquerte das regennasse Moor in Richtung des Lichtes. Sein Pferd sträubte sich, aber Corbett trieb es weiter. Das Pferd wieherte erneut. Corbett zog die Zügel an, aber sein Pferd war steckengeblieben. Entsetzt schaute er nach unten. Sein Pferd steckte bis zu den Fesseln in einem grünlichen Morast, der sie auf allen Seiten umgab. Corbett fluchte und drehte sich um.

»Bleibt zurück!« brüllte er Ranulf und Maltote zu.

»Bleibt stehen, Herr!« drängte ihn Ranulf. »Je mehr das Pferd sich bewegt, je schneller sinkt Ihr ein!«

Corbett gehorchte, strich seinem Pferd über den Hals und redete beruhigend auf es ein. Das Pferd warf den Kopf zurück, es hatte vor Entsetzen die Augäpfel verdreht. Ranulf stieg ab und kam näher. Er hatte das Seil in der Hand, das er immer benutzte, wenn er sein Pferd festbinden mußte oder wenn er schnell ein Zaumzeug benötigte. Maltote ging voran, führte sein eigenes Pferd am Zügel und prüfte sorgfältig, daß die Erde vor ihm auch nicht nachgab.

»Hier gibt es eine Art Weg«, sagte er, »da, wo die Erde fest ist.«

Corbett mußte sich sehr zusammennehmen, nicht die Selbstkontrolle zu verlieren. Das Pferd unter ihm sank immer weiter, der Morast erreichte schon den Bauch. Ranulf und Maltote gingen vorsichtig den Streifen fester Erde entlang. Als sie nur noch ein paar Schritte von Corbett entfernt waren, warf Ranulf ihm das Seil zu. Es gelang Corbett, es seinem Pferd um den Hals zu binden. Maltote befestigte das andere Ende an seinem eigenen Sattelknauf. Dann redete er seinem Pferd leise zu, rückwärts zu gehen. Das Seil spannte sich. Im ersten Moment bewegte sich Corbetts Pferd nicht. Das Seil, das sich um seinen Hals zusammenzog, verstärkte nur noch seine Panik. Corbett weitete die Schlinge etwas und zog sie auch noch über den Sattelknauf. Ranulf und Maltote zogen und zerrten. Plötzlich kam Corbetts

Pferd frei und erreichte mit Mühe wieder den Weg. Corbett stieg vorsichtig ab und redete sanft auf sein Pferd ein, wie es ihm Maltote geraten hatte. Schließlich waren sie alle wieder auf dem festen Weg, von Morast bedeckt.
Eine Weile lang war Corbett zu nichts anderem in der Lage, als neben seinem Pferd zu knien und zu versuchen, Herr seines Schreckens zu werden. Ranulf drückte seinem Herrn etwas Brot und einen Weinschlauch in die Hand.
»Ihr solltet einen Schluck trinken!«
Corbett kaute das Brot, hatte jedoch Schwierigkeiten damit zu schlucken, spuckte das Brot also wieder aus und goß etwas Wein in die hohle Hand. Er roch und leckte dann vorsichtig daran.
»Was ist los, Herr?«
»Was zum Teufel meinst du, was los ist?« fuhr ihn Corbett an. »Ich will nicht auch noch vergiftet werden!« Er lächelte entschuldigend. »Er scheint jedoch in Ordnung zu sein.« Corbett nahm einen großen Schluck und gab Ranulf den Weinschlauch zurück. »Danke«, murmelte er. Dann schaute er Maltote an. »Wenn du nicht gewesen wärst, wären wir jetzt vielleicht alle tot.« Er stand auf und gab Maltote die Hand. »Das werde ich nicht vergessen, weder dir noch Ranulf.«
»Und den Pferden auch nicht!« scherzte Ranulf, den der Dank seines sonst so wortkargen Herrn in Verlegenheit gebracht hatte.
Corbett stand auf. Seine Beine waren eiskalt, und er fühlte sich seltsam schläfrig, seit er im Moor festgesessen hatte. Er schaute in den wirbelnden Nebel.
»Wir müssen zur Weggabelung zurückreiten«, murmelte er.
»Was ist mit dem Licht?« fragte Maltote.
»Man hat uns hereingelegt«, fuhr Ranulf ihn an. »Ich habe Schmuggler dabei beobachtet, wie sie auf dem Watt in der Themsemündung denselben Trick benutzt haben. Sie entzünden Lichter, und die Reisenden machen den Fehler, zu denken,

daß diese Lichter Sicherheit bedeuten. Einige grausame Verbrecher verdienen sogar ihren Lebensunterhalt damit, daß sie Schiffe auflaufen lassen.«
»Aber wie haben sie wissen können, daß wir hier sind?« fragte Maltote.
»Ich denke, das werden wir an der Weggabelung erfahren«, sagte Corbett leise. »Kommt jetzt!«
Sie führten ihre Pferde den Weg zurück bis zur Weggabelung, doch der buntbemalte hölzerne Wegweiser war verschwunden. Ranulf tastete im Dunkeln herum.
»Er ist umgefallen!« rief er, als er Holz unter den Fingern spürte. Corbett warf Maltote die Zügel seines Pferdes zu und ging zu ihm hinüber.
»Das bezweifle ich«, sagte er. »Ich denke, er wurde gelockert und umgedreht, so daß er in die falsche Richtung zeigte. Er ist dann entweder umgefallen oder von diesem herzlosen Schwein mit der Laterne umgeworfen worden.«
»Das heißt also, daß wir verfolgt worden sind?« fragte Maltote.
»Wahrscheinlich«, sagte Corbett. »Aber irgend jemand muß auch vor uns gewesen sein. Es wußten weiß Gott genug Leute von unserer Reise. Das ist wirklich ein alter Räubertrick – finde einen Fremden, locke ihn in die falsche Richtung, und warte ab, was passiert. Jemand aus Hunstanton war vor uns an der Weggabelung, drehte den Wegweiser um, wartete ab, bis wir die falsche Richtung eingeschlagen hatten, und versuchte dann, uns mit einer Laterne ins Moor zu locken. Vergeßt nicht, daß wir länger in Mortlake Manor verweilten und daß die Dorfbewohner, oder wer immer es auch gewesen sein mag, jeden Weg und Pfad in dieser Gegend gut kennen.«
»Aber wer?« fragte Ranulf. »Wer ist dieses Schwein? Damit wir ihm die Kehle durchschneiden können!«
»Das könnte jeder gewesen sein«, entgegnete Maltote voll Selbstbewußtsein nach dem Lob seines Herrn. »Sir Hugh hat

recht. Sie sind uns vorausgeeilt und haben uns in eine Falle gelockt.« Seine Brust war stolzgeschwellt. »Wir Boten sind solche Irreführungen gewohnt. Was tun wir jetzt, Herr? Reiten wir nach Mortlake zurück?«

»Nein, Maltote, du weißt, welchen Weg wir eingeschlagen haben und wie das mit der falschen Abzweigung ging. Also, aufgestiegen und so schnell geritten wie der Wind. Wenn du Lichter siehst und es dieses Mal ein Weiler oder ein Dorf ist, dann komm zurück!«

Maltote gehorchte. Der Hufschlag seines Pferdes wurde in der Ferne immer schwächer. Corbett und Ranulf standen an der Weggabelung und fingen an zu frieren, obwohl sie versuchten, sich warmzuhalten.

Schließlich kam Maltote zurück.

»Da ist ein kleiner Weiler. Ich habe einen der Bauern gefragt.« Der Bote deutete mit der Hand. »Das hier ist die Straße nach Bishop's Lynn. Sollen wir weiterreiten, Herr?«

Corbett nickte. Überraschenderweise hielt er nicht in dem Weiler an, sondern ignorierte die Proteste seiner Begleiter und ritt nach Bishop's Lynn weiter. Der Nebel wurde dichter und kälter. Er legte sich wie eine kalte Hand um sie, und Corbett fragte sich, ob er die richtige Entscheidung getroffen hatte. Eine Weile lang stöhnte Ranulf noch lautstark, aber schließlich brachten die Dunkelheit und die eisige Kälte auch ihn zum Schweigen. Er hing über den Hals seines Pferdes und zog seine Kapuze und seinen Umhang in mürrischer Resignation enger um sich.

Schließlich erreichten sie Bishop's Lynn. Corbetts Beine waren ohne jedes Gefühl. Er war nicht in Stimmung, sich mit den Stadtwächtern zu streiten, die bereits die Ausgangssperre ausgerufen und die Stadttore geschlossen hatten. Ranulf hielt ihnen ihre Vollmachten unter die Nase und schrie sie wütend an, und eine kleine Nebentür wurde eilig geöffnet. Einer der Wächter führte sie die St. Nicholas Street entlang zur größten Schenke der Stadt, Lattice House, an der Ecke Chapel Street. Ein weiteres Mal trumpfte Corbett mit seinen Vollmachten, dieses Mal um Ställe für ihre Pferde und Zimmer für sich und seine Gefährten zu requirieren. Sie entkleideten sich und wuschen sich mit dampfend heißem Wasser. Es wurde von einem Diener heraufgebracht, der noch ganz verschlafen war. Als sie saubere Kleider angelegt hatten, gingen sie in den Schankraum, um etwas zu essen. Sie waren alle drei zu erschöpft, um sich zu unterhalten, und die Schüsseln mit heißem Stew und das dickflüssige Ale aus dem Ort machten sie so schläfrig, daß ihnen beinahe die Augen zufielen. Sie gingen zu ihren Zimmern zurück und warfen sich auf ihre Betten.

Sie schliefen alle lang. Corbett erwachte ausgeruht. Er spürte die Strapazen des vergangenen Tages kaum, abgesehen einmal davon, daß seine Knie etwas steif waren. Sie frühstückten. Maltote kontrollierte in den Ställen, ob die Pferde gestriegelt worden waren, und brachte ihre schmutzigen Kleider auf Corbetts Anweisung hin ins Waschhaus der Schenke. Der Wirt, der sich von diesen wichtigen Gästen ein gutes Geschäft versprach, hatte ihnen in Aussicht gestellt, daß seine Diener sie waschen würden.

»Maltote kann hierbleiben«, entschied Corbett. »Ranulf, wir beide gehen zur Gilde.«

»Was interessiert uns dort, Herr?«

»Als erstes die Wählerliste. Ich möchte sehen, ob es immer noch irgendwelche Nachfahren Holcombes in Bishop's Lynn gibt.«

»Was noch?«

»Ein Müller, der Culpeper heißt und dessen Tochter unlängst in Hunstanton ermordet wurde.«

Sie verließen die Schenke, nicht ohne eine Nachricht für Maltote zu hinterlassen. Dann gingen sie die St. Nicholas Street entlang zum Gildehaus, das gegenüber der St. Margaret's Church mit den hohen Türmen lag. Ein Gerichtsdiener stellte sich ihnen in den Weg. Corbett erklärte, wer sie seien, und nach wenigen

Minuten erschien ein übereifriger Ratsherr und bot ihnen jede Hilfe an.
»Ja, ja«, murmelte der Mann mit wichtiger Miene. »Wir haben Steuerregister, Wählerregister und Register über Beihilfen. Wenn es einen Holcombe gibt, werdet Ihr ihn dort finden.«
»Und der Müller Culpeper?«
»Oh, den kennt jeder. Ihr werdet ihn jedoch nicht bei seiner Mühle treffen.« Der Ratsherr deutete auf die dicke Stundenkerze in ihrem Halter. »Er wird am Kai sein, in der Nähe vom Zollhaus, und die Beladung der Barken überwachen. Sie bringen das Mehl stromabwärts.«
Corbett überließ es Ranulf, die Register durchzugehen.
»Vergiß den Goldschmied Edward Orifab nicht«, sagte er noch. Dann ging er die Purfleet Street entlang zum Kai. Nach der Stille von Mortlake Manor fand er die Stadt sehr laut. Bishop's Lynn erinnerte ihn mit seinen engen Gassen, Häusern, die in die Straßen ragten, und mit den Rufen der Händler, die hinter ihren buntbemalten Ständen standen, an London. Die Schreie der Kinder, die hinter den rumpelnden Karren hersprangen, wetteiferten mit Pferdegewieher und den Rufen der Viehtreiber. Der üble Geruch der offenen Kloaken tat dem Feilschen und Schachern an den geschäftigen Marktständen keinen Abbruch. Die Schenken und Alehouses machten ein glänzendes Geschäft, denn es war Markttag. Die Bauern aus den umliegenden Dörfern waren alle in die Stadt gekommen, um ihre Erzeugnisse feilzubieten und um einzukaufen, bevor die Schneefälle die Straßen unpassierbar machten.
Das Wetter war sehr gut geworden. Ein wolkenloser Himmel lag über den Straßen und Gassen, die immer noch sehr naß von den Regenfällen des Vortages waren. Corbett mußte aufpassen, wo er hintrat, als er sich einen Weg durch die Menge zum Kai von Purfleet bahnte. Schließlich kam er ans Flußufer. An den Landungsbrücken lagen die unterschiedlichsten Schiffe dicht an

dicht. Kleine Boote zum Heringsfang, Fischerboote mit Deck, Handelsschiffe und sogar eine große bauchige Kogge, die der Hanse gehörte. Der Geruch von Salz, Fisch und Gewürzen lag schwer in der Luft, und Fuhrleute, Hafenbeamte, Kaufleute und Seeleute drängten sich am Pier. Händler boten alles feil, angefangen von bunten Bändern bis hin zu heißen Pies. Ihre Rufe und unterschiedlichen Dialekte und Sprachen verwirrten Corbett. Schließlich sah er einen Hafenbeamten, der in einen Umhang aus braunem Barchent gekleidet war und einen weißen Amtsstab trug. Nach weiteren Verhandlungen wurde Corbett zur Green Wyvern Tavern geleitet, die neben dem Zollhaus lag. Hier trafen sich Culpeper und andere Mitglieder seiner Gilde, um Geschäfte zu tätigen. Im Schankraum traf Corbett Culpeper, einen untersetzten und kräftigen Mann mit wäßrigen Augen und blauen Äderchen im Gesicht. Er hatte bereits einiges hinter die Binde gekippt und schwätzte mit seinen Gefährten. Corbett mußte schreien, um sich Gehör zu verschaffen.

»Ihr hattet eine Tochter, Amelia?«

Culpeper war sofort nüchtern. Er stellte seinen Krug ab und schob sein Gesicht nahe an das von Corbett heran.

»Was geht Euch das an?«

Corbett stellte sich vor, und Culpeper kam schwankend auf die Füße.

»Ich habe genug getrunken«, murmelte er. »Und hier kann man sich nicht unterhalten.«

Er führte Corbett zurück auf den Pier und in das hölzerne Zollhaus. Hier ließ er sich auf eine Bank im Vorraum fallen und gab Corbett ein Zeichen, sich neben ihn zu setzen.

»Ich weiß, daß es noch früh ist«, sagte er mit undeutlicher Stimme, »aber heute ist Markttag, und der Preis für Mehl ist gestiegen.« Er schaute Corbett mit blutunterlaufenen Augen an. »Ein Mann muß sich gelegentlich selbst belohnen und die Vergangenheit vergessen.«

»Was müßt Ihr vergessen, Master Culpeper?«
»Eine Tochter, die Amelia hieß. Sie war unser einziges Kind. Ich gab ihr alles – schöne Kleider, Schmuck, was man sich nur denken kann – nichts war für sie zu gut. Aber sie war stur.« Culpeper wandte sich ab und wischte sich eine Träne aus dem Augenwinkel. »Ich bin nach Hunstanton geritten, um ihre Leiche zurückzuholen. Ihre Mutter wollte das. Jetzt haben wir die Vergangenheit begraben, und so soll es auch bleiben.«
»Wißt Ihr, warum sie ermordet worden ist?«
»Das weiß der Himmel! Oder zumindest sollte er das wissen. Wer würde der armen Amelia etwas zuleide tun, wer, Master Corbett? Welch ein Tod, wie eine Ratte an diesem einsamen, fürchterlichen Galgen zu hängen!«
»Warum habt Ihr sie nach Hunstanton ziehen lassen?«
Der Mann, den Aledünste umwehten, holte tief Luft und legte seine fetten Hände auf die Schenkel.
»Ich hatte keine Wahl. Amelia war hier erledigt. Alles lachte über sie, eine Schande für ihre Familie! Jemand nannte sie einmal ›gebraucht‹. Könnt Ihr Euch das vorstellen, Master Corbett? Ein hübsches Mädchen, das wie ein dreckiger Lappen weggeworfen wird?«
Corbett schwieg. Er hatte eine Ahnung, was jetzt kommen würde. Müller waren nicht beliebt, weil Müller nicht arm waren. Diese Handwerker und Handelsleute erregten immer den Neid derer, die ihre Erzeugnisse kaufen mußten.
»Amelia wurde schwanger«, erklärte Culpeper. »Vielleicht vor zehn, zwölf Jahren.«
»Und der Vater?«
»Wir erfuhren nie etwas über ihn. Amelia sprach nie über ihn.«
»Hand aufs Herz, Ihr habt wirklich nie etwas über ihn erfahren?«
»Nein, es war immer ein großes Geheimnis. Ihr kennt die Spiele junger Frauen, die sich in Liebe verzehren? Sie sagte immer, sie würde Freunde oder Verwandte besuchen.« Culpeper blinzelte.

»Jedenfalls wurde Amelia schwanger, sagte jedoch niemandem, wer der Vater war. Das Kind wurde geboren, starb aber Tage später. Amelia verlor jede Lebenslust. Sie hatte nicht nur ihr Kind verloren, sondern auch den Mann, den sie liebte. Sie sagte nur, daß etwas zu Ende war, was nie mehr weitergehen würde.« Culpeper wischte sich mit dem Handrücken die Tränen aus den Augen. »Jahre vergingen. Amelia verlor nie ein Wort über ihren Geliebten, und dieser machte ganz sicher nie den Versuch, mit ihr Kontakt aufzunehmen. Jetzt war Master Fourbour ständig bei meiner Mühle, um Mehl für seine Bäckerei in Hunstanton zu kaufen. Er wußte über Amelias Vergangenheit Bescheid, hielt aber trotzdem um ihre Hand an. Sie willigte zu unserer Überraschung ein. Ich weiß nicht, warum.« Er zuckte mit den Achseln. »Den Rest wißt Ihr.«
»War Amelia glücklich mit ihrem Mann?«
»Sir, Amelia war nie glücklich. Fourbour liebte sie, und ich denke, daß sie ihn duldete. Um Euch die Frage zu ersparen: Sie sprach nie über die Tragödie, die sie erlebt hatte. Erst ganz kürzlich, als ich ihre Hinterlassenschaft durchschaute, fand ich ein Pergament in einem kleinen Samtbeutel. Hier, Ihr könnt es Euch ansehen.« Culpeper fingerte in seiner Brieftasche und zog einen kleinen dunkelblauen Samtbeutel daraus hervor und gab ihn Corbett. »Ich trage ihn immer bei mir.« Tränen erstickten fast seine Stimme. »Er ist das einzige Andenken, das ich habe.« Corbett öffnete den Beutel. Bei dem Pergament handelte es sich nur um einen kleinen Fetzen, der in Form eines Herzens zugeschnitten war. Darauf stand ›Amor Haesitat‹ und darunter ›Amor Currit‹. Die vier ersten Buchstaben waren farblich unterlegt.
»Liebe zögert«, übersetzte Corbett mit leiser Stimme, »Liebe stürmt.«
»Ihr wißt also, was die Worte bedeuten, Sir Hugh?«
Corbett lächelte den Müller mitleidig an.
»Das ist eines dieser Andenken, Master Culpeper, die die Ju-

gend und die Verliebten schätzen, aber gleichzeitig auch ein Rätsel.«

»Ihr könnt es behalten«, murmelte Culpeper. Er nahm Corbetts Hand. »Behaltet es!« bedrängte er ihn. Er unterbrach sich, als zwei Beamte eintraten, die sich lautstark unterhielten und die Wendeltreppe aus Holz hinaufgingen.

»Findet ihren Mörder!« flehte Culpeper. »Sorgt dafür, daß er seine gerechte Strafe bekommt. Laßt ihn hängen – wie meine arme Amelia!«

Culpeper vergrub das Gesicht in den Händen. Corbett legte ihm sanft eine Hand auf die Schulter und wartete, bis er die Fassung wiedergewonnen hatte.

»Master Culpeper, habt Ihr den Namen Alan of the Marsh schon einmal gehört?«

Der Müller schüttelte den Kopf.

»Oder Holcombe?«

»Nein, Sir Hugh, warum?«

»Nichts. Habt Ihr von den Pastoureaux in Hunstanton gehört?«

»O ja. Sie kommen oft hierher.«

»Wer?«

»Die Pastoureaux oder zumindest ihr Anführer, Master Joseph. Er kommt, um Vorräte zu kaufen, und verhandelt manchmal mit den Kapitänen wegen seiner jungen Leute, die in das Heilige Land reisen wollen. Ich sehe ihn oft in der Nähe des Zollhauses.«

»Wer kommt sonst noch aus Hunstanton hierher?«

»Gelegentlich Sir Simon Gurney und dieser sauertöpfische Gefolgsmann von ihm, Catch ...«

»Catchpole«, half ihm Corbett auf die Sprünge.

»Und die Leute vom Convent kommen, um ihre Wolle zu verkaufen. O ja, und dann noch Sir Simons Arzt, ein fetter Mann namens Selditch. Warum fragt Ihr?«

Corbett erhob sich. »Es kam mir nur so in den Sinn. Ihr seid in der Gegend geboren?«

»Ja.«

»Sagt Euch der Name Orifab etwas?«

Der Müller schüttelte den Kopf.

»Wird hier viel geschmuggelt?«

Culpeper konnte sein Grinsen nicht unterdrücken. »Sir Hugh, ich sollte Euch das ja vielleicht nicht sagen, aber das ist das einträglichste Geschäft hier in der Gegend. Alle schmuggeln, aber sie zu erwischen und es ihnen zu beweisen ist eine andere Sache!«

Kapitel 10

Corbett verabschiedete sich von Culpeper und ging wieder zum Gildehaus zurück. Auf den Stufen des Portals wartete Ranulf bereits auf ihn.

»Was gefunden, Ranulf?«

»Nein, überhaupt nichts, Herr. Der letzte Holcombe starb vor etwa vierzig Jahren. Ich habe jedoch unseren Goldschmied gefunden, Edward Orifab. Er besitzt eine große Werkstatt nur ein paar Ecken von hier. Unser Ratsherr hat mir den Weg beschrieben. Aber, Herr, ich sterbe fast vor Hunger!«

Sie gingen in eine Schenke in der Nähe und setzten sich an den langen Tisch. Corbett schaute auf die Katze, die auf dem Tresen, auf dem auch das Fleisch vorbereitet wurde, entlangschlich, sah die großen Fettstücke, die auf dem Tisch lagen, und beschloß, sich mit Brot und Ale zu begnügen. Ranulf, der einen unverwüstlichen Magen hatte, aß jedoch mit Genuß ein Gericht mit Fleisch.

Anschließend führte Ranulf Corbett zu einer großen Goldschmiedewerkstatt in der Conduit Street, deren schwarzes Fachwerk und rosaroter Putz frisch gestrichen waren. Vor der Werkstatt war ein großer Stand, der von einem Gesellen und zwei Lehrlingen bewacht wurde, die Corbett darüber unterrichteten, daß ihr Herr nicht im Geschäft sei. Corbett und Ranulf ignorierten ihre Rufe und betraten die Werkstatt. Der Goldschmied, ein humorloser Bursche mit einem griesgrämigen Gesicht, saß vor seinem Rechentisch, von Kästchen und Truhe umgeben. Corbett fühlte sich an das Bild eines Geizhalses erinnert, wie man es in einer Kirche finden mochte. Es hätte ihn nicht weiter verwundert, wenn der Teufel erschienen wäre, um den Mann in die Hölle zu schleifen. Orifab zog seinen pelzverbrämten Umhang enger um sich, musterte die beiden Besucher mit seinen Schweinsäuglein und rümpfte die Nase. Er hielt sie ganz klar seiner Aufmerksamkeit nicht für wert.

»Was wollt Ihr?« fragte er unwirsch.

»Etwas manierlich bitte«, entgegnete Ranulf gutgelaunt. »Hat Euch Eure Mutter nicht gesagt, daß Manieren das A und O sind?«

»Ich habe zu tun«, schnauzte der Goldschmied und schob aufgeschichtete Münzen auf dem Tisch herum.

Ranulf rüttelte an dem Tisch, und die Münzen gerieten durcheinander. Orifab sprang auf. Er bleckte die Zähne wie ein wütender Hund.

»Meister Orifab«, mischte sich Corbett ein. »Mein Name ist Sir Hugh Corbett, und ich bin als Bevollmächtigter des Königs hier. Ich muß Euch einige Fragen stellen.«

Der Goldschmied trat einen Schritt zurück und warf dabei seinen Stuhl um. Er lächelte und nickte so hastig, wie ein Hund mit dem Schwanz wedelt.

»Das wußte ich nicht«, murmelte er.

»Jetzt wißt Ihr es!« entgegnete Ranulf – er genoß es, die Hochmütigen und die Reichen im Beisein von Meister Langschädel zu reizen.

»Was wollt Ihr? Wie kann ich Euch helfen?« stammelte Orifab.

Der Goldschmied setzte sich und wies auf eine Bank, die vor seinem Tisch stand.

Corbett blieb stehen.

»Kennt Ihr Robert, den Vogt, aus dem Dorf Hunstanton?«

Orifab preßte die Lippen zusammen und schüttelte den Kopf.

»Er kam vor einigen Wochen hierher«, fuhr Corbett mit leiser Stimme fort, »um eine Erbschaft abzuholen.«

Der Goldschmied blinzelte und schaute auf seine Münzen. »Ja, ja, jetzt erinnere ich mich.«
»Wer hatte ihm das Gold hinterlassen?«
Der Goldschmied faltete nervös die Hände und starrte sehnsüchtig aus dem Fenster.
»Das ist ein Geheimnis«, murmelte er. »Das kann ich Euch nicht sagen.«
»Gut«, entgegnete Corbett und drehte sich um, um zu gehen. Ranulf schob sein Gesicht ganz nah an die bleiche Wange des Goldschmieds heran.
»Meister Orifab«, zischte er, »noch vor Ende des Monats werdet Ihr eine Vorladung nach Westminster erhalten. Die Beamten des Schatzamtes werden auf Euer Kommen bestehen, um Euch diese Frage noch einmal zu stellen. Ich hoffe sehr, daß Ihr eine bessere Antwort für diese Herren habt als für Sir Hugh!«
»Wartet! Wartet!« Der Goldschmied sprang auf. Die Aussicht auf eine lange und mühsame Reise nach London beunruhigte ihn. Er winkte Corbett zu sich heran. »Ich zeige es Euch«, flüsterte er. »Aber Ihr dürft es niemandem sagen, insbesondere nicht meiner Frau.«
Corbett schnitt eine Grimasse in Richtung von Ranulf. Der Goldschmied eilte nach draußen, um seinem Gesellen aufzutragen, sich um die Werkstatt zu kümmern. Dann führte er Corbett und Ranulf die Tower Street entlang, an Greyfriars vorbei und zu einem großen, einzeln stehenden Haus. Orifab stieß das Gartentor auf. Er sah sich verstohlen um und klopfte an. Eine hübsche junge Magd öffnete und ließ sie eilig ein. Als die Tür hinter ihnen ins Schloß fiel, warf Ranulf einen kurzen Blick auf das spärlich bekleidete Mädchen, das nach oben hastete, und begann zu kichern. Sie gingen in einen kleinen Vorraum. Ranulf griff Corbett beim Arm.
»Jemals in einem Luxusetablissement gewesen, Herr?« flüsterte er.

Corbett sah ihn nachdenklich an.
»Na, in einem Bordell!« zischte Ranulf.
Corbett sah sich in dem kleinen Gemach um. Es war luxuriös eingerichtet mit bunten Teppichen auf dem Fußboden und einem offenen Kamin, in dem ein Feuer prasselte. Es gab mindestens vier Stühle, die alle gepolstert waren, und eine große polierte Truhe. Zwei Gobelins an der Wand überzeugten Corbett jedoch davon, daß Ranulf recht hatte. Beide zeigten nach antiken Vorlagen mehr oder minder bekleidete junge Frauen, die ihre Reize lüstern dreinblickenden Satyrn vorführten.
Eine große grauhaarige Dame trat ins Zimmer. Sie schaute ziemlich finster, und mit ihren scharfgeschnittenen Zügen und dem langen braunen Kleid machte sie einen ziemlich steifen Eindruck. Sie lächelte Orifab an, betrachtete Corbett und Ranulf jedoch mit Mißtrauen.
»Ihr habt uns Gäste gebracht, Meister Orifab?«
»Nein, Madam«, entgegnete Ranulf. Orifab trat von einem Fuß auf den anderen. »Wir sind Beamte des Königs.«
Die Frau trat so hastig zurück, daß Corbett schon glaubte, sie wolle die Flucht ergreifen.
»Kein Grund zur Beunruhigung«, sagte Corbett, »es ist mir auch vollkommen egal, was Ihr hier für ein Geschäft betreibt, aber ganz offensichtlich will Meister Orifab, daß wir hier jemanden treffen.«
»Rohesia«, flüsterte der Goldschmied. »Sie wollen mit Rohesia sprechen, Mistress Quickly. Ich schlage vor, daß Ihr ihnen das gestattet.«
Er flüsterte der Frau etwas ins Ohr. Diese schaute Corbett ängstlich an und verließ eilig das Zimmer. Ein paar Minuten später kam sie mit einer großen und wunderhübschen jungen Frau zurück, die ein grünes Kleid aus Taft und eine Haube in derselben Farbe auf ihrem flachsblonden Haar trug, die mit einer Goldborte verziert war. Edelsteine funkelten an ihren

Fingern und Gold- und Silberreifen an ihren Handgelenken. Das enge Kleid betonte noch ihren üppigen Busen und ihre schlanke Taille. Sie sah so unschuldig und sanft aus wie ein junges Reh. Corbett dankte Gott, daß Maeve von diesem Teil ihrer Mission nie erfahren würde.

»Ihr habt mich sprechen wollen, Herr?«

»Allein.«

Mistress Quickly und Orifab verließen eilig das Zimmer. Ranulf schloß hinter ihnen die Tür. Corbett bot der jungen Frau einen Stuhl an.

»Ihr heißt Rohesia?«

»Ja.«

»Wißt Ihr, wer ich bin?«

»Nein, das hat Mistress Quickly nicht gesagt.«

»Ich bin Sir Hugh Corbett und in Angelegenheiten des Königs hier. Ich komme aus Hunstanton. Ich möchte wissen, warum Ihr dem Goldschmied Orifab eine beachtliche Geldsumme für Robert, den Vogt, aus diesem Dorf übergeben habt?«

Die Veränderung der jungen Frau war erstaunlich. Ihre Augen wurden hart, sie preßte die üppigen Lippen zu einem dünnen Strich zusammen, ihre rosige Gesichtsfarbe wurde bleich.

»Das geht Euch nichts an, Sir.«

»Ihr werdet Schwierigkeiten bekommen, wenn Ihr nicht anwortet. Warum habt Ihr Robert, dem Vogt, Geld vermacht?«

»Ein Kunde bat mich darum.«

Corbett strich sich mit der Hand über das Kinn und sah sie lange an.

»Ich finde, Ihr solltet mit mir zurückkommen«, sagte er leise. »Zurück nach Hunstanton.« Er sah die Tränen in den Augen des Mädchens. »Ich habe schlechte Nachrichten für Euch. Marina ist ermordet worden.«

Rohesia stöhnte kurz und gequält auf. Dann schlug sie die Hände vors Gesicht und schluchzte unkontrolliert.

Den restlichen Tag verbrachten Corbett, Ranulf und Maltote am Pier. Am folgenden Morgen verließen sie Bishop's Lynn und ritten am Bordell vorbei, wo die junge Frau, die sich Rohesia nannte, bereits auf sie wartete. Sie trug einen weiten Mantel mit Kapuze. Corbett erlaubte es Ranulf und Maltote nicht, sie zu befragen oder auch nur über sie zu sprechen.
Der Ritt zurück verlief ohne besondere Vorfälle. Corbett war erleichtert, daß sie auf ihrem Weg nach Mortlake Manor nicht durch das Dorf kamen. Sir Simon und Alice kamen auf den Hof, um sie zu begrüßen. Corbett nickte nur kurz mit dem Kopf. Er war sich immer noch nicht sicher, wer versucht hatte, sie im Moor zu ermorden. Er verlangte für Rohesia ein Zimmer und Essen, aber niemand außer ihm dürfe mit ihr sprechen.
»Außerdem möchte ich Catchpole hier sehen«, sagte er, »und jeden Diener in Livree, den Ihr entbehren könnt. Sie sollen Ranulf beritten und bewaffnet zur Eremitage begleiten und Master Joseph und Philip Nettler sofort hierherbringen. Er hat bereits seine Befehle.«
»Was soll das alles?« fragte Gurney. »Das hier ist mein Besitz, Sir Hugh.«
»Ja, aber die Haftbefehle des Königs gelten auch hier. Ich will, daß beide Männer sofort nach Mortlake gebracht werden. Erst dann werdet Ihr den Grund dafür erfahren.«
Gurney willigte zögernd ein, und keine Stunde später galoppierten Catchpole und Ranulf, begleitet von einem Dutzend bewaffneter Gefolgsleute Sir Simons, aus dem Hof. Maltote packte ihre Taschen aus. Corbett besuchte Rohesia und ging dann in die große Halle, um zu warten. Gurney, dem seine Schweigsamkeit auf die Nerven ging, ließ ihn in Ruhe und ging wieder auf den Hof hinaus, um dort Ranulfs Rückkehr entgegenzufiebern.
Dieser traf kurz vor Sonnenuntergang unter lautem Hufschlag und gellenden Rufen ein. Corbett, der mit dem Rücken zum Feuer stand, sammelte sich für die bevorstehende Auseinander-

setzung. Gurney stellte sich neben ihn. Ranulf und Catchpole brachten die beiden Anführer der Pastoureaux herein. Sie waren an den Händen gefesselt. Während Nettler bleich war und verängstigt wirkte, war das Gesicht Master Josephs rot vor Wut. Wäre Ranulf nicht gewesen, hätte sich Master Joseph auf Corbett geworfen. Seine Augen waren weit aufgerissen, und Schaum schien ihm vor dem Mund zu stehen.

»Dafür werdet Ihr bezahlen, Corbett! Hundesohn von einem Beamten! Wie könnt Ihr es wagen, Hand an mich legen zu lassen? Wie könnt Ihr es Eurem Diener gestatten, in unsere privaten Gemächer einzudringen?«

Corbett beachtete ihn nicht weiter. Er sah Ranulf an. Dieser lächelte und nickte kaum merklich mit dem Kopf.

»Sir Simon!« Master Joseph wandte sich an Gurney. »Das ist gegen das Gesetz und gegen die Heilige Mutter der Kirche! Wir haben uns unter Euren Schutz gestellt!«

»Ach, haltet doch den Mund!« brüllte Corbett.

Master Joseph sah so wütend aus, als stünde er kurz vor einem Schlaganfall.

»Haltet den Mund, Master Joseph! Oder ich gebrauche die außerordentlichen Vollmachten, die mir der König gegeben hat, und lasse Euch von den Deckenbalken hängen! Sir Simon, ich wäre Euch dankbar, wenn Ihr Gilbert aus dem Kerker befreien und hierherbringen ließet. Und dann würde ich gern auch meinen Überraschungsgast hier sehen, die junge Frau aus Bishop's Lynn.«

Master Joseph ließ die Schultern hängen. Er war mit einem Mal sehr ruhig und leckte sich nervös die Lippen.

»Was wird hier eigentlich gespielt?« murmelte er.

»Was habt Ihr gesagt, Hubert?« fragte ihn Corbett.

Der Anführer der Pastoureaux schnappte nach Luft und wurde aschfahl.

»Ihr heißt nicht Joseph«, fuhr Corbett fort, »sondern Hubert

Mugwell und wurdet vor zehn Jahren als Schwerverbrecher verurteilt. Haltet also den Mund, und hört, was ich Euch zu sagen habe! Sir Simon, ich wäre Euch verbunden, wenn Eure Gefolgsleute diese beiden Männer festhalten könnten, denn ich bin mir sicher, daß sie gewalttätig werden.«

Corbett ging, alle Blicke auf sich geheftet, zum Tisch, goß sich einen Becher Wein ein, setzte sich auf die Tischkante und trank mit kleinen Schlucken. Gilbert kam in die Halle. Er hatte sich schon seit Tagen nicht mehr rasiert, schien aber bei guter Gesundheit. Er blickte sich mit einem nichtssagenden Lächeln um. Corbett befahl ihm, neben der Tür stehenzubleiben.

»Ihr seid bald frei, Gilbert. Keine Sorge.«

Rohesia kam als nächste. Sie trug Kapuze und Schleier. Corbett bat sie, näher zu treten. Er stellte seinen Becher Wein ab, nahm ihren Arm und schaute in das bleiche, verängstigte Gesicht, das vom Schleier fast ganz verdeckt wurde.

»Keine Sorge«, sagte er auch zu ihr. Er führte sie auf die andere Seite der Halle. Master Joseph folgte ihnen mit besorgtem Blick und stöhnte auf, als sie die Kapuze abnahm. Das Entsetzen Philip Nettlers war so groß, daß er, die Arme auf der Brust verschränkt, zusammensackte und anfing zu wimmern wie ein geprügelter Hund.

»Gott helfe uns!« rief Gurney. »Das ist Blanche. Du bist immer noch wunderschön. Du bist Blanche, die Tochter des Vogts.«

»Blanche«, begann Corbett, »kennt Ihr diesen Mann, der sich Master Joseph nennt, den Anführer der Pastoureaux?«

Das Mädchen zog die Hand unter ihrem Umhang hervor und stürzte mit einem Dolch auf die Brust von Master Joseph zu. Corbett sprang vor, um ihr den Dolch aus der Hand zu schlagen, war jedoch nicht schnell genug, um sie daran zu hindern, dem Mann mit der anderen Hand mit voller Kraft ins Gesicht zu schlagen.

»Du dreckiges Schwein!« schrie sie.

Master Joseph duckte sich zwischen die beiden Gefolgsleute, die ihn festhielten, und wehrte sich nicht. Corbett zerrte Blanche beiseite.

»Ich will, daß die Halle geräumt wird, Sir Simon.« Er legte Blanches Dolch auf den Tisch. »Ich will auch, daß beide Gefangenen in Ketten gelegt werden, für alle Fälle.«

»Wollt Ihr, daß alle den Raum verlassen?« fragte Gurney.

»Ja, alle außer Euch, Ranulf, den Gefangenen und Blanche.«

Gurney gab die nötigen Befehle. Catchpole kam mit Ketten und legte sie um die Handgelenke und Knöchel der beiden Männer. Blanche trat ein paar Schritte beiseite und drehte ihnen den Rücken zu. Sie starrte in den Kamin.

Corbett nahm den Dolch und steckte ihn in seinen Gürtel. »Laßt mich ganz am Anfang beginnen«, sagte er. »Vor vier oder fünf Jahren erfuhr der König von Rittern des Johanniterordens, daß junge frei geborene Männer und Frauen aus diesem Reich in die Sklaverei verkauft werden, im Regelfall für Zwecke der Prostitution. Sie werden besonders geschätzt wegen ihrer blonden Haare und hellen Haut und erzielen auf den Sklavenmärkten Nordafrikas hohe Preise.« Corbett ging wieder zum Tisch und nahm einen Schluck aus seinem Becher. »Dieser skandalöse Handel«, fuhr er fort, »ist immer wieder von den Päpsten und Konzilen verdammt worden – es sind nicht nur englische Männer und Frauen betroffen. Es handelt sich in der Tat um die eine Sache, in der sich Philip von Frankreich und Edward von England einig sind, daß man dem einen Riegel vorschieben muß, obwohl ihnen das nicht gelingt. Dieser Handel hat eine lange Tradition, erreichte aber mit dem Kinderkreuzzug vor fast hundert Jahren ungeahnte Ausmaße und reizte den Appetit der Sklavenhändler nur noch mehr.«

»Davon habe ich schon einmal gehört«, sagte Gurney.

»Eine seltsame Geschichte«, fuhr Corbett fort, »Tausende von Kindern aus ganz Europa wurden von einem Schäferjungen, der

Stephen hieß, überzeugt, ihm auf einen Kreuzzug ins Heilige Land zu folgen. Wenige erreichten es, wenn überhaupt welche. Die meisten fielen Sklavenhändlern in die Hände und wurden auf den Märkten Algeriens und Ägyptens verkauft.«

Gurney erhob sich. »Das ist Geschichte«, sagte er, »aber wollt Ihr damit sagen, daß diese zwei Anführer der Pastoureaux in den augenblicklichen Handel verstrickt sind? Sie leben in Armut ...«

Ranulfs plötzliches Lachen unterbrach ihn. »Geht zur Eremitage, Sir Simon, und schaut Euch die privaten Gemächer dieses ehrenwerten Paares an. Dort findet Ihr Wolldecken, Kissen, gefüllt mit Gänsefedern, seidene Laken und Weinfässer, die speziell aus Bishop's Lynn geliefert werden. Die übrigen der Gemeinschaft darbten, diese beiden ganz bestimmt nicht.«

»Ich wette«, sagte Corbett, der ein wachsames Auge auf Blanche hielt, die immer noch vor dem Kaminfeuer stand, »daß Master Joseph und Philip Nettler auch das eine oder andere prächtige Landgut hier im Königreich besitzen. Gelegentlich sind sie auch nach Bishop's Lynn geritten, um dort in den Fleischtöpfen zu schwelgen.«

»Das ist nicht wahr«, murmelte Master Joseph. »Wir haben damit nichts zu tun. Sir Simon, Ihr habt recht. Wie hätten wir davon profitieren sollen?«

»Nichts einfacher als das«, entgegnete Corbett. »Ihr reist durch das Königreich, verbringt einmal ein Jahr hier, dann achtzehn Monate dort. Dann zieht Ihr Euch eine Zeitlang zurück, um Euren schändlichen Profit zu genießen. Vielleicht in einem schönen Haus in London oder Lincoln. Dann taucht Ihr wie Schauspieler auf der Bühne wieder in der Szene auf. Ihr kommt an einen einsamen Ort wie Hunstanton und gebt Euch als eine Art heiliger Franz von Assisi aus. Ihr schart die jungen Leute mit Euren Träumen, Idealen und Visionen von Reisen zu exotischen Plätzen um Euch. Diese jungen Leute bleiben eine Weile lang bei Euch. Ihr wollt sichergehen, daß es keine Proteste gibt, und das ist auch wirklich nur sehr selten der Fall. Schließlich sind viele Bauernburschen und -mädchen nur allzu froh, sich nicht den schlechten Böden dieser Gegend versklaven zu müssen. Und warum sollten ihre Eltern auch Widerspruch einlegen? Sie haben so schließlich ein Maul weniger zu stopfen, wenn der Winter kommt.«

»Aber die Kapitäne der Schiffe – sie müssen in dieses Geschäft doch auch verwickelt sein!« rief Gurney.

»Ein schwunghafter Handel«, erklärte Corbett. »Viele Kapitäne sind gern bereit, sich an diesem lukrativen Geschäft zu beteiligen, vor allen Dingen, da es so einfach ist. Niemand stellt irgendwelche Fragen, keine Zölle, die gezahlt werden müssen, niemand erhebt Einspruch.«

»Die Opfer könnten das tun«, winselte Nettler, sein einziger Versuch, sich zu verteidigen.

»Habt Ihr jemals versucht, einem Kapitän zu entkommen, der gutes Silber für Euch gezahlt hat? Oder aus einem Bordell in Marseille oder Salerno oder einem Harem im Osmanischen Reich? Und falls Euch die Flucht doch gelingt, wohin solltet Ihr Euch wenden? Falls es denen, denen Ihr gehört, nicht gelingt, Euch einzufangen und zu töten, werden das schon andere besorgen. Wie soll ein Mädchen aus Hunstanton von Marseille nach Dieppe kommen? Sie kann kein Wort Französisch, und falls es ihr doch gelänge, ihre Geschichte zu erzählen, wer würde ihr schon glauben? Unsere Freunde hier würden einfach behaupten, daß sie einfach von Bord abgehauen ist oder – ihrer religiösen Berufung müde – ihr Glück anderswo gesucht hätte. Und selbst wenn man ihr Glauben schenken würde, würde es Jahre dauern, das alles zu beweisen. In der Zwischenzeit hätte Master Joseph schon längst seinen Namen ein weiteres Mal geändert und wäre in einen anderen Teil des Landes gezogen oder in ein anderes christliches Land. Gott behüte uns, Sir Simon, Ihr wißt selbst, wie lange es dauert, Gerechtigkeit zu erlangen, auch wenn es nur um eine Nichtigkeit geht!«

»Was ist dann schiefgegangen?« fragte Gurney.

»Das mit mir ist schiefgegangen.« Blanche drehte sich um, bleich vor Wut. »Und Sir Hugh hat recht. Schaut mich an, Sir Simon. Ich schäme mich so sehr, daß ich es nicht wage, nach Hause zurückzukehren. Wer würde mir dort schon glauben? Und warum sollte ich diese Schande über meine Eltern bringen? Ich schloß mich den Pastoureaux an, und dieses Schwein hier, dieser Höllenhund, vereinbarte meine Reise ins Ausland. Aber ich hatte Glück.« Blanche schluckte. »An Bord des Schiffes hörte ich zufällig, wie sich der Kapitän mit dem Ersten Offizier unterhielt. Sie wußten nicht, daß ich achtern im Schatten wartete, hingekauert wie ein Hund, und dem lauschte, was über meine Zukunft beschlossen wurde.«

Sie durchquerte den Raum und spuckte Master Joseph ins Gesicht.

»Sie redeten über mich wie über eine Handelsware. Ich hatte bereits einen Verdacht, allerdings nur vage, weil der Kapitän mich immer so sonderbar anschaute. Ich wies diesen Verdacht jedoch als einen unreinen Gedanken von mir.« Ihr fehlten einen Augenblick lang die Worte, und sie schaute Corbett an. »Es war bereits Herbst, und ein schon ungemütlicher Sturm wurde noch stärker, so daß das Schiff gezwungen war, in der Themse Schutz zu suchen. Ich sprang in der Nähe von Queenshithe von Bord – alle in Norfolk sind gute Schwimmer – und schwamm ans Ufer.« Blanche preßte die Handflächen gegeneinander. »Am Anfang bettelte ich. Die Patres und einige der Nonnen waren gut zu mir.« Sie zuckte mit den Achseln. »Aber in London gibt es so viele hungrige Münder. Eines Abends versuchte ein Seemann mich zu vergewaltigen. Er war betrunken. Ich stahl seine Silbermünzen und kaufte mir ein paar neue Kleider. Dann traf ich einen Kaufmann in Cheapside.« Sie senkte den Kopf. »In wenigen Monaten hatte ich genug Silber verdient, um nach Bishop's Lynn zurückzureisen. Ich schämte mich jedoch zu sehr, um nach Hause zurückzukehren. Wie gesagt, wer hätte mir schon geglaubt? Aber ich wollte Rache. Ich hätte bald genug Geld beisammen gehabt, um diesen Teufel und seinen Genossen töten zu lassen!« Blanche spielte mit dem Saum ihres Ärmels. »Einer meiner Kunden war Goldschmied. Durch ihn ließ ich meiner Familie Geld zukommen und Marina eine Nachricht. Ich gab sie einem Hausierer und versprach ihm weitere Münzen, wenn er zurückkäme und Gilbert und die alte Eiche beschreiben könne.« Blanche ließ sich auf einen Hocker sinken. »Ich hätte das nicht tun sollen«, sagte sie mit schwacher Stimme. »Marina versuchte zu entkommen.«

Corbett ging auf Master Joseph zu, holte aus und schlug ihm mit aller Kraft ins Gesicht.

»Ihr habt es nicht besser verdient«, sagte er leise. Er schlug wieder zu. Die Unterlippe des Mannes platzte blutig auf. »Das war für Marina, die Ihr ohne jeden Zweifel ermordet habt!«

»Das ist eine Lüge!« schrie Master Joseph.

»Nein, das ist es nicht, du Schwein!« zischte Corbett.

Dann ging er zu Philip Nettler hinüber. »Ihr werdet hängen, weißt du das? Ihr alle beide!«

Nettler wimmerte nur als Antwort. Corbett kniete sich neben ihn.

»Du wirst hängen«, flüsterte er. »Und wenn die Richter des Königs von dieser Sache hören, werden sie eine gründliche Untersuchung anordnen. Du wirst so lange gefoltert, bis du uns alles sagst – die Kapitäne der Schiffe, ihre Zielhäfen und wo ihr euren unrechtmäßig erworbenen Profit versteckt habt. Und erst wenn sie mit euch fertig sind, wird das Urteil vollstreckt. Er hat Marina ermordet, nicht wahr?«

Nettler nickte.

»Halt die Schnauze, du Hurensohn!« schrie Master Joseph und machte Anstalten, seinen ehemaligen Gefolgsmann anzufallen. Aber die Ketten an seinen Knöcheln und die Handschellen hinderten ihn an jeder Bewegung. Der Anführer der Pastoureaux fiel auf die Knie. Ranulf zerrte ihn wieder auf die Füße.
»Du hast das Mädchen umgebracht!« sagte er leise. »Sie floh vor dir. Floh über das neblige Moor. Gott weiß wohin. Zu ihrer Familie? Zum Herrenhaus hier? Du wußtest, daß etwas nicht in Ordnung war, und du holtest sie ein. Du hast das arme Mädchen vergewaltigt und erdrosselt!« Ranulf zog ihn näher an sich heran. »Vielleicht ist mein Herr ja gut zu mir«, flüsterte er. »Vielleicht überträgt er ja mir die Aufgabe, dich nach London zu bringen!«
Master Joseph verzog sein Gesicht zu einem Hohnlächeln.
»Ihr dürft bei der ganzen Sache Gilbert nicht vergessen«, spottete er.
»O ja, der arme Gilbert.« Corbett ließ Nettler stehen und stellte sich neben Ranulf. »Du hast die armselige Halskette des Mädchens an dich gebracht und bist zu Gilberts Hütte gegangen. In der Zwischenzeit waren der arme Bursche und seine Mutter bereits geflohen. Die geflüsterten Vorwürfe gegen sie hatten ihnen angst gemacht. Du hast die Halskette einfach durch die Tür geworfen und bist gemächlich wieder zur Eremitage zurückgegangen. Du hast eine alte Frau zum Tode durch Ertränken verurteilt und hättest, wäre Gott nicht gnädig gewesen, ihren Sohn dazu verurteilt, zu hängen.« Corbett sah zu Gurney hinüber, der bleich geworden war. »Erinnert Ihr Euch nicht, Sir Simon, als Ihr in der Gemeindekirche zu Gericht saßt? Master Joseph ging unvermittelt. Ich dachte damals, daß es seltsam sei, daß der Führer einer religiösen Gemeinschaft die Leiche einer seiner Anhängerinnen so schnell im Stich läßt. Aber dann, warum sollte er sich auch weiter um sie kümmern? Marina war für ihn keinen Penny mehr wert.«

»Und wie seid Ihr der Wahrheit auf die Spur gekommen?« fragte Gurney.
»Das Geld, das man Robert, dem Vogt, vermacht hatte, hatte mich nachdenklich gemacht. Warum sollte ein geheimnisvoller Wohltäter einem Goldschmied in Bishop's Lynn Geld für den armen Vogt eines Fischerdorfes geben?« Corbett ging zu Blanche und legte ihr sanft eine Hand auf die Schulter. »Euer Vater hat vermutlich einen Verdacht.« Er schaute über die Schulter. »Sir Simon, ich bin mit diesen Teufeln fertig. Ihr habt doch Platz für sie in Euren Kerkern?«
Gurney nickte.
»Sperrt sie dort ein, aber jeden für sich. Nettler hier könnte sich dazu entschließen, Kronzeuge zu werden und an die Gnade des Königs zu appellieren. Er könnte uns die Daten, Namen und Zeiten nennen. Wenn er das tut, wer weiß, welche milde Strafe wir für ihn empfehlen?«
Nettler schaute mit einem verschlagenen Ausdruck in den Augen auf. Master Joseph fluchte und versuchte, Nettler einen Hieb zu versetzen, fiel aber mit scheppernden Ketten zu Boden. Gurney war schon halb durch die Tür, um seine Gefolgsleute zu rufen, als Master Joseph wieder auf die Füße kam.
»Wartet!« rief er.
Corbett drehte sich mit hochgezogenen Brauen um.
»Ein volles Geständnis, Master Joseph?«
»Verpißt Euch!«
»Was dann?«
»Informationen.«
Corbett trat näher an ihn heran. »Worüber?«
»Den Schatz.«
»Welchen Schatz?« fragte Corbett.
Der Mann hob seine gefesselten Hände hoch, um sich das Blut vom Mund zu wischen, und starrte Corbett bösartig an.
»Erst müßt Ihr mir Euer Wort geben.«

»Für Euch wird es keine Gnade geben, Master Joseph oder Hubert Mugwell oder wie Ihr Euch immer nennen wollt! Ihr werdet hängen!«
»Oh, ich mache mir keine Sorgen um mich. Ich steige gutgelaunt aufs Schafott. Der Tod schreckt mich nicht. Ich fahre zur Hölle und werde dort mit dem Teufel tanzen und auf Euch warten, Corbett!«
»Was dann?«
»Ich habe ein Haus, eine Frau und ein Kind in Lothbury. Ihr werdet ihnen früher oder später ohnehin auf die Spur kommen. Ihnen darf nichts passieren, und ihr Besitz darf nicht beschlagnahmt werden.«
»Dort habe ich Euch auch gesehen!« unterbrach ihn Ranulf plötzlich. »Vor Jahren. In London, in einem Freudenhaus im schlechten Teil von Southwark. Wie habt Ihr Euch damals genannt? Irgendein französischer Name? Ach ja, Alphonse. Ich war dabei. Ihr hattet gewissermaßen die Leitung des Gelages.« Ranulf trat näher an ihn heran. »Ich vergesse nie ein Gesicht, aber ich konnte mich nicht mehr genau erinnern«, Ranulf lächelte Corbett entschuldigend an, »denn die Erinnerungen an diesen Abend sind sehr süß. Wie viele verschiedene Namen habt Ihr gehabt?«
Master Joseph lächelte ihn höhnisch an. »Mehr als Ihr Verstand habt.« Er schaute Corbett an. »Habe ich Euer Wort, Bevollmächtigter?«
»Das kommt auf die Informationen an.«
Master Joseph wollte sich schon abwenden, zuckte dann aber mit den Achseln und kam etwas näher. »Ich bin jetzt achtzehn Monate hier. Alle reden sie über den Schatz. Ich habe einige eigene Nachforschungen angestellt, aber nichts gefunden. Dann kamt Ihr und dieser andere schwarzgekleidete, wehleidige Bevollmächtigte und fragtet nach Alan of the Marsh.«
Corbett nickte. »Wie habt Ihr von ihm erfahren?«

»Gebt mir Euer Wort wegen der Frau und dem Kind!«
Corbett schaute ihn an und nagte an seiner Unterlippe.
»Ich will Euer Wort! Feierlich und vor Zeugen!«
»Ihr habt es«, entgegnete Corbett.
»Geht zur Eremitage!« sagte Master Joseph. »Dort werdet Ihr mehr erfahren. Ich habe doch Euer Wort?«
Corbett nickte.
»Bringt sie weg!« befahl er dann.
Als sich die Tür hinter den Gefangenen geschlossen hatte, trat Corbett auf Blanche zu.
»Es ist vorbei«, flüsterte er.
Die Frau sah sich um. »Nein, Sir Hugh, es hat gerade erst angefangen. Master Joseph wird hängen. Ihr werdet nach London zurückkehren, aber morgen früh werde ich in das Bordell von Bishop's Lynn zurückkehren.«
»Das müßt Ihr nicht«, sagte Corbett.
Das Mädchen zwang sich zu einem Lächeln. »Ja, ja, ich weiß. Aber versteht Ihr nicht, Sir Hugh, zu was sollte ich zurückkehren? Zu mörderischer Arbeit auf den Äckern? Verächtlichen Blicken bis zu meinem letzten Atemzug? Nein, ich kehre nach Bishop's Lynn zurück.« Sie strich sich über ihr Kleid. »Ich werde darüber nachdenken. Vielleicht eines Tages ... Aber morgen früh kehre ich zurück.« Sie schaute flüchtig zu Gurney hinüber. »Ihr gebt mir eine Begleitung?«
»Natürlich.«
»Und Ihr sagt meinem Vater kein Wort?«
Gurney nickte.
Corbett sah ihr hinterher, als sie die Halle verließ.
»Das ganze Dorf wird es erfahren«, murmelte Ranulf.
»Natürlich«, sagte Gurney. »In einem Gemeinwesen wie diesem verbreitet sich Klatsch wie ein Buschfeuer.« Er seufzte und erhob sich. »Wir lassen Euch jetzt allein, Hugh. Ich lasse Essen auf Euer Zimmer bringen. Wünscht Ihr das?«

»Ja.«
Gurney schaute auf Ranulf. »Ihr begleitet mich?«
»Wohin?«
»Zur Eremitage. Ich muß diese sogenannte Gemeinschaft davon unterrichten, daß alles vorbei ist. Einige kommen zu Fuß nach Hause, anderen muß ich Geld geben.« Gurney schaute Corbett an. »Was ist mit ihrem Besitz?«
»Laßt sie das, was ihnen gehört, mitnehmen«, schlug Corbett vor. »Alles andere wird ohnehin geplündert, wenn die Dorfbewohner von der Sache erfahren. Ich bezweifle, daß Master Joseph seine Reichtümer dort aufbewahrt. Es wird Monate dauern, bis die Beamten vom Schatzamt diesen auf die Spur kommen. Ein Haus hier, Geld in der Bank dort. Unser Häftling ist ein Meisterkrimineller, und ich glaube nicht, daß er so schnell hängen wird, wie er sich das vielleicht wünscht.«
»Wird sein Komplize begnadigt?« fragte Ranulf.
»Wenn er sagt, was die Richter hören wollen, wird er wahrscheinlich einige Monate im Gefängnis verbringen, bevor er lebenslänglich des Landes verwiesen wird.« Corbett lachte ironisch. »Ich bin mir sicher, daß er genug Kapitäne kennt, um sicher ins Ausland zu kommen. »Corbett legte Blanches Dolch auf den Tisch. »Aber, Ranulf, geh jetzt mit Sir Simon.«
Corbett verließ die Halle. Er sah es den ängstlichen Gesichtern der Diener an, hörte es an ihrem Flüstern, daß sich die Geschichte bereits herumgesprochen hatte. Gilbert stand bei ihnen, ein freier Mann. Er trat von einem Bein aufs andere und schaute Alice mit leerem Lächeln an. Diese drückte ihm Essen und ein paar Münzen in die Hand. Corbett ging auf sein Zimmer. Eine Weile lang saß er auf der Bettkante und dachte über die jungen Leute nach, deren Leben die Pastoureaux zerstört hatten. Dann legte er sich hin, schaute zu den Deckenbalken auf und grübelte über das herzförmige Pergament nach, das ihm Culpeper in Bishop's Lynn gegeben hatte.

Kapitel 11

Corbett schauderte es, als er hörte, wie der Wind den starken Regen gegen das Fenster peitschte. Er hatte sich rasiert, angekleidet und war bereits unten in der Halle gewesen, um zu frühstücken. Nach einer unruhigen Nacht schmerzten ihm Kopf und Glieder. Die Unruhe hatte am Vortag auch das Dorf erreicht und war durch den allgemeinen Klatsch noch angefacht worden. Gilbert war wie ein Held, der aus den Kriegen zurückkommt, nach Hunstanton zurückgekehrt, und die Dorfbewohner hatten die Eremitage vermutlich bereits geplündert. Die Mitglieder der Gemeinschaft waren sofort geflüchtet. Sie mußten darauf bedacht sein, mit den schwerwiegenden Vorwürfen gegen ihre Anführer nicht in Verbindung gebracht zu werden. Blanche war bereits mit zwei Männern aus Gurneys Gefolge aufgebrochen. Maltote hatte sie ebenfalls begleitet, er war bei der Aussicht, durch so grauenhaftes Wetter zu reiten, etwas unwillig gewesen. Ranulf gefiel der Gedanke, daß der glücklose Kurier es jetzt etwas unbequem hatte. Corbett ließ dessen schadenfrohes Grinsen jedoch schon bald verschwinden.

»Du hast in der Eremitage nichts über Alan of the Marsh herausgefunden?«

»Nein, Herr.«

»Dann nimm dein Pferd und reite die Küste entlang – nicht auf dem Kliff, sondern unten am Strand. Es ist gerade Ebbe.«

»Wonach soll ich Ausschau halten?«

»Das wirst du schon wissen, wenn du es siehst.«

Ranulf verließ ungehalten das Zimmer. Er verwünschte halblaut

den alten Meister Langschädel. Corbett kehrte zu seinen Überlegungen zurück, dann begab er sich zu den Kerkern, um Master Joseph zu befragen. Der Anführer der Pastoureaux war sich jedoch bewußt, daß er in der stärkeren Position war.
»Je weniger ich sage«, erwiderte er Corbett höhnisch, »desto mehr habe ich in der Hand.«
Corbett lächelte, um seine Verzweiflung zu verbergen. Der Schuft hatte recht. Corbett wußte, daß die Beamten des Schatzamtes sich auf jeden Handel, jedes Zugeständnis einlassen würden, wenn sie nur eine Möglichkeit sahen, das Vermögen des Königs zu mehren. Wenn eine Begnadigung Master Josephs den König reicher machen konnte, dann würden sie diesen Preis freudig zahlen.
»Ärgert es Euch nicht, Corbett«, spottete der Verbrecher, »daß Ihr wißt, daß irgendwo hier ein riesiger Schatz versteckt ist?«
»Wo ist Alan of the Marsh?« fauchte Corbett ihn an.
»Ich habe es Euch schon einmal gesagt. Sucht in der Eremitage. Vielleicht ist er ja noch immer dort.«
Corbett stand auf.
»Oh, Bevollmächtigter!« Master Josephs grün und blau geschlagenes Gesicht verzog sich zu einem Hohnlächeln. »Meine alleruntertänigsten Grüße an unsere mollige Priorin. Oh, und noch etwas, Bevollmächtigter!«
Corbett hatte keine Lust, sich noch einmal umzudrehen.
»Ich würde an Eurer Stelle niemandem trauen!«
Corbett schlug die Tür hinter sich zu. Er vergewisserte sich, daß die Wache sie verschloß und den Riegel vorschob, bevor er sein Glück bei Philip Nettler versuchte. Dieser war jedoch ebenfalls sehr einsilbig.
»Ich rede, wenn ich die Begnadigung des Königs unterzeichnet und mit Siegel in der Hand halte. Bis dahin könnt Ihr dahin gehen, wo der Pfeffer wächst!«

Corbett überließ die beiden Verbrecher sich selbst und kehrte in sein Zimmer zurück. Gurney war im Dorf, und im Haus war es still. Der Regen hatte nachgelassen, und Corbett zog seine Reitstiefel an, nahm seinen Mantel, sattelte sein Pferd und ritt über das Moor zur Eremitage. Das Gebäude war inzwischen verlassen, jemand hatte sogar das Tor entfernt. Corbett hielt im Hof an und schaute sich um. Ein grauer Tag mit tiefhängenden Wolken, der sehr gut zu seiner Stimmung paßte. Er hatte das unbehagliche Gefühl, daß ihm jemand gefolgt war. Jahrelange Erfahrung hatte ihn das gelehrt. Er saß auf seinem Pferd, und die Ruhe wurde nur vom Knirschen seines Sattels und vom Wiehern seines Pferdes gestört. Er schaute über die Schulter, aber das regennasse Moor war menschenleer. Er stieg ab, band sein Pferd fest und machte sich daran, das Gebäude zu untersuchen. Jeder einzelne Raum war geplündert worden. Corbett hatte solche Szenen während der Kriege des Königs an der schottischen Grenze bereits gesehen. Er hatte die Fähigkeiten der Bauern, was das Plündern anging, auf eine gewisse Art immer bewundert. Türen, Scharniere, alles, was sich entfernen ließ, war verschwunden, sogar Lumpen, Gefäße und das Bettstroh. Außer einigen zerbrochenen Tonschalen war kaum etwas übrig, was darauf hinwies, daß hier noch vor kürzester Zeit Menschen gelebt hatten.
Corbett besichtigte auch die oberen Räume. Obwohl alles leergeräumt war, konnte kein Zweifel daran bestehen, daß Master Joseph und Nettler die besten Zimmer bewohnt hatten. Die Wände waren weiß gekalkt, und die Spuren auf dem Fußboden deuteten darauf hin, daß die beiden gute Betten, Möbel und sogar Teppiche besessen hatten. Die Fensterrahmen, in die Glasscheiben und Horn eingesetzt gewesen waren, hatte man einfach ausgehängt. Einige der Dachziegel waren ebenfalls entfernt worden, und auf den Fußböden bildeten sich bereits feuchte Stellen. Corbett ging herum und schaute sich alles an. Sein

Unbehagen wuchs, nicht nur wegen der Verbrechen, die hier verübt worden waren, sondern wegen der leeren Stille und dem Eindruck, der bei ihm ein weiches Gefühl in den Knien auslöste, daß er beobachtet würde.

Er ging zurück, um nach seinem Pferd zu sehen, und schaute in die grauen Wolken.

»Wo ist Alan of the Marsh?« murmelte er und streichelte seinem Pferd geistesabwesend die Nüstern. »Denk nach, Corbett!« sagte er laut. »Alan of the Marsh muß als Flüchtling hierhergekommen sein, um sich vor dem damaligen Gurney zu verstecken, aber wo?«

Corbett schaute sich auf dem Hof um. Er sah ein niedriges Gebäude aus Ziegelsteinen, das so wirkte, als stände es schon seit Ewigkeiten dort. Corbett ging hinein. Es hatte früher einmal als Mälzerei gedient und roch dementsprechend muffig und etwas stechend. Holzspäne und Tonscherben lagen auf dem Boden verstreut. Corbett trat mehrmals mit einem Stiefel fest auf und stieß schließlich den Unrat beiseite. Der Boden bestand nicht aus Erde, sondern aus Stein. Er schob einen Haufen fauliges Stroh an die Wand und seufzte zufrieden, als er eine Falltür entdeckte. Mit dem Griff seines Dolches schob er den Riegel zurück und hob die Tür an ihrem rostigen Ring hoch. Er hielt inne, um sich eine provisorische Fackel zu machen, entzündete sie und stieg vorsichtig die morschen Holzstufen hinunter. Dann hielt er die Fackel hoch über den Kopf und etwas von sich weg. Die Flammen züngelten in einem leichten Luftzug. Er stand in einer Grube, einem kleinen Keller. Der Boden bestand aus Erde, und im Schein seiner Fackel sah er nur einige Spinnweben. Er hörte das Quieken von Ratten, die eilig in ihren Löchern verschwanden.

»Kein Geheimgang«, murmelte er. »Nichts als ein dreckiger Kerker.«

Da sah er, daß jemand in die eine Wand etwas unbeholfen ein A und ein M geritzt hatte und eine Zeichnung, die an einen Totenschädel erinnerte: zwei Augen und eine Nase, die durch ein Dreieck miteinander verbunden wurden. Corbett betrachtete die Zeichnung eingehend. Er zweifelte nicht daran, das Versteck von Alan of the Marsh gefunden zu haben. Dieser hatte die Zeichnung in die Wand geritzt. Falls das der Fall war, bildeten die beiden Buchstaben und das Dreieck eine geheime Botschaft. Die Fackel drohte zu verlöschen. Corbett ließ sie fallen und stieg wieder die Stufen hinauf. Er war so in Gedanken versunken, daß er erst aufschaute, als er den Duft eines Parfüms wahrnahm. Da sah er über sich einen schweren Holzklotz, der auf seine Schläfe zukam. Er schrie auf und brach bewußtlos auf den Stufen zusammen.

Als er wieder zu sich kam, war er tropfnaß, und sein Kopf fühle sich an wie eine Trommel. Er verstand nicht, warum man ihn anbrüllte und warum seine Füße und Beine so naß und kalt waren. Er zog sich nach vorne. Wenn man doch nur endlich still wäre. Er setzte sich auf und versuchte, seine Übelkeit zu unterdrücken. Verdutzt schaute er nach unten und auf die Wellen, die ihn umtosten. Über ihm kreisten weiße Möwen wie Engel. Etwas war ganz und gar nicht in Ordnung. Er schloß die Augen und schüttelte den Kopf. Aus dem Keller war er irgendwie an diesen kalten, menschenleeren Strand gekommen. Das Kliff lag vor ihm. Er konnte den Galgen, an dem die Bäckersfrau gehenkt worden war, sehen.

Man hatte ihn auf den Kopf geschlagen, aber wie kam er hier an den Strand? Und warum gerade jetzt? Eine Welle durchnäßte ihn bis zur Brust. Corbett schaute über das brausende Meer und verstand entsetzt, was geschehen würde. Die Flut lief auf, nicht allmählich, sondern als Springflut, was an dieser Küste nicht selten war und schon manchem das Leben gekostet hatte. Die Brecher waren riesig und wütend. Sie kamen mit einer Geschwindigkeit, die Corbett noch nie zuvor erlebt

hatte. Er kam mühsam auf die Füße und taumelte auf den Pfad zu, der auf das Kliff hinaufführte. Das Meer verfolgte ihn. Er konnte nicht schnell laufen – seine Beine waren bleischwer, und er hatte das Gefühl, sein Kopf müßte zerspringen. Ihm wurde übel, er würgte, verlor das Gleichgewicht und fiel. Die Wellen rollten über ihn hinweg. Ihre eisige Berührung erstickte seine Panik.
Er rannte um sein Leben. Er erinnerte sich an den Dorfklatsch. Der Angreifer aus der Eremitage hatte ihn dort liegenlassen, damit es so aussehe, als sei er ein weiteres Opfer der launischen See geworden. Er taumelte weiter, sah, daß er auf beiden Seiten von den Wellen überholt wurde. Er rang nach Luft und schien dem Pfad keinen Schritt näher gekommen zu sein. Sein Mantel hatte sich mit Seewasser vollgesogen. Corbett zog ihn aus, legte ihn über den Arm und rannte weiter. Das Meer gewann jedoch das Rennen: Gelegentlich stand er bis zu den Oberschenkeln im Wasser, und der Pfad schien eine Ewigkeit entfernt zu sein. Da hörte er Hufschlag und seinen Namen rufen. Neben ihm war Ranulf, der von seinem Pferd etwas zu ihm herunterbrüllte. Corbett versuchte, hinter ihm aufzusitzen, wurde jedoch von einem Brecher erfaßt und zurückgeworfen. Ranulf beugte sich herab und zerrte ihn über den Sattel. Der Sattelknauf bohrte sich dabei schmerzhaft in Corbetts Bauch. Dann ritt Ranulf wie der Wind. Er hielt pfeilgerade auf den Pfad zu, der aufs Kliff führte. Sie erreichten ihn, und Ranulf stieg ab und schob Corbett in den Sattel. Er führte das Pferd den Pfad hinauf, fluchte, wenn er ausglitt, und blieb erst stehen, als sie den sturmgepeitschten Ginster oben auf dem Kliff erreicht hatten. Ranulf warf die Zügel hin und ließ sich aufs Gras fallen. Corbett lehnte sich über den Hals des Pferdes und erbrach sich. Dann stand Ranulf wortlos auf, schlang sich die Zügel um das Handgelenk und schleppte sich nach Mortlake Manor zurück.
Gurney stand, Selditch neben sich, auf dem Hof und sprach mit

einigen Gefolgsleuten. Beide warfen nur einen kurzen Blick auf den durchnäßten Corbett und auf das wütende Gesicht Ranulfs und eilten herbei.
»Was ist passiert?«
»Jemand hat versucht, meinen Herrn zu ermorden«, fauchte Ranulf. Er baute sich mit verschränkten Armen vor Gurney auf. »Ein Schlag über den Kopf, bevor man ihn wie einen alten Sack an den Strand geworfen hat, damit ihn die Flut wegspült. Was würdet Ihr dann an den König schreiben, Sir Simon? Ein bedauerlicher Unfall?«
Gurney wurde bleich und trat einen Schritt zurück, als er die Wut in Ranulfs grünen Augen bemerkte. Selditch eilte herbei, um Corbett aus dem Sattel zu helfen.
»Verschwindet!« knurrte Ranulf. Er sah sich im Hof um. »Hört zu. Hört alle gut zu! Und ihr könnt das auch in der Schenke herumerzählen. Wenn mein Herr hier stirbt, dann gelobe ich, Ranulf-atte-Newgate, daß Ihr keine ruhige Minute mehr haben werdet!« Jetzt sprach er ganz leise. »Ich werde zurückkehren! Mit so vielen Männern wie möglich und einer Vollmacht des Königs! Glaubt mir, Sirs, man wird sich hier auch dann noch an meinen Besuch erinnern, wenn schon alle tot sind!«
Daraufhin half Ranulf Corbett aus dem Sattel. Er legte sich den Arm seines Herrn um die Schultern, führte ihn hinauf in ihr Zimmer und legte ihn vorsichtig aufs Bett. Alice brachte einen Becher stark gewürzten, blutroten Burgunder. Sie verzog mißbilligend das Gesicht, als Ranulf sie dazu aufforderte, vorzukosten. Schließlich nahm er selbst einen Schluck und machte seiner Gastgeberin die Tür vor der Nase zu. Er hielt Corbett den Becher an die Lippen und zwang ihn, zu trinken. Als dieser eingeschlafen war, entkleidete und wusch er ihn, legte ihn zwischen die Laken und deckte ihn gut zu. Dann verließ er das Zimmer, schloß hinter sich ab, ging hinunter in die Küche und befahl den Dienern, Ziegelsteine zu erhitzen, die er in das Bett

seines Herrn legte, und bestellte Hühnersuppe und anderes Essen.
Den Rest des Tages und den größten Teil der Nacht kümmerte sich Ranulf um Corbett. Er fütterte ihn, wenn er aufwachte, und verband die schlimme Kopfwunde, sobald er wieder eingeschlafen war. Schließlich war Ranulf zufrieden. Man hatte Corbett bewußtlos geschlagen und ihm eine üble Wunde beigebracht. Die größte Wunde war jedoch psychisch: der Schock, am Strand zu erwachen, und der mörderische Wettlauf mit der Flut. Am anderen Morgen erwachte Corbett zwar noch bleich, aber ausgeruht.
»Noch bin ich nicht tot, Ranulf.«
Ranulf grinste. »Ihr könnt auch, verdammt noch mal, jetzt noch nicht sterben! Ich befinde mich erst am Anfang der schwankenden Karriereleiter.«
Ranulf beobachtete seinen Herrn besorgt. Er hatte ihm alles zu verdanken. Wenn er darüber nachdachte, dann hatte Ranulf eine ebenso große Angst wie Maeve, daß Corbett das Opfer eines Meuchelmörders werden könnte. Der Diener ging nach unten und holte einen Teller dicke Suppe und Brot. Er ließ Corbett in Ruhe essen. Sir Simon und Lady Alice kamen herauf und fragten befangen, wie es ihm gehe. Corbett war höflich, aber auf der Hut. Maltote kam zurück, begierig darauf, Ranulf über das Bordell zu berichten und darüber, daß er sein Herz an Rohesia verloren habe. Ein Blick auf das finstere Gesicht Ranulfs genügte jedoch, und Maltote begriff, in welch großer Gefahr ihr Herr geschwebt hatte. Der Kurier ging auf und ab, schlug die Hände zusammen und murmelte, daß sie sofort nach London zurückkehren sollten. Ranulf fuhr ihn an, den Mund zu halten und sich hinzusetzen, oder er würde ihm einen Hocker über den Schädel hauen.
»Wer war das, Herr?« fragte Maltote.
Corbett schüttelte den Kopf und berichtete von seinem Besuch in der Eremitage.

»Ich kann mich nur daran erinnern, Parfüm gerochen zu haben und daß ein Holzklotz auf mich niedersauste. Im nächsten Augenblick fand ich mich am Strand wieder. Wie hast du mich entdeckt, Ranulf?«

»Ihr hattet mir aufgetragen, den Strand entlangzureiten.«

Corbett schloß die Augen und ließ den Kopf wieder auf die Kissen sinken.

»Erzähl mir davon.«

»Ich ritt noch weiter den Strand entlang«, berichtete Ranulf. »Was für ein gottverlassener Ort das doch ist, Herr. Ich habe für mein ganzes Leben genug Möwen gesehen.«

»Aber was hast du entdeckt?« fragte Corbett ungeduldig.

»Ein kleines einsitziges Ruderboot, das jemand hoch auf den Strand gezogen hatte«, antwortete Ranulf. »Von dort führte ein weiterer Pfad, sehr sandig, so daß man kaum einen Halt findet, auf das Kliff. Ich stieg ihn hinauf. Der Platz macht den Eindruck, als würde er häufig besucht. Dann ging ich wieder zum Strand zurück. Ich untersuchte das Boot. Es war seetüchtig und wies keine besonderen Merkmale auf, außer daß sich im Heck ein dunkler Fleck befand, der wie ein Blutfleck aussah.« Ranulf zuckte mit den Achseln. »Es hätte auch etwas anderes sein können. Ich ritt weiter, aber der Anblick des Meers gefiel mir nicht; tosend und mit immer größeren Brechern. Also kehrte ich um. Ich bekam es mit der Angst: Je schneller ich galoppierte, je näher kam mir die See. Ich hatte vor, den Pfad hinaufzureiten, der zur Eremitage führt.« Ranulf verzog das Gesicht. »Da sah ich Euch laufen.« Er hielt inne, weil es an der Tür klopfte. Selditch trat ein.

»Sir Hugh«, stammelte er und fuchtelte mit den Händen vor seinem imposanten Bauch. »Was kann ich tun?«

»Nichts«, entgegnete Corbett schnell, ehe Ranulf noch etwas sagen konnte. »Master Selditch, ich fühle mich ausgezeichnet. Herzlichen Dank.«

Der Arzt ging wieder.
»Ich würde ihm nicht trauen!« sagte Ranulf und schnüffelte plötzlich. »Er benutzt irgendein Parfüm, Herr, und Lady Alice ebenfalls.«
Corbett schaute auf die Tür und grinste Ranulf an.
»Ich danke dem Himmel, daß du gekommen bist!«
Sein Diener zuckte mit den Achseln. »Vermutlich hättet Ihr ja auch ohne meine Hilfe den Pfad noch rechtzeitig erreicht. Euer Dickkopf hat Euch gerettet. Der Mörder, der Teufel möge ihn holen, hatte einfach nicht damit gerechnet, daß Ihr das Bewußtsein wiedererlangen könntet.«
Corbett nestelte an einem losen Faden in einer seiner Decken. »Du kannst sagen, was du willst, Ranulf, wenn du nicht gekommen wärst, wäre ich ertrunken. Du darfst Lady Maeve kein Wort davon sagen.« Corbett schaute sich im Zimmer um. »Ich habe in Oxford studiert und mich in die Dienste des Königs begeben. Gelegentlich fühle ich mich wie eine geschäftige Spinne, die Netze baut und die der anderen zerstört. Ich gebe es zu, ich begreife die menschliche Natur nicht. Was wäre durch meinen Tod gewonnen gewesen? Wem hätte es genützt, Maeve zur Witwe zu machen und mein Kind vaterlos? Der König selbst wäre dann hergekommen, oder er hätte jemanden anderen geschickt, und so wäre es immer weitergegangen, bis diese Angelegenheit erledigt gewesen wäre.« Er rieb sich die Augen. »Vielleicht sollte ich meine Siegel zurückgeben! Mich von allem verabschieden und mich auf mein Gut zurückziehen?«
Ranulf verbarg seine Besorgnis und schaute seinen Dienstherrn an. Corbett hatte in gewisser Weise recht. Der alte Meister Langschädel war ein sehr guter Schachspieler. Aber in den Gesetzen der Straße war er immer noch vollkommen unerfahren.
»Falls Ihr aufgebt, Herr«, sagte Ranulf nachdenklich, »wäre die einzige Folge, daß noch mehr Mörder davonkommen, weiter

das Land unsicher machen, weiter ihre Hände in Unschuld waschen und es beteuern.« Er verzog sein Gesicht zu einem schiefen Lächeln. »Leighton Manor ist vielleicht ein beschaulicher Ort, Sir Hugh, aber das ist der Friedhof auch.«
Corbett berührte vorsichtig seinen malträtierten Hinterkopf und zuckte zusammen.
»Die klugen Worte des Mannes von der Straße«, murmelte er.
»Wenn einem so etwas zustößt, Herr, muß man ebenso klug und verschlagen sein wie die, hinter denen man her ist.«
Corbett schaute ihn durchdringend an. »Was meinst du damit, Ranulf?«
»Nun, zum Beispiel unser fetter Arztfreund. Oder Sir Simon Gurney. Was haben sie gemacht, nachdem sie einen Teil von König Johns Schatz gefunden hatten?«
»Die Sachen verkauft.«
Ranulf setzte sich auf die Bettkante.
»Und was denkt Ihr, Herr, würden sie tun, wenn sie den Rest fänden?«
Corbett sah nachdenklich aus. »Meinst du, daß sie danach suchen?«
»Sie kennen auf jeden Fall das Geheimnis des Schatzes. Meint Ihr nicht, daß sie ihn gern auch finden würden?«
»Aber wenn sie das tun und den König davon nicht unterrichten, dann ist das ein Schwerverbrechen, ja sogar Hochverrat.«
»Oh, natürlich würden sie den König informieren«, sagte Ranulf, »und dann, wie es das Gesetz vorsieht, ihren Teil fordern. Wieviel war das noch mal, ein Viertel des Schatzes? Sir Simon, seine Frau und sein Arzt sind ja möglicherweise unschuldig, so fleckenlos wie frischgefallener Schnee. Sie haben vielleicht wirklich nichts mit diesen Morden zu tun. Oder sie sind so schuldig wie Kain.« Ranulf lachte kurz auf. »Aber ich kann einfach nicht glauben, daß sie nicht nach dem Schatz suchen.«

»Sprich weiter«, murmelte Corbett.
Ranulf grinste Maltote zufrieden über die Schulter hinweg an.
»Es war unser junger Kurier hier, der mich auf diese Idee brachte. Maltote stammt aus einer Bauernfamilie. Sein Vater war Leibeigener auf einem großen Gut, oder so etwas. Ihr kennt das System dieser großen Güter, alles wird festgehalten, niedergeschrieben. Ganz sicher hat doch unser fetter Arzt mit seiner Liebe für Altertümer etwas über Alan of the Marsh herausgefunden.«
Corbett warf die Decken beiseite und stand vorsichtig auf.
»Ich werde mich rasieren und ankleiden«, erklärte er. »Dann will ich Selditch hier sehen.«
Eine Stunde später, Corbett hatte sich inzwischen fertiggemacht, führte Ranulf Selditch ins Zimmer. Die Nervosität des Arztes nahm noch zu, als er sah, daß Corbett angezogen war und auf ihn wartete.
»Master Selditch«, begann Corbett, »ich will ohne Umschweife zur Sache kommen. Ich habe den Verdacht, daß Alan of the Marsh hier Pächter war und vielleicht Holcombe auch. Was habt Ihr über dieses ehrenwerte Paar herausgefunden?«
Der Arzt wollte ihm schon die Antwort verweigern, da beugte sich Corbett zu ihm vor und ergriff seine Hand.
»Ich will das wissen«, sagte er mit leiser Stimme. »Ich will alles wissen. Sonst beschlagnahme ich sämtliche Urkunden Sir Simons – seine Verzeichnisse über Pacht, Steuern und Abgaben. Ich werde Tage brauchen, sie durchzugehen. Wenn ich jedoch auf etwas stoße, was Ihr mir verschwiegen habt, dann, Gott ist mein Zeuge, werdet Ihr Eures Lebens nicht mehr froh!« Corbett berührte seinen Hinterkopf. »Gestern hat man mich beinahe ermordet. Meine Geduld nimmt allmählich ein Ende!«
Selditch krampfte nervös die Finger ineinander.
»Holcombe war Bauer vor den Toren von Bishop's Lynn«, entgegnete er langsam. »Alan stammte hier aus der Gegend. Die

Urkunden sagen wirklich nur sehr wenig aus.« Er scharrte mit den Füßen.
»Wie hat Alan sein Brot verdient?« fragte Ranulf.
»Er war Verwalter des Herrenhauses.«
»Und was bedeutet das?« fragte Corbett.
»Er ritt herum und zog die Abgaben für den Grundbesitzer ein, außerdem überbrachte er Nachrichten und Befehle.«
»Er kannte die Gegend also sehr gut?«
»O ja.«
»Und alle Verstecke und Zufluchtsorte?«
Selditch nickte.
»Gibt es noch etwas, was ich wissen sollte?«
Der Arzt blinzelte. »Bestimmten Akten des lokalen Gerichts zufolge«, sagte er zögernd, »klagte man Alan zwei Jahre, bevor König John seinen Schatz in der Wash-Bucht verlor, an, Schmuggler zu sein.«
Corbett stöhnte auf und verbarg sein Gesicht in den Händen. Dann schaute er wieder den Arzt an.
»Noch etwas?«
Selditch schüttelte den Kopf, und Corbett entließ ihn.
»Was ist los?« fragte Ranulf ängstlich, als der Arzt die Tür hinter sich geschlossen hatte.
»Oh, verdammt noch mal, Ranulf! Begreifst du denn nicht? Alan of the Marsh und Holcombe planten, den Schatz König Johns zu stehlen. Ein eiliger, ungenauer Plan, vermutlich in dem Moment entstanden, als Holcombe erfuhr, daß er die Packpferde mit dem Schatz über die Wash-Bucht führen sollte. Der Plan ist trotzdem erfolgreich. Holcombe stiehlt den Schatz und trifft seinen Komplizen an einem einsamen Ort. Sie verstecken das meiste der Beute, einiges nehmen sie mit, vielleicht um es in Bargeld zu verwandeln.« Corbett unterbrach sich, um seine Gedanken zu ordnen. »Holcombe gerät jedoch in Verdacht. Er wird von Gurney gestellt, verhört und hingerichtet. Sein Leichnam wird mit

den paar Wertsachen, die er bei sich trägt, verscharrt.« Corbett hielt inne und fuhr mit der flachen Hand über die Tischplatte. »Natürlich soll das alles geheim bleiben, aber es wird geklatscht, und Gerüchte verbreiten sich. Alan of the Marsh entschließt sich zu fliehen. Er versteckt den Schatz.« Corbett schaute Ranulf an. »Was hat er vermutlich als nächstes getan?«
»Er hat vielleicht versucht, das Land zu verlassen?«
»Richtig. Er ist Schmuggler, wie viele hier in der Gegend. Er sieht sich jedoch einer Reihe von Schwierigkeiten gegenüber – wo soll er sich verstecken, wie soll er die Überfahrt arrangieren und dann auch den Schatz transportieren, ohne daß jemand davon Wind bekommt? Das ist alles sehr gefährlich, da er weiß, daß er gesucht wird.«
Ranulf zuckte mit den Achseln. »Vielleicht starb er ja ganz einfach?«
Corbett schüttelte den Kopf. »Was ist mit der anderen Möglichkeit? Was wäre, wenn Alan of the Marsh Erfolg gehabt hätte? Was, wenn er mit dem Schatz ins Ausland geflüchtet wäre und dann jenseits des Rheins oder in Südfrankreich ein Leben in Saus und Braus geführt hätte? Ist dir klar, Ranulf, daß wir vielleicht einem Irrlicht nachjagen?«
»Warum dann aber diese ganzen Rätsel?« rief Ranulf. »Warum dann diese Morde?«
Corbett rieb sich das Kinn. »Das kann ich auch nicht beantworten. Ich glaube nur, das noch jemand oder noch einige Leute ebenfalls nach dem Schatz suchen.« Er seufzte. »Sie jagen jedoch möglicherweise ebenfalls einem Irrlicht nach.« Corbett nahm ein Stück Pergament. »Wir müssen in dem allen ein System erkennen. Aber was haben wir schon in der Hand? Ein paar welke Blumen unter einem Galgen. Eine arme ermordete Bäckersfrau. Cerdic Lickspittle geköpft, seine Leiche auf den Strand geworfen. Gräber geplündert und Monck ermordet auf dem Moor.«

»Zumindest«, unterbrach ihn Maltote, »haben wir die Anführer der Pastoureaux festgenommen und herausgefunden, wer für den Mord an Marina verantwortlich ist.«
Corbett kaute an der Nagelhaut seines Daumens.
»Ja, das haben wir«, murmelte er. »Aber diese Schweine haben vielleicht ebenfalls nach dem Schatz gesucht.« Er legte sich wieder aufs Bett und starrte an die Balkendecke.
»Wir dürfen auch die Lichter, die seltsamen Signale zwischen Schiffen und der Küste, nicht vergessen«, sagte Ranulf.
»Nein, nein«, murmelte Corbett. Er drehte sich zur Wand. »Ich habe eine Erklärung dafür, obwohl sie schwer zu schlucken sein wird. Laßt mich jetzt eine Weile allein.«
Ranulf und Maltote gingen in die Halle hinunter und unterhielten sich flüsternd und erregt über die seltsame Laune ihres Herrn. Corbett nagte an seiner Unterlippe und starrte an die Decke. Er mußte immer wieder an die Liebesbotschaft denken, die ihm der Müller Culpeper gegeben hatte: Amor Haesitat, Amor Currit. Und war da nicht doch noch etwas? Hatte er das wenigstens gesehen oder bereits darüber nachgedacht, als er den Strand entlanggerannt war? Corbett schloß die Augen. Was hatte ihm Ranulf noch über das Boot erzählt, das jemand etwas versteckt an den Strand gezogen hatte? Er lächelte, als er sich an die Logik erinnerte, die er in der Schule gelernt hatte: »Wenn man alles auf einen Punkt bringt und immer wieder zu demselben Schluß kommt, dann ist dieser Schluß der einzig richtige. Folglich ist man auf die Wahrheit gestoßen.«
»Ich muß es also ausprobieren«, murmelte Corbett.
Er setzte sich auf die Bettkante, nahm seine Reitstiefel und seinen Mantel und ging nach draußen. Dort rief er nach Ranulf und Maltote.
Gemeinsam ritten sie über das Moor zur Eremitage hinüber. Während Maltote auf die Pferde aufpaßte, gingen Corbett und Ranulf in die alte Mälzerei. Ranulf schnupperte.

»Ich rieche Parfüm. Ein ziemlich starkes sogar. Es ist dem von Lady Alice sehr ähnlich.«
»Ja«, sagte Corbett. »Ich habe das auch gerochen, kurz bevor man mir auf den Kopf geschlagen hat. Komm, ich zeige dir, was ich gefunden habe.«
Er raffte etwas Stroh zusammen, führte Ranulf hinunter in den Keller, legte es an die Kellerwand und entzündete es. Sein Erstaunen war kaum zu beschreiben: Was er bei seinem letzten Besuch gesehen hatte, war verschwunden, mit einer Fackel geschwärzt worden.
»Jemand hat eine Fackel benutzt«, murmelte er. »Jemand hat eine Fackel angezündet und sie gegen die Wand gehalten.« Corbett deutete auf die Brandspuren und beschrieb, was er gesehen hatte.
»Was auch immer das war, es war sicher wichtig«, sagte Ranulf. Sie kehrten auf den Hof zurück.
»Laß uns einmal annehmen«, fing Corbett an und schaute auf die Möwen, die sich aufgeschreckt laut schreiend erhoben, »laß uns annehmen, wir hätten das Gold gestohlen. Wo würdest du es verstecken?«
»Auf jeden Fall nicht hier«, entgegnete Ranulf.
»Warum nicht?«
»Jeder Ort, der auch von anderen aufgesucht wird, ist gefährlich. Früher oder später hat jemand das Glück oder Geschick, dein Versteck zu finden.«
»Aber den Schatz auf dem Moor zu vergraben wäre ebenfalls gefährlich«, entgegnete Corbett. »Jemand könnte dich dabei beobachten, oder du könntest vergessen, wo du ihn vergraben hast.« Er stieg wieder auf sein Pferd. »Aber jetzt, Ranulf, begeben wir uns auf eine andere Art von Grabung – laß uns die Priorin ärgern.«
Sie kamen zum Holy Cross Convent, und Lady Cecily ließ sie eine Weile in einem Vorraum warten. Als sie endlich in ihr

Zimmer geführt wurden, begrüßte sie sie mit einem so falschen Lächeln, daß es Ranulf den Magen umdrehte.
»Wie können wir Euch heute helfen, Sir Hugh?« säuselte sie. »Ich war über die Neuigkeiten über die Pastoureaux schockiert. So eine fürchterliche Geschichte. Was für böse Menschen!«
»Ja, Schmuggler«, sagte Corbett, »sie schmuggelten Menschen, um sie auf den Märkten der Welt zu verkaufen, auf denen der Teufel das Sagen hat.« Er beugte sich vor. »Schmuggeln ist doch eine Sünde, oder?«
Das teigige Gesicht der Priorin wurde noch bleicher.
»Ja, eine Sünde«, fuhr Corbett fort, »und ein Verbrechen – da dadurch Steuern hinterzogen werden und die Machtvollkommenheit des Königs beschränkt wird. Hierbei könnt Ihr mir helfen. Ihr könnt mir sagen, warum Ihr schmuggelt.«
Lady Cecily mußte sich an ihrem Schreibtisch festhalten.
»Was wollt Ihr von mir?« stotterte sie.
Ranulf wünschte sich, daß Maltote bei ihnen wäre, statt die Pferde auf dem Stallhof zu bewachen. Lady Cecily öffnete den Mund und schloß ihn dann wieder.
»Klagt Ihr mich der Schmuggelei an?«
»Ja«, entgegnete Corbett und hoffte, daß seine Schlußfolgerungen richtig gewesen waren.
»Was, bitte schön, soll ich schmuggeln?«
»Das kann ich Euch – bitte schön – erklären. Außerdem solltet Ihr um die Milde des Königs bitten und um die Vergebung Eures Bischofs.« Er beugte sich wieder zu ihr vor. »Ihr seid eine Schmugglerin. Ihr habt Schafe, Ihr habt Schuppen, in denen diese Schafe geschoren werden, Ihr packt die Wolle zu Ballen, und Eure Fuhrleute bringen sie zum Zollhaus nach Bishop's Lynn. Nehmen wir einmal an, es handelt sich um dreihundert Ballen. Davon gehen zweihundertfünfzig durch den Zoll und werden in Bishop's Lynn auf ein Schiff verladen. Das Schiff verläßt den Hafen vermutlich mit der abendlichen Flut. Es hält

Kurs auf Flandern. Aber statt über den Kanal zu segeln, ankert es vor der Küste von Norfolk und nimmt die restlichen fünfzig Ballen an Bord. Ob es ein Boot zur Küste schickt oder ob man von hier zu dem Segelschiff hinausrudert, das weiß ich nicht. Ihr werdet bar bezahlt und müßt keinen Zoll bezahlen. Der Kapitän des Schiffes macht in einem flämischen Hafen ebenfalls einen satten Gewinn.«

»Das ist lächerlich«, rief die Priorin.

»Nein, das ist die Wahrheit. Jetzt kommen wir zum Tod von Lady Agnes. Sie war die Schatzmeisterin dieses Klosters und ging ab und zu auf dem Kliff spazieren. Sie hatte einen Wanderstab und eine Laterne. Die meisten hielten sie einfach nur für exzentrisch. In Wirklichkeit signalisierte sie einem Schiff. Ich glaube, daß Ihr auch ein kleines Boot in einer Bucht liegen hattet, das Euch bei diesem ruchlosen Geschäft von Nutzen war.« Corbett erhob sich, ging durchs Zimmer und schaute sich ein Gemälde an. »Eines Nachts kam es jedoch zu einer Tragödie.« Er drehte sich um und hob die Hand. »Oh, ich bin da ganz Eurer Meinung, es ging da alles mit rechten Dingen zu, aber Lady Agnes wurde langsam alt. Vielleicht war das Kliff an dieser Stelle auch brüchig oder der Wind zu stark? Auf jeden Fall stolperte die gute Schwester und stolperte zu Tode.« Corbett lächelte. »Sie war die Schatzmeisterin dieses Ordens und wird sicher ersetzt werden, wenn es an der Zeit ist. Und Euer Schmuggeln wird sicherlich auch weitergehen, sobald die neugierigen königlichen Beamten erst einmal wieder das Feld geräumt haben.«

»Das könnt Ihr nicht beweisen«, fauchte die Priorin.

»Aber das habe ich bereits«, log Corbett. »Ich habe mit einem der Kapitäne gesprochen. Er hat alles gestanden.« Corbett spielte mit dem Griff seines Dolches. »Vielleicht sollte ich auch mit einigen der Männer sprechen, die in Euren Diensten stehen, insbesondere mit denen, die so gut dafür bezahlt werden, daß sie das Boot hinausrudern.«

Lady Cecily konnte nicht noch mehr verkraften. Sie legte den Kopf in die Hände und schluchzte auf.
»Madam«, sagte Corbett leise.
Lady Cecily hob ihr tränenüberströmtes Gesicht. »Das haben wir immer so gemacht«, flüsterte sie. »Und, Sir Hugh, könnt Ihr uns dafür tadeln? Die Steuern sind so hoch, daß wir fast nichts mehr verdienen.«
Corbett sah sich in dem luxuriös eingerichteten Zimmer um. »Ihr könntet sparen«, murmelte er.
Lady Cecily bekam sich wieder in die Gewalt. »Was werdet Ihr tun, Sir Hugh? Werdet Ihr den König unterrichten?«
»Das ist vielleicht nicht notwendig«, entgegnete Corbett, »unter zwei Bedingungen.« Er bemerkte den Hoffnungsschimmer in den schwarzen Knopfaugen der Priorin.
»Die wären?«
»Erstens daß das Schmuggeln unverzüglich aufhört, zweitens daß Ihr mir sagt, was Ihr über Alan of the Marsh wißt.«
Lady Cecily brach erneut in Tränen aus. Sie wurde so sehr vom Schluchzen geschüttelt, daß selbst Ranulf Mitleid mit ihr hatte.

Kapitel 12

Madam«, fragte Corbett, »warum sollte ein Mann, der vor so vielen Jahren starb, Euch so leid tun?«

Lady Cecily stand auf. Sie faßte nach einem Schlüsselring, der von ihrem Gürtel herabhing, ging zu einer eisenbeschlagenen Truhe und öffnete sie. Sie gab Corbett eine kleine vergilbte Pergamentrolle.

»Lest das, Sir Hugh. Es handelt sich um den Teil der Klosterchronik, den nur die amtierende Priorin lesen darf.«

Corbett ging mit dem Pergament zum Fenster. Hier war das Licht stärker. Die Chronik bestand offensichtlich aus einzelnen Pergamentstücken, die zusammengenäht waren. Ein Teil der Chronik war so entfernt worden, daß es möglich gewesen war, die Enden der übrigen Schriftstücke wieder so zusammenzufügen, daß das Fehlen des Abschnitts nicht bemerkt würde.

Lady Cecily ging zur Tür. »Ich komme zurück«, sagte sie. »Ich muß Euch noch etwas zeigen.«

Corbett zuckte mit den Achseln und fing an zu lesen. Der lateinische Text, den er mühelos übersetzte, war mit blaugrüner Tinte geschrieben.

»Ist von Alan of the Marsh die Rede?« fragte Ranulf.

»Nein.«

»Nützt uns das Pergament dann überhaupt?«

»Allerdings. Hör zu. Es ist mit August 1217 datiert, also fast ein Jahr, nachdem König John seinen Schatz in der Wash-Bucht verlor. In diesem Monat suchte ein Flüchtling hier im Kloster Schutz. Er kam in die Kapelle, klammerte sich am Altar fest und

verlangte Asyl. Dieses wurde ihm von der damaligen Priorin auch gewährt. Der Flüchtling forderte weiterhin Wasser und Brot und bestand darauf, vierzig Tage zu bleiben. Das ist Gesetz. Aber hör zu, Ranulf, es wird noch interessanter. Sir Ralph Gurney kam etwas später ebenfalls ins Kloster und suchte dort einen Flüchtigen, den er für das Verschwinden eines Priesters mit Namen James verantwortlich machte. Die Priorin sagt ihm, daß sie über einen solchen Schwerverbrecher nichts weiß.« Corbett ging zum Tisch und warf das Pergament darauf.
»Ist das alles?« rief Ranulf.
»Das ist genug«, entgegnete Corbett. »Aber ich bin mir sicher, daß uns Lady Cecily noch mehr erzählen kann.«
»Wer ist dieser Priester, Father James?« fragte Ranulf.
»Das weiß der Himmel!« entgegnete Corbett finster.
»Warum haben sie einen solchen Vorfall in ihre Chronik aufgenommen«, Ranulf ließ nicht locker, »nur um ihn dann anschließend wieder aus ihr zu tilgen?«
Corbett legte ihm väterlich einen Arm um die Schulter. »Eine gute Frage, Ranulf. Ich habe den Verdacht, daß etwas passierte, nachdem der Flüchtige um Asyl nachgesucht hatte und noch bevor Lord Simon's Großvater zum Kloster kam. Die beiden Vorkommnisse wurden routinemäßig aufgezeichnet. Da sie miteinander in Verbindung standen, hat man diesen Teil der Chronik entfernt. Vielleicht weiß Lady Cecily ja mehr darüber.«
Schließlich kam die Priorin zurück. Sie setzte sich hinter ihren Schreibtisch und zog einen verschnürten violetten Samtbeutel unter ihrer Tracht hervor. Sie löste den Knoten, ein goldener Abendmahlskelch kam zum Vorschein, der im Schein der Kerzen funkelte. Die Schönheit des Kelches verschlug Ranulf fast den Atem.
»Reines Gold!« sagte er ehrfürchtig. Neidisch sah er zu, wie die Priorin ihn an Corbett weitergab. »Die Diamanten, unglaublich!«

Ranulf deutete auf die wertvollen Steine, mit denen der obere Rand und der Stiel des Kelches verziert waren.
Corbett wog ihn in der Hand.
»Ich habe Euer Pergament gelesen.«
Lady Cecily setzte sich und seufzte resigniert.
»Jetzt kennt Ihr alle unsere Geheimnisse, Sir Hugh.«
Corbett stellte den Kelch auf den Tisch. »Vermutlich. Alan of the Marsh war der Flüchtige. Im Holy Cross Convent kannte man ihn gut. Er war schließlich Verwalter auf Mortlake Manor und hatte mit den guten Schwestern hier oft geschäftlich zu tun. Alan war vermutlich auch in die Schmuggelaktivitäten verwickelt«, er lachte unvermittelt, »die offensichtlich zu den Traditionen dieses Klosters gehören. Er war aber auch ein Dieb. Er und sein Komplize Holcombe hatten sich des königlichen Schatzes bemächtigt. Sie wären auch unentdeckt entkommen, wäre Sir Richard Gurney nicht so wachsam gewesen. Holcombe wurde gefaßt und gehenkt. Alan tauchte unter.« Corbett nahm den Kelch und betrachtete ihn genau. »Mit Alan of the Marsh war es so wie mit dem ungerechten Haushalter im Neuen Testament. Seine Gier wurde ihm zum Verhängnis. Er konnte mit einem so riesigen Vermögen keinen Hafen passieren – kein Kapitän, der Wind davon bekommen hätte, hätte ihn am Leben gelassen. Corbett schaute die bleiche Priorin an. »Eine Weile versteckte sich Alan in der Eremitage, aber das Netz zog sich immer schneller um ihn zusammen. Er mußte sich nach einem neuen Versteck umsehen.«
»Er kam also hierher?« fragte Ranulf.
»Ja, er kam hierher. Er kannte das Recht auf Kirchenasyl, das ihm die damalige Priorin auch nicht verwehren konnte.« Corbett stellte den Kelch wieder hin. »Ist das die Wahrheit?«
Lady Cecily nickte.
»Während Alan sich also im Kloster versteckte«, fuhr Corbett fort, »schlossen er und die Priorin einen geheimen Pakt. Ich bin

mir sicher, daß sie Alan daran erinnerte, daß er bei einer Gefangennahme den Behörden vom Schmuggel der guten Schwestern hier berichten müsse. Er versuchte es natürlich erst mit Überredung, aber dann auch mit Erpressung. Er hatte diesen wertvollen Abendmahlskelch aus dem Schatz König Johns gestohlen und bot ihn der Priorin dafür an, daß das Kloster ihn verstecke.« Corbett sah Lady Cecily an. »Ich vermute, daß er bei der Messe verwendet wird?«

»Ja«, murmelte sie. »Wir sagen immer, es handele sich um eine Donation.«

»Alles verlief also zufriedenstellend«, fuhr Corbett fort. »Das Kloster konnte weiter unentdeckt seine Wolle aus dem Land schmuggeln und bekam außerdem einen wertvollen Kelch. Was wurde aber aus Alan of the Marsh?« Corbett rieb sich die Stirn, die nach dem Schlag, den man ihm am Vortage versetzt hatte, immer noch schmerzte. Dann stand er auf und reckte sich. »Was wird wohl passieren, wenn der König das alles erfährt, na? Ich kann es Euch sagen, Lady Cecily, er würde den Lord of Surrey hierherschicken, der wiederum würde hier alles auseinandernehmen, in der Hoffnung, den Schatz König Johns zu finden.«

»Aber wir haben doch sonst nichts!« begehrte Lady Cecily auf.

»Nein, nein!« murmelte Corbett. »Aber ihr habt Alan of the Marsh.«

Lady Cecily entgleisten die Gesichtszüge. »Aber der Mann ist tot!«

»Oh, sicher ist er tot.« Corbett legte die Hände auf den Tisch und beugte sich zu ihr hinüber. »Verstehst du?« sagte er an Ranulf gewandt. »Die Priorin, die diesen Flüchtigen versteckt und außerdem einen wertvollen Kelch angenommen hatte, war kaum daran interessiert, ihn wieder fortzulassen, oder? Warum sollte sie ihn nicht einfach hierbehalten? Warum sollte sie nicht versuchen, ihm noch mehr Gold abzunehmen? Sagt mir, Lady Cecily, was würdet Ihr tun, wenn Ihr Euch vor dieses Problem gestellt sähet?«

»Ich weiß es nicht«, stotterte sie. »Das wäre entsetzlich.« Sie wand sich. Corbett setzte sich wieder.

»Dann wollen wir es einmal als eine Frage der Logik betrachten«, sagte Corbett. »Ihr kennt Euer Kloster besser als ich, Lady Cecily. Wo würdet Ihr einen Mann in einer Gemeinschaft von Frauen verstecken?«

Sie zuckte mit den Achseln. »Er hätte Arbeiter auf unserem Klosterhof werden können.«

Corbett lachte. »Das ist kaum anzunehmen. Erstens kannte man Alan of the Marsh in dieser Gegend sehr gut, und dann wird die Priorin wohl ein großes Interesse daran gehabt haben, ihn vor neugierigen Augen zu verbergen.«

»Ich weiß es nicht!« wiederholte Lady Cecily. »Gott ist mein Zeuge, Sir Hugh, ich weiß es nicht!«

Corbett legte die Fingerspitzen gegeneinander. »Dürft Ihr immer noch Kirchenasyl gewähren?«

Lady Cecily schluckte.

»Nun, habt Ihr oder habt Ihr nicht?« fuhr Corbett sie an.

»Unser Kloster verzichtete darauf.«

»Wann?«

»Im Jahre 1228.«

Corbett lächelte. »Und vorher, wenn jemand um Asyl nachsuchte, wo brachte man ihn unter?«

Lady Cecily erhob sich. »Sir Hugh, ich denke, Ihr kommt jetzt besser mit.«

Corbett blickte Ranulf vielsagend an, als sie hinter der besorgten Priorin aus dem Zimmer, verschiedene Flure entlang, durch die Kreuzgänge und in die leere Kapelle gingen. Corbett betrachtete bewundernd das hohe Kirchenschiff, das geräumige Querhaus und den wunderbaren geschnitzten Lettner. Lady Cecily führte

sie in den Chor mit einem Fußboden aus Purbeckmarmor und einem weißen Altar, der im Kerzenschein schimmerte. Der Chor wurde von den hohen Fenstern aus buntem Glas beherrscht und einem Chorgestühl aus poliertem Eichenholz. Eine kunstvoll geschnitzte Figur der Jungfrau mit dem Kind stand in der hinteren Ecke. Lady Cecily kniete vor der flackernden Lampe des Allerheiligsten nieder.
»Schaut hier!« Sie streckte die Hand aus.
Corbett schaute auf die Mauer. Ihm fiel auf, daß ein kleiner Teil von ihr, etwa in Augenhöhe, neu verputzt und sorgfältig angestrichen worden war. Eine ähnliche Unregelmäßigkeit fand sich, etwas größer, im unteren Teil der Mauer.
»Was war das?« fragte Corbett.
»Die Zelle einer Anachoretin«, entgegnete Lady Cecily. »Eine kleine Nische in der Mauer mit einer niedrigen Tür, durch die die Eremitin hindurchkriechen, und einer kleinen Öffnung, durch die sie hindurchsehen konnte. In den frühen Tagen des Klosters lebte immer eine Eremitin in dieser Zelle. Sie fastete und betete und nahm an den Gottesdiensten teil, indem sie durch die Öffnung spähte. Die Schwestern stellten Wasser und Brot vor ihre Tür. Mit den Jahren geriet dieser Brauch in Vergessenheit.«
Da bin ich mir sicher, dachte Corbett und schaute auf das feiste Gesicht der Priorin, ihre mit Gold abgesetzte Haube und ihre Tracht aus reiner Wolle.
»Und was ist dann passiert?«
»Irgendwann gab es keine Eremitin mehr, und Hunstanton wurde ein gesetzloser Ort.«
Zumindest hatte Lady Cecily soviel Anstand, aus Verlegenheit zu erröten.
»Das Kloster sollte als Zufluchtsort dienen. Flüchtige konnten hier in der Kapelle vierzig Tage lang Schutz finden. Anschließend mußten sie sich stellen.« Lady Cecily holte tief Luft

und starrte an die Wand. »Es gibt da Gerüchte«, sagte sie so leise, als würde sie mit sich selbst sprechen.
»Gerüchte worüber?« fragte Corbett.
»Geister. Ich habe mich gerade hier nie sonderlich wohl gefühlt.«
»Dann wollen wir diese Geister austreiben«, sagte Corbett. »Ranulf, begleite die Priorin. Hole Hämmer und Meißel. Dann wollen wir sehen, was wir finden. Oh, übrigens Lady Cecily, das sollte unter uns bleiben. Seid also so freundlich, die Tür der Kapelle zu schließen und zu verriegeln, wenn Ihr zurückkommt.«
Lady Cecily watschelte, in ihr Schicksal ergeben, davon. Ranulf folgte ihr. Corbett sah sich die Madonna näher an: Der Säugling, den sie im Arm hielt, schaute heiter mit unschuldigen Augen zurück.
»Mein Gott«, sagte Corbett leise, »was hast du mit ansehen müssen.«
Von einem Mauerabsatz nahm er eine Kerze, entzündete sie und steckte sie in den eisernen Kerzenständer vor der Jungfrau. Dann kniete er nieder und betete, daß er hier endlich fertig und unversehrt zu Maeve und Eleanor nach London zurückkehren würde.
Anschließend hockte er sich hin und genoß den Frieden und die Stille der Kapelle. Er schrak auf, als die Tür hastig geöffnet wurde. Ranulf stolzierte mit einer Ledertasche in der Hand den Mittelgang entlang. Hinter ihm verschloß und verriegelte Lady Cecily die Tür und gesellte sich eilig zu ihnen. Ranulf öffnete die Tasche. Er zog einen großen eisenbeschlagenen Holzhammer aus ihr hervor. Corbett deutete auf den neuen Putz.
»Fang hier an, Ranulf. Ich bin mir sicher, daß du auf eine Tür stößt.«
Ranulf krempelte sich die Ärmel hoch und machte sich freudig an die Arbeit. Corbett und die Priorin entfernten sich etwas. Lady

Cecily seufzte, als Ranulf den großen Hammer auf die Wand sausen ließ. Eine große Staubwolke stieg auf, und der Putz stob in alle Richtungen. Corbett mußte husten und bat ihn hastig, innezuhalten. Er betrachtete die Wand.
»Wir sind bald durch«, sagte er. »Mach weiter!«
Im Nu war die ganze Kapelle von Staub erfüllt und der Fußboden von Ziegelstücken bedeckt. Ranulf hämmerte weiter wie ein Besessener auf die Wand ein. Er hatte die Anstrengung jedoch unterschätzt und hielt, auf den Hammer gestützt, inne. Der Schweiß lief ihm von der Stirn.
»Wer auch immer diese Arbeit ausgeführt hat«, sagte er hustend, »hatte es eilig.« Er deutete auf die Mauer. »Zwei Reihen ziemlich schlechter Ziegel und eine Schicht heller Putz, so angepinselt, daß es nicht auffällt.«
Er grinste die mittlerweile vollkommen verzweifelte Priorin an und setzte seine Arbeit mit Schwung fort. Corbett hielt sich ein Taschentuch vor Nase und Mund und sah zu, wie die Öffnung langsam größer wurde. Sie war jetzt etwa zwei Fuß hoch und ebenso breit. Schließlich hielt Ranulf erneut inne. Sie traten alle hustend ein paar Schritte beiseite und warteten, bis der Staub sich etwas gelegt hatte. Lady Cecily warf einen Blick auf die beschädigte Mauer, stöhnte auf und setzte sich. Corbett trat an den Altar, entzündete zwei Kerzen und gab eine davon an Ranulf weiter.
»Jetzt wollen wir doch einmal sehen, welche Geheimnisse sich hier verbergen.«
Sie krochen in die Nische. Corbett hielt seine Kerze hoch, als Ranulf sich hinter ihm durch die Öffnung quetschte. Die Zelle der Anachoretin war eine architektonische Meisterleistung: Sie verschwand vollständig in den Mauern der Kapelle. Corbett hatte schon ähnliche Nischen in der Abtei von Westminster und in der St.-Pauls-Kathedrale gesehen. Diese war etwa sechs Fuß hoch und vielleicht halb so breit.

»Wo wir hereinkamen, war einmal die Tür«, murmelte Ranulf. »Irgendwo müßte auch das Guckloch sein.«
Corbett ließ seine Kerze etwas sinken und schnappte nach Luft. Er bückte sich und ließ die Kerze noch weiter sinken. In der Ecke lag ein Skelett, die Knochen bereits vergilbt. Erst meinte Corbett, noch Fleischfetzen zu entdecken. Als er jedoch näher kam, sah er, daß es sich nur um zerlumpte Kleider und einen ramponierten Ledergürtel handelte. Corbett ließ sich von Ranulf die Kerze geben und stellte sie auf den Fußboden. Ein kleiner Dolch mit einer zerbrochenen Klinge schimmerte im Staub neben dem Skelett. Corbett nahm die Kerze wieder auf. Alan of the Marsh (Corbett wußte, daß nur er es sein konnte) hatte offensichtlich versucht, sich einen Weg durch die Wand zu hacken – ein vergeblicher Versuch, wie die zerbrochene Dolchklinge bewies. An der Wand über dem Skelett war eine skizzierte Zeichnung, sehr ähnlich der, die Corbett in der Eremitage gesehen hatte. Der Bevollmächtigte schaute sich aufmerksam um. Der Raum war leer, der kleine, schäbige Lederbeutel, der am Gürtel befestigt war, ebenfalls.
»Der arme Teufel!« flüsterte Corbett. »Gott sei seiner armen Seele gnädig!«
Er kroch hinter Ranulf aus der Nische und gab der Priorin die Kerzen.
»Es ist Alan of the Marsh«, verkündete er, »oder zumindest sein Skelett.«
Die ehrwürdige Dame hatte an diesem Morgen bereits genug Schreckliches erlebt, und wenn Corbett sie nicht aufgefangen hätte, wäre sie bewußtlos zu Boden gesunken. Er führte sie durch den Chor zum Chorgestühl.
»Was soll ich nur machen?« murmelte sie. »Was soll ich nur machen, Sir Hugh? Was ist damals bloß passiert?«
»Ich vermute«, entgegnete Corbett und setzte sich auf den Platz neben ihr, »daß Alan of the Marsh hierher flüchtete und um

Kirchenasyl nachsuchte. Er verbarg sich in der Nische der Anachoretin, schloß einen Pakt mit der damaligen Priorin, gab ihr den Kelch und versprach, über die Schmuggelaktivitäten des Klosters den Mund zu halten.«

»Hat man ihn lebend eingemauert?« unterbrach ihn Lady Cecily. Schweißperlen bedeckten ihre Stirn.

»Die Wände sind dick genug, um kein Stöhnen oder Schreien durchzulassen«, sagte Corbett. »Man hat Alan zuerst betäubt, vermutlich mit einem Schlaftrunk oder mit Gift. Als er bewußtlos war, hat man die Tür und das Guckloch verschlossen.« Corbett zuckte mit den Achseln. »Die Priorin ließ anschließend die gesamte Anachoretinnenzelle zumauern. »Vermutlich bei Nacht. Das Ganze dauerte nur ein paar Stunden. Anschließend wurde der Arme vergessen.«

»Aber irgend jemand hätte es doch bemerken müssen?«

Corbett schüttelte den Kopf. »Bei meinem ersten Besuch habt Ihr mir erzählt, daß die Bauarbeiten erst 1120 abgeschlossen waren. Überall standen also noch Gerüste, und Bauarbeiter waren verfügbar. Stellt es Euch nur einmal vor: Alan of the Marsh wird an einem Spätnachmittag hierhergebracht. Die Priorin bringt ihm etwas zu essen und Wein mit einem Betäubungsmittel. Sie verschließt die Tür und gibt sofort die Anweisung, sie zuzumauern. Niemand außer ihr weiß, daß sich jemand in der Nische befindet. Viele, viele Stunden später kommt Alan of the Marsh wieder zu sich. Er macht einen kläglichen Versuch, zu entkommen.« Corbett schaute auf die Statue der Jungfrau Maria. »Ich kann nicht mit Sicherheit behaupten, daß es sich so zugetragen hat. Aber ich vermute, daß wir der Wahrheit nie näher kommen werden!«

Lady Cecily erhob sich und ergriff seine Hand. »Sir Hugh, um der Liebe Gottes willen, in der Sakristei stehen einige längliche Truhen. Könntet Ihr das Gerippe entfernen? Bitte! Ich, wir sind für den Tod dieses Mannes nicht verantwortlich. Ich werde

für den Frieden seiner Seele beten lassen. Ich werde dafür sühnen.«
Sie war so erregt, daß nicht viel gefehlt hätte, und sie wäre wieder in Ohnmacht gefallen.
»Darf ich noch eine Frage stellen?« fragte er.
Sie nickte.
»Kennt noch jemand die Geschichte des Flüchtlings?«
Sie schüttelte den Kopf. »Niemand weiß davon. Dieser Teil der Chronik liegt in einem Versteck. Nur die Priorin darf ihn lesen. Was den Kelch angeht«, sie zuckte mit den Achseln, »der gehört mittlerweile zu unserem Kirchenschatz. Niemand verschwendet noch einen Gedanken an ihn.« Sie faßte Corbett am Handgelenk. Ihre Finger waren eiskalt. »Aber bitte«, flüsterte sie, »schafft dieses schreckliche Gerippe weg!«
Corbett und Ranulf holten die sterblichen Überreste von Alan of the Marsh aus der Nische und legten sie in einen langen Holzkasten, den sie in der Sakristei gefunden hatten. Sie nagelten den Deckel zu und brachten den Sarg auf den menschenleeren Friedhof. Die Priorin ging vor ihnen her. In einem kleinen Schuppen fand Ranulf Spitzhacke und Schaufel. Er hob eine flache Grube aus, und sie stellten den Sarg hinein. Anschließlich gab Lady Cecily Corbett das feierliche Versprechen, bei Gelegenheit ein Kreuz errichten und Messen für Alans Seele lesen zu lassen.
»Das hat der arme Teufel auch wirklich nötig!« sagte Ranulf, als sie zu den Ställen zurückgingen, um ihre Pferde zu holen.
Corbett blieb stehen. »Ich frage mich aber noch etwas!« rief er laut.
»Was, Herr? Was aus dem Kelch wird?«
Corbett grinste. »Nein, den soll das Kloster ruhig behalten. Ich frage mich, was das für eine Geschichte mit dem Priester war, Father James, und was Alan of the Marsh mit seinem Verschwinden zu tun hatte.«

Ranulf stieß mit der Stiefelspitze einen Stein weg.
»Ich weiß es nicht. Also noch ein Geheimnis. Ich denke, wir sollten den Kelch doch mitnehmen.«
Corbett lachte leise. »Das ist ein Abendmahlskelch, Ranulf, ein heiliger Gegenstand. Er ist da, wo er hingehört! Edward würde ihn nur Surrey geben. Komm schon, laß uns gehen!«
Sie fanden Maltote in der Schmiede, wo dieser sich gerade aufwärmte. Er wollte wissen, warum sie so lange gebraucht hätten. Ranulf schüttelte den Kopf und legte einen Finger auf die Lippen, um Maltote zu bedeuten, daß er nichts sagen würde, bis sie die Mauern des Klosters hinter sich hätten.
Wieder auf dem Moor, hielt Corbett an und drehte sich zum Kloster um. »Nichts«, murmelte er, »ist so, wie es auf den ersten Blick scheint. Wer hätte gedacht, daß ein dem Gebet und guten Werken gewidmeter Ort so schreckliche Geheimnisse bergen könnte?«
»Wir haben jedenfalls gute Werke vollbracht«, sagte Ranulf lächelnd. »Wir haben einen Geist ausgetrieben, die Wahrheit herausgefunden und dieser arroganten Frau eine Lektion erteilt, die sie ihr Lebtag nicht vergessen wird!«
Corbett trieb sie zur Eile an. Ranulf blieb zurück, um Maltote flüsternd zu berichten, was sie im Kloster in Erfahrung gebracht hatten. Corbett ritt in Gedanken versunken voraus. Er schlug jedoch nicht den Weg zum Herrenhaus ein, sondern ritt in Richtung Kliff. Dort blieb er eine Weile stehen und schaute auf die schaumgekrönten Wellen und den Strand, wo er beinahe den Tod gefunden hätte. Er saß auf dem Pferd, und die Gischt trieb ihm in Gesicht und Haar, und er überlegte, was er Neues erfahren hatte.
»Herr, wohin jetzt?« rief Ranulf. »Was machen wir als nächstes?«
Corbett schaute weiterhin auf die graue bewegte See.
»Herr«, Ranulf blieb hartnäckig, »ist alles vorbei? Wißt Ihr inzwischen, wo sich der Rest des Schatzes befindet?«

Corbett wendete sein Pferd und zwinkerte ihm zu.
»Genau unter unserer Nase«, antwortete er geheimnisvoll. »Genau unter unserer Nase, und da hat er auch die ganze Zeit gelegen. Aber kommt, jetzt heißt es, zurück nach Mortlake Manor zu reiten. Wir müssen dem Mörder eine Falle stellen!«
Er gab seinem Pferd die Sporen, und im Galopp ging es über das Moor, um das Dorf herum und zum Herrenhaus zurück.
Dort wurde Corbett aus Sicht Ranulfs ärgerlich einsilbig. Er ging in die Vorratskammer, um sich etwas zu essen und zu trinken zu holen, und dann zurück auf ihr Zimmer. Dort zog er seinen Bimsstein, ein Tintenfaß, eine Feder und ein kleines Stück Pergament hervor und fing an, wie wild zu schreiben. Er notierte, alles, was er in Erfahrung gebracht hatte, und weigerte sich, Ranulfs Fragen zu beantworten. Ab und zu schaute er auf, starrte ins Leere, fuhr sich gedankenverloren mit der Feder über die Wange, murmelte etwas Unverständliches und begann erneut zu schreiben. Nur einmal hielt er längere Zeit inne und bat Ranulf, ihm das Hemd des toten Cerdic zu bringen. Er betrachtete es genau, sprach mit sich selbst und schrieb weiter. Ranulf hatte ihn schon oft so gesehen.
»Der alte Meister Langschädel hat wieder eine seiner Launen – jetzt solltest du ihm nicht zu nahe kommen«, flüsterte er Maltote zu. »Er plant eine Falle.«
Schließlich war Corbett fertig. Er stand auf und reckte sich, um das Blut in seinen müden Gliedern in Bewegung zu bringen.
»Was jetzt?« fragte Ranulf.
»Geh in die Halle. Überbringe Sir Simon meinen Gruß, und richte ihm aus, daß ich gern heute abend mit ihm und seiner Frau speisen würde und daß er bitte auch die Gäste des ersten Banketts einlädt.« Er dachte eine Weile nach. »Und einen Gast zusätzlich.«
»Wen?«
»Fourbour, den Bäcker.« Corbett goß sich einen Becher halbvoll

mit Wein. »Und sage Sir Simon auch noch, daß wir morgen aufbrechen. Ich lege mich jetzt einen Augenblick hin. Die Vorbereitungen werden eine Weile dauern. Sorge nur dafür, daß Sir Simon alles, wie befohlen, macht.«
Corbett leerte den Becher mit einem Zug, legte sich auf sein Bett und schlief ein. Als Ranulf ihn weckte, war es bereits dunkel.
»Es ist schon spät«, flüsterte dieser. »Das Mahl beginnt in einer Stunde. Ihr zieht Euch jetzt besser um.«
Corbett stand hastig auf und zuckte zusammen, als er die Wunde auf seinem Kopf spürte.
»Ranulf, sieh zu, daß du bewaffnet bist.«
Corbett zog sich gemächlich um und ging dann mit seinen beiden Gefährten in die Halle hinunter.
Die große Tafel war gedeckt. Sir Simon und Lady Alice saßen vor dem Feuer. Sie bedrängten ihn mit Fragen. Was los sei. Warum er so unvermittelt aufbrechen wolle. Aber er antwortete nicht, sondern setzte sich, spielte mit seinem Ring und starrte ins Feuer.
»Ist Moncks Leiche fort?« fragte er.
Alice antwortete: »Ja, man hat sie in die Dorfkirche gebracht. Father Augustine wird morgen die Totenmesse lesen. Es ist vielleicht das beste, Monck hier zu beerdigen.«
»Das finde ich auch«, sagte Corbett. »Er hat keine Familie, und der Lord of Surrey ist in diesen Dingen sehr nachlässig.«
»Wann wollt Ihr morgen aufbrechen, Hugh?« erkundigte sich Alice.
»Am frühen Morgen, hoffe ich«, entgegnete Corbett. Er lächelte schwach. »Vielleicht bleibe ich noch zu Moncks Totenmesse. Ich werde mit Father Augustine sprechen. Er kommt doch heute abend auch?«
»Natürlich, Fourbour, der Bäcker, ebenfalls.«
Selditch trat geschäftig ein und erzählte von einem Patienten, den er im Dorf behandelt hatte. Father Augustine, der ihm

folgte, sah ungehalten aus, da man ihn, wie er sich ausdrückte, von seinen schweren Pflichten abhalte. Er weigerte sich, sich zu setzen, sondern stellte sich neben den Kamin.
»Das Dorf ist eine einzige Gerüchteküche«, sagte er.
»Sir Simon, ich schlage vor, daß die Gefangenen so schnell wie möglich von hier fortgebracht werden. Der arme Vogt, armer Robert!« Er schaute Corbett finster an. »Alle haben die Wahrheit erfahren. Wir hätten das Mädchen hierbehalten sollen.«
»Dazu habe ich keine Vollmacht«, entgegnete Corbett. »Und was für eine Zukunft hätte sie hier? Der Klatsch im Dorf würde sie umbringen, zumindest ihre Seele. Das wißt Ihr auch, Pater.«
Der Geistliche wollte gerade widersprechen, da rief sie der Verwalter zum Abendessen. Sie nahmen an der großen Tafel Platz. Die Atmosphäre war gezwungen und gespannt. Sie wurde auch nicht besser, als Fourbour eilig die Halle betrat. Er entschuldigte sich umständlich für sein Zuspätkommen.
Gurney forderte ihn auf, sich zu setzen. Father Augustine sprach das Tischgebet, und das Essen wurde aufgetragen. Die Gurneys waren etwas verstört und hatten Angst. Catchpole, der nach dem Tischgebet eingetreten war, saß mit versteinertem Gesicht am Tisch. Selditch tat geheimnisvoll, und Fourbour war nervös und ängstlich. Father Augustine schien immer noch verärgert, ins Herrenhaus beordert worden zu sein. Corbett stocherte in seinem Essen herum, bis Gurney die Spannung nicht länger ertragen konnte. Er schlug mit der Faust auf den Tisch und sah den Bevollmächtigten finster an.
»Hugh, Ihr habt uns alle hergebeten. Nennt uns bitte Eure Gründe.«
»Also er war das!« rief Father Augustine. »Worum geht es eigentlich?«
»Ich dachte, daß alle daran interessiert wären, was ich zu sagen habe«, entgegnete Corbett. »Zuallererst einmal weiß ich, wer für die Morde verantwortlich ist.«

»Doch sicher die Pastoureaux?« rief Fourbour.

Corbett lächelte grimmig und schüttelte den Kopf. »O nein«, entgegnete er, »das ist nur ein übles Gerücht.« Er spielte auf der Tischplatte mit einem Stück Brot. »Und was wichtiger ist, ich glaube, daß ich den verlorenen Schatz König Johns gefunden habe.«

Kapitel 13

Corbetts Publikum war wie vom Schlage gerührt. Alle starrten ihn mit offenen Mündern an. Selditch hatte sich als erster wieder gefaßt.

»Wo liegt er?«

»Das kommt später«, sagte Corbett.

»Das ist absurd!« ereiferte sich Gurney.

»Wo, Corbett?« wiederholte Selditch. »Um Himmels Willen, wo?«

»Erst einmal ein paar Fragen«, sagte Corbett. »Lady Alice, Euer Parfüm?«

»Was ist damit, Hugh? Was zum Teufel hat das damit zu tun?« Sie war entgeistert.

»Es lag in der Luft«, antwortete Corbett, »gestern, als ich in der Eremitage angegriffen wurde. Es hat einen charakteristischen Duft«, er lächelte schwach, »den ich immer mit Euch verbunden habe.«

»Was zum Teufel!« rief Gurney. »Wollt Ihr damit sagen, daß meine Frau Euch angegriffen hat?«

»Nein, Sir Simon. Ich habe nur gesagt, daß ich ihr Parfüm wahrgenommen habe.«

»Das bedeutet doch dasselbe«, warf Catchpole vom unteren Ende der Tafel mürrisch ein.

Father Augustine, der neben Alice saß, schaute mißtrauisch. »Wollt Ihr sagen, daß Lady Alice in der Eremitage war?«

Corbett seufzte bedrückt. »Lady Alice, ist jemals etwas von Eurem Parfüm gestohlen worden?«

»Natürlich nicht!«
»Wie bewahrt Ihr es auf?« erkundigte sich Corbett.
»In kleinen Beuteln aus Wolle, Leinen oder Samt, die ich mit der Essenz tränkte. Um Himmels willen, Hugh!«
»Habt Ihr jemals welche verschenkt?« bohrte Hugh weiter.
Alice fuhr sich mit der Hand an den Mund. Jetzt erinnerte sie sich. »Aber natürlich! Vor einiger Zeit. Erinnert Ihr Euch, Meister Fourbour, ich kam zu Euch? Eure Frau war so bleich und wirkte so bedrückt. Sie tat mir leid. Die Arme! Gott sei ihrer Seele gnädig! Ich sprach mit ihr, und sie sagte, wie wohlduftend mein Parfüm sei. Ich gab ihr einige Beutel. Sie legte sie in ihre Tasche.«
Fourbours auch sonst teigiges Gesicht wurde leichenblaß.
»Daran erinnere ich mich, Lady Alice«, stotterte er. »Aber um Himmels willen, Sir«, er schaute Corbett entgeistert an, »was wollt Ihr damit sagen?«
»Ich will damit gar nichts sagen«, entgegnete Corbett. »Ich habe gerade nur ein kleines Rätsel gelöst. Versteht Ihr, der Mörder von Mistress Fourbour trug dieses Parfüm bei sich. Es war doch so, Pater?«
Der Geistliche hielt sich an der Tischkante fest und wirkte auf einmal gehetzt, wich jedoch Corbetts Blick nicht aus.
»Was meint Ihr damit?«
»Ich möchte Euch eine Geschichte erzählen«, sagte Corbett, »die ihren Anfang nahm, ehe noch einer von uns das Licht der Welt erblickte. Ein König versucht seinen Schatz über die Wash-Bucht zu bringen. Ein Verräter mit Namen Holcombe raubt einen Teil dieses Schatzes. Er reitet davon, um die Früchte seiner Missetat mit seinem Schwager Alan of the Marsh zu teilen, der Verwalter von Mortlake Manor ist. Alan kennt die öden Landstriche Norfolks – er weiß, wo man Männer, Pferde, sogar Schätze verbergen kann. Gleichzeitig ist er ein erfahrener Schmuggler und kennt die Wege, auf denen man das Königreich

unentdeckt verlassen kann. Aber die Sache geht nicht nach Plan. Holcombe wird gefaßt, hingerichtet und bekommt nicht einmal ein richtiges Grab.« Corbett blinzelte Gurney zu, um diesem zu bedeuten, daß er sein Geheimnis nicht lüften würde.

»Alan of the Marsh stirbt ebenfalls. Vorher vermacht er den Schwestern vom Heiligen Kreuz jedoch noch einen wertvollen Kelch.« Das, sagte er sich, war zumindest die halbe Wahrheit. »König John«, fuhr er fort, »stirbt wenig später in Newark. Der Schatz ist verloren, und die beiden Täter haben ihre gerechte Strafe erhalten. Jahre vergehen, und um die Diebe und den Schatz ranken sich zahlreiche Legenden.« Er hielt inne und schaute Father Augustine über die Tafel hinweg an. »Alan of the Marsh war hier aus der Gegend, aber Holcombe kam aus Bishop's Lynn. Nach dem Diebstahl kehrte er in sein Elternhaus zurück. Dort muß er von dem Diebstahl erzählt haben. Seine Familie wußte, daß er ein Räuber war und von Gurney gejagt wurde. Dieser stellte ihn wenig später und brachte ihn um. Die Erzählung vom waghalsigen Raub ging in die Familiengeschichte ein und wurde von einer Generation an die nächste weitergegeben. Vor ungefähr vierzig Jahren starb die Familie Holcombe aus Bishop's Lynn in der männlichen Linie aus. Es gab jedoch noch eine Tochter, die heiratete.« Corbett biß sich auf die Unterlippe. »Father Augustine, wie heißt Ihr mit Familiennamen?«

»Norringham!« fauchte ihn der Geistliche an.

Corbett nahm einen Schluck Wein aus seinem Becher. »Norringham«, wiederholte er. »Die Holcombe-Tochter heiratete also einen Norringham. Ich vermute, daß dieser Norringham jung starb. Sie hatten jedoch ein Kind, das sich zu einem intelligenten Jungen entwickelte, der den Kopf voll hatte mit Geschichten über den Vater seiner Mutter, John Holcombe, und über den Schatz König Johns. Dieser Junge, Augustine getauft, wurde Priester. Er war vermutlich erst Hilfsgeistlicher in Bi-

shop's Lynn an der St. Margaret's Church, bevor er nach Swaffham versetzt wurde.«
Corbett hatte dafür nur wenige Indizien und konnte alles ohnehin nicht beweisen. Da der Geistliche jedoch schwieg und nichts abstritt, schien sich Corbetts Theorie zu bestätigen, und dieser fühlte sich ermuntert, weiterzusprechen.
»Während dieser Geistliche also Hilfsprediger in Bishop's Lynn war«, fuhr er fort, »verliebte er sich in ein starrköpfiges junges Mädchen, Amelia Culpeper.« Er wandte sich an den Bäcker. »Ja, Meister Fourbour, Eure spätere Frau. Das Mädchen wurde schwanger, aber das Kind starb. Amelia Fourbour hat nie jemandem von ihrem Liebhaber erzählt. Warum sollte sie auch? Vielleicht wußte sie von Anfang an, daß die Sache keine Zukunft haben konnte? Wie hätte ein Priester sein Gelübde brechen und sie heiraten sollen? Sie konnte ihn außerdem nicht anklagen, ohne selbst in einem schlechten Licht zu erscheinen. Wer weiß, vielleicht liebte sie den Mann auch so sehr, daß sie den Gedanken nicht ertragen konnte, ihm zu schaden.« Er blickte Father Augustine durchdringend an, und dieses Mal schaute der andere weg.
»Hugh«, unterbrach ihn Gurney. »Seid Ihr Euch sicher? Könnt Ihr Eure Geschichte beweisen?«
»Ich habe einen Beweis«, mischte sich Selditch ein. Sein rundes, normalerweise fröhliches Gesicht war jetzt ernst. »Eine Art von Beweis jedenfalls. Als Father Augustine hierherkam, hörte er von meiner Liebe zur Historie. Er befragte mich eingehend über die Geschichte von Hunstanton und Mortlake Manor. Ich dachte, daß er ähnliche Vorlieben hätte wie ich, aber als ich ihm alles erzählt hatte, verlor er plötzlich jedes Interesse.«
»Ich habe noch einen besseren Beweis als das«, sagte Corbett. »Amelia war eine verschwiegene und verschlagene Frau. Nur einmal machte sie einen Fehler. Sie schnitt ein Pergament herzförmig, eines der Andenken, die bei Liebenden beliebt sind.

Ihr wißt, was ich meine, eines von denen, die mit den Initialen der Liebenden versehen sind. Um ihr Geheimnis zu wahren, brachte Amelia die Initialen in einem Rätsel unter, ihre eigenen, A.C. für Amelia Culpeper, in den Worten »Amor Currit«, die ihres Geliebten, A.H., in dem Satz »Amor Haesitat«. Diese Initialen stehen für Augustine Holcombe. Obwohl Euer richtiger Name Augustine Norringham ist, Pater, bildet Ihr Euch mehr auf die Holcombes unter Euren Vorfahren ein. Die Holcombes haben die interessantere Familiengeschichte, vielleicht auch die großartigere. Ihr habt zweifellos Amelia alles darüber erzählt.« Er sah den Geistlichen erneut an. »Möglicherweise fand sie auch, daß »Amor Haesitat« Euer Verhalten ihr gegenüber zutreffend beschreibt.«

Father Augustine schlug die Augen nieder.

»Die Zeit verging«, fuhr Corbett fort. »Ihr wurdet Gemeindepfarrer in Swaffham, das nahe genug bei Hunstanton und Mortlake lag, um etwas wegen der Träume und Geschichten zu unternehmen, mit denen Ihr aufgewachsen seid. Ihr besuchtet den Holy Cross Convent und versaht dort während der Sommermonate den Dienst eines Kaplans. Die Schwestern freuten sich, und der alte Father Ethelred war mehr als froh, daß ihm jemand aushalf. Ihr habt den Abendmahlskelch der Schwestern gesehen und benutzt und Euch an alle Geschichten erinnert, die Ihr gehört hattet. Ihr wart Euch im klaren darüber, daß der Kelch sehr alt und sehr wertvoll ist.«

Da hob der Geistliche den Kopf. Seine Augen funkelten bösartig. »Ihr seid wirklich sehr schlau, Sir Hugh«, murmelte er. »Aber Ihr erzählt eine vollkommen absurde Geschichte. Wollt Ihr etwa behaupten, ich hätte Amelia Fourbour umgebracht? Habt Ihr etwa vergessen, daß beim Galgen keine Spuren gefunden wurden?«

»Das habe ich nicht vergessen«, entgegnete Corbett. »Aber laßt mich weitererzählen. Ihr wart damals Geistlicher in Swaffham, einer Residenzstadt mit vielen Einwohnern, in der Eure Pfründe groß war. Warum seid Ihr dann nach Hunstanton gekommen, in ein armes Fischerdorf? Hattet Ihr Euch eines Vergehens schuldig gemacht? Ich bezweifle das. Ich vermute, daß Ihr den Bischof von Norwich um die Pfarrei Hunstanton gebeten habt und dieser nur zu gern bereit war, jemandem eine einsame und schlechtbezahlte Stelle zu geben, der noch dazu begierig darauf war. So kamt Ihr nach Hunstanton. Ihr befragt Selditch, freundet Euch mit Lady Cecily an und horcht sie aus. Ihr studiert die Urkunden in der Kirche und sucht nach Aufschlüssen über Holcombe und seinen Komplizen Alan of the Marsh. Außerdem wußtet Ihr bereits einiges von Eurer Mutter. Ihr legtet Blumen am Galgen nieder, an dem Euer Großvater gehenkt worden war. Eine Geste der Hochachtung einem Mann gegenüber, der Euch einmal sehr reich machen sollte.«

»Ich habe diese Blumen gelegentlich gesehen«, unterbrach ihn Catchpole. »Sträuße von Wiesenblumen, die am Fuß des Galgens lagen und ersetzt wurden, wenn sie welk waren.« Er deutete auf den Geistlichen. »Ja, Sir Hugh hat recht. Das hat angefangen, als Ihr ins Dorf gezogen seid, und hat mit dem Kommen von Monck aufgehört.«

»Ihr wußtet also, daß Euer Großvater gehenkt worden war«, fuhr Corbett fort. »Aber wo war er begraben? Was war mit ihm geschehen? Und mit seinem Komplizen, Alan of the Marsh? Und vor allem, wo konnte der Schatz liegen? Ihr habt angefangen, Euren Kirchhof zu untersuchen, Ihr habt alte Gräber geschändet. Ihr dachtet vielleicht, der Schatz läge in einem Sarg oder daß Ihr in einem der alten Gräber einen Hinweis finden würdet. Ihr konntet das tun, ohne daß Euch jemand daran hinderte oder tadelte. Wer würde nur im Traum daran denken, daß der Gemeindepfarrer selbst die Gräber plündert? Und an allen seltsamen Vorfällen konnte man immer den Pastoureaux die Schuld geben.«

»Natürlich!« rief Selditch. Er starrte den Geistlichen entsetzt an. »Ihr wart es, der Sir Simon den Rat gab, den Pastoureaux die Eremitage zu überlassen. Ihr habt auch Eurer Gemeinde anempfohlen, sie gut zu behandeln.«

»Natürlich hat er das!«

Corbett beobachtete Father Augustine genau. Der Geistliche hatte seine Hände unter die Tischplatte sinken lassen. Außerdem hatte er seinen Stuhl etwas zurückgeschoben. Jetzt starrte er in eine dunkle Ecke, als würde er Corbetts Worte nur ganz am Rande wahrnehmen.

»Pater!«

Father Augustines Augen funkelten.

»Ihr wart wirklich sehr geduldig«, fuhr Corbett fort. »Ihr habt gewußt, daß es Jahre dauern könnte, aber dann konnte Euch auch nichts von Eurem Ziel abbringen – bis Amelia Culpeper ins Dorf kam.« Corbett sah die Tafel entlang auf Fourbour, den Bäcker, der wie die anderen mit aufgerissenen Augen dasaß und seiner Geschichte lauschte.

»Gott ist mein Zeuge, Meister Fourbour! Ich will Euch damit nicht zu nahe treten«, erklärte Corbett, »der Himmel weiß, warum Amelia Culpeper Euch heiratete. Sie fühlte sich vielleicht von Euch angezogen. Sie wollte möglicherweise auch dem bösartigen Klatsch ihrer Nachbarn in Bishop's Lynn entgehen oder wußte, daß Father Augustine in Hunstanton war. Was auch immer ihre Gründe waren, sie kam hierher.«

»Aber sie konnte ihn doch nicht leiden!« rief der Bäcker. »Sie sagte, daß es sie Überwindung koste, in die Kirche zu gehen!«

»Amelia Culpeter muß eine bemerkenswerte Frau gewesen sein«, sagte Corbett. »Was sie von Father Augustine hielt, war nur gespielt. Erinnert Ihr Euch nicht, daß Ihr mir erzählt habt, daß sie gern ausritt und Spaziergänge machte? Ich bin mir sicher, daß sie dann ihren lange verlorenen Liebhaber traf, Father Augustine eben.«

»Das kann ich nicht glauben!« flüsterte Fourbour.
»Das ist die Wahrheit«, sagte Corbett. »Die Liebenden müssen sich mehrere Male getroffen haben. Die Anwesenheit Amelias stellte jedoch eine Bedrohung für alles dar, wofür Father Augustine gearbeitet hatte. Am Abend ihres Todes nahm Amelia das Pferd und ritt aufs Moor, um ihn zu treffen. Father Augustine hatte sie dazu aufgefordert und gewisse Vorbereitungen getroffen. Wie Ihr Euch erinnert, war die Nacht dunkel und stürmisch. Er hatte den Mord genau geplant und das Seil und die Schlinge am Galgen mit Pech geschwärzt, so daß sie nicht zu sehen waren. Sagt mir, Pater, was benutzt Ihr für die Holzkreuze auf dem Friedhof?«
Der Geistliche lächelte wie ein Fuchs, als würde er sich an einem Geheimnis erfreuen.
»Das gleiche Pech«, beantwortete Corbett selbst seine Frage, »das Ihr auch für den Galgenstrick verwendet habt.« Er hielt inne und schaute sich um. Father Augustine sah gelassen aus. Seine Art war beherrscht und ruhig, und genau das beunruhigte Corbett. Die anderen, einschließlich Ranulf und Maltote, saßen da wie Kinder, die darauf warten, daß der Märchenonkel mit seiner Geschichte zum Ende kommt.
»Wir warten«, sagte Father Augustine sanft.
»Ja, so wie Amelia gewartet haben muß«, fuhr Corbett fort. »Ich vermute, daß Ihr an diesem Abend ganz zärtlich ihr gegenüber wart. Alles war bereit. Die Schlinge hattet Ihr bereits früher am selben Tag mit Pech beschmiert. Ihr hattet vermutlich mit ein paar Zweigen jede Spur Eurer Anwesenheit beseitigt. Dann machtet Ihr Euch auf den Weg, Amelia zu treffen.« Corbett beobachtete den Geistlichen genau. »Ihr gingt zu Fuß. Ihr würdet ebenfalls auf ihrem Pferd reiten – Amelia würde das gefallen, vor Euch auf dem Sattel zu sitzen. Zwei Liebende, die in die Nacht reiten. Ihr würdet sie zu dem Ort bringen, an dem Euer Großvater den Tod gefunden

hatte. Amelia kannte alle Geschichten.« Corbett warf einen Blick auf Fourbour. »Daher auch ihre etwas rätselhaften Bemerkungen darüber, daß Hunstanton reicher sei, als das Dorf selbst wisse.«
Der Bäcker bedeckte sein Gesicht mit den Händen, und Corbett erzählte weiter.
»Gott allein weiß, was dann passiert ist. Vielleicht seid Ihr noch einen Augenblick stehengeblieben und habt Liebesworte in Amelias Ohr geflüstert? Sie war abgelenkt, freute sich über Eure Worte. Ihr streckt die Hand aus. Faßt nach der Schlinge, legt sie ihr um den Hals und gebt dem Pferd die Sporen. Es war vermutlich alles ganz einfach.«
Er wandte sich an Selditch. »Ich vermute, daß Amelias Genick gebrochen war?«
»Das stimmt«, entgegnete Selditch. »Der Kopf baumelte. Die Wirbelsäule muß wie ein dünner Faden gerissen sein.«
»Vielleicht wehrte sie sich«, erzählte Corbett weiter und versuchte, sich nicht von Fourbour ablenken zu lassen, der von Schluchzen geschüttelt wurde. »Vielleicht kämpfte sie gegen die Schlinge an, aber es war sicher in wenigen Sekunden vorbei. Sie hat eine Schlinge um den Hals, das Pferd, auf dem sie sitzt, läuft davon, sie fällt …« Corbett holte tief Atem. »Ihr durchsucht ihre Brieftasche. Es ist jedoch nichts darin außer einigen parfümierten Beuteln. Diese nehmt ihr an Euch. Ihr reitet bis zum Rand des Dorfes, kommt an ein paar Bauern vorbei. Sie sehen das Pferd des Bäckers und eine Gestalt, die im Damensattel reitet, und denken, es ist Amelia Fourbour. Die Kirche ist übrigens am Rand des Dorfes …« Corbett hielt inne und suchte den Blick Ranulfs aufzufangen, während er gleichzeitig im stillen seine Ungeschicktheit verfluchte. Father Augustine war nicht länger der bescheidene Dorfpfarrer, sondern wirkte jetzt außerordentlich bedrohlich. Ob er wohl ein Messer hat? überlegte sich Corbett und erinnerte sich an de Luce, den Stiftsherrn von St.

Paul's, der ihm eine Wunde mit dem Messer beigebracht hatte, deren Narbe immer noch deutlich zu sehen war.
»Am Rande des Dorfes«, fuhr Corbett fort und erhob sich, »stiegt Ihr vom Pferd und verschwandet in Eurer Kirche.« Er ging auf den Geistlichen zu, aber es war bereits zu spät.
Father Augustine sprang auf und stand schon neben Alice, ehe Corbett noch eine Warnung rufen konnte.
»Setzt Euch, Pater!« befahl Corbett.
»Setzt Euch! Setzt Euch!« äffte Father Augustine ihn nach.
Er hielt den Kopf gesenkt und preßte das Kinn auf die Brust. Catchpole hatte sich von seinem Schreck erholt und wollte sich gerade erheben, aber der Geistliche zog eine Hand unter seinem Umhang hervor und preßte die Spitze seines Dolches an Lady Alices weißen Hals.
»Bewegt Euch nicht, edle Dame!« murmelte Father Augustine.
»Seid nicht dumm!« rief Corbett.
»Seid nicht dumm!« wiederholte Father Augustine mit spöttischer Stimme. »Du dummer, schweinsgesichtiger Tintenpisser! Du kannst diesem Idioten da drüben«, er nickte zu Ranulf hinüber, »sagen, er soll seine Hände auf den Tisch legen. Komm schon!«
Dann preßte er die Dolchspitze Alice von hinten an den Hals. Ein kleiner Blutstropfen wurde sichtbar. Alice stöhnte auf. Sie versuchte ihren Hals aus seinem Griff zu winden, aber der Geistliche hielt sie fest.
»Vorsicht, Ranulf!« rief Corbett. »Er würde sie umbringen!«
»Ja, ich würde sie umbringen!« sagte der Priester und schaute sich suchend um wie ein Tier in der Falle. »Ihr versteht das nicht. Keiner von euch. Der Schatz gehört mir. Er gehört mir seit dem Tag, an dem ich zum ersten Mal von ihm gehört habe. Ich war von ihm besessen. Ich dachte immer, ich könnte ihn vergessen. Deswegen wurde ich auch Priester.« Father Augustine klopfte sich an den Schädel. »Aber die Stimmen wollten nicht verstum-

men. Die Geister meiner Vorväter, sie redeten und redeten wie eine Melodie, die man nie vergißt. Und ich versuchte doch, sie zu verdrängen.«

Ranulf bewegte sich, aber sofort preßte der Geistliche Alice den Dolch noch fester an die Kehle.

»Um Himmels willen!« zischte Gurney und schaute Ranulf finster an.

Corbett schaute Alice verzweifelt an. Sie war vor Angst grau im Gesicht und nahe daran, in Ohnmacht zu fallen. Eine dünne rote Linie und Blutstropfen, wo die Haut eingeritzt war, wurden sichtbar. Father Augustine sprach jetzt, als würde er mit sich selbst reden.

»Ich habe es versucht«, murmelte er, »ich habe wirklich versucht, die Stimmen zum Verstummen zu bringen. Ich dachte, die Liebe einer Frau würde mir dabei helfen, aber sie verriet mich, sie wurde schwanger.« Er hob den Kopf und verzog verächtlich die Lippen. »Die dumme Schlampe wollte, daß ich mein Priesteramt aufgebe.« Er sah den unglücklichen Bäcker an. »Ich habe Euch die dumme Kuh gern überlassen!«

»Ich habe sie geliebt!« flüsterte Fourbour. »Ihr seid ein verderbter, böser Mann! Ich habe sie wirklich geliebt!«

Corbett zog Fourbour auf den Stuhl zurück und schüttelte den Kopf unauffällig in Richtung von Ranulf und Catchpole, beide warteten nur auf sein Zeichen, einzugreifen. Der Geistliche schaute Selditch an, aber das bebende, schweißüberströmte Gesicht des Arztes deutete darauf hin, daß dieser keine Kämpfernatur war.

»Laßt die Frau los!« bat Corbett.

»Oh, das werde ich!« Der Priester lächelte. »Wir werden diesen Raum zusammen verlassen, Corbett. Vielleicht hättet Ihr doch einen Teil des Schatzes verdient gehabt. Vielleicht habt Ihr ja auch sein Versteck gefunden? Aber ich war zuerst dort.« Seine Stimme klang wie die eines verzogenen Kindes. »Ja, ich habe ihn zuerst gefunden. Diese idiotischen, fetten Nonnen! Eines Tages bei der Messe traute ich meinen Augen kaum. Ich stand am Altar und hielt einen Abendmahlskelch aus dem Schatz König Johns in den Händen!« Er sah Corbett mit großen Augen an, als erwarte er dessen Zustimmung. »Da wußte ich, daß die Stimmen recht gehabt hatten. Gott zeigte mir auf seine wunderbare Weise, daß der Schatz wirklich mir gehört. Es juckte mir in den Fingern, den Kelch zu entwenden, und ich fing an, systematisch zu suchen. In den Gräbern und in der Eremitage. Und dann kam dieser Schweinehund Monck! Er dachte, er wäre schlau. Ich hatte jedoch mehr Angst vor seinem Diener. Dieser Mann besuchte die Messe im Kloster und sah den Kelch.«

Alice, die mittlerweile einen glasigen Blick hatte und deren Gesicht schmerzverzerrt war, blieb vollkommen reglos vor Schrecken.

»Bitte laßt die Frau los!« bat Corbett eindringlich.

»Ich bin gleich fertig, und dann verschwinde ich«, entgegnete Father Augustine. »Versteht Ihr, Cerdic sah den Kelch und schwätzte davon wie ein Kind. Er wollte seinem Herrn eine Freude machen, also sprach er mit mir darüber, wollte mehr über diesen Kelch wissen. Die Stimmen befahlen mir, es zu tun. Ich schnitt ihm die Kehle durch. Einfach so, ratsch!« Der Priester fuhr sich mit einem Finger über die Kehle. »Und was habe ich dann wohl getan, Bevollmächtigter?«

»Ich vermute, Ihr habt die Leiche auf einem Pferd festgebunden und zu der Bucht gebracht, in der Ihr ein kleines Boot liegen habt. Dann seid Ihr zum Strand unterhalb von Hunstanton gerudert, habt den Kopf ganz abgetrennt, auf einen Pfosten gespießt und die Leiche auf den Strand geworfen, gerade oberhalb der Wasserlinie. Die Flut hat später Eure Fußspuren fortgespült und sämtliche Anzeichen darauf, daß dort ein Boot angelegt hatte.«

Father Augustine nickte. »Scharfsinnig«, murmelte er. »Ich

spießte den Kopf auf einen Pfosten, damit man den Pastoureaux die Schuld geben würde. Dann kletterte ich wieder ins Boot, ruderte ein Stück hinaus und sah zu, wie die Flut die Kiesel glättete und sämtliche Spuren beseitigte, die ich dort hinterlassen hatte. Und dabei wurde Cerdics Leiche nicht einmal richtig naß!« Er deutete mit seiner freien Hand auf Corbett. »Ihr hättet ebenfalls dort sterben sollen. Ich habe Euch beobachtet, wie Ihr in die Eremitage geritten seid. Ich habe gehört, wie dieser Schurke, Master Joseph, Euch verhöhnt hat. Ich nahm Amelias Parfüm an mich.« Father Augustine blinzelte. »Aber wir vergeuden unsere Zeit. Kommt her, Sir Hugh, schnell! Ich werde diese Schlampe gleich loslassen!«
Corbett kam um die Tafel herum und faßte Ranulf im Vorbeigehen an die Schulter als Zeichen, weiter stillzuhalten. Der Geistliche bemerkte das jedoch.
»Steh auf!« befahl er.
Ranulf erhob sich.
»Auch die Armbrust!«
Ranulf sah zu Corbett hinüber. Dieser nickte.
»Ganz bedächtig«, zischte der Priester. »Leg sie auf den Tisch!«
Ranulf gehorchte.
»Ganz schön schlau, mein Junge! Jetzt noch die Bolzen!«
Ranulf nahm sie vom Tisch auf.
»Wirf sie ins andere Ende der Halle.«
Ranulf tat, wie ihm befohlen.
Alice wimmerte und sank dann halb bewußtlos zusammen. Der Priester nahm sie beim Arm und befahl Corbett, näherzutreten.
»Nehmt ihren anderen Arm!« kommandierte er.
Corbett gehorchte. Er und der Geistliche, der immer noch seinen Dolch an Alices Kehle hielt, zerrten die Frau rückwärts die Halle entlang, wobei der Priester immer wieder fluchte und die anderen ermahnte, sitzen zu bleiben. Corbett unterdrückte seinen Schreck und wehrte sich gegen das Verlangen, etwas

Übereiltes zu tun, das Risiko war zu groß. Das Messer des Geistlichen drückte sich nämlich immer fester an Alices Kehle. Corbett wußte, daß der andere sowohl verrückt als auch gewissenlos genug war, sie ohne zu zögern zu töten.

Als sie zur Tür kamen, sprangen die Diener auf, die im Gang vor der Halle gedöst hatten. Sie starrten entsetzt auf die gespenstische Prozession. Father Augustine befahl ihnen, in die Halle zu gehen, und sie kamen diesem Befehl wie verschreckte Kaninchen nach.

»Verschließt die Tür!« schrie er Corbett an.

Corbett schloß die beiden riesigen Türflügel und legte den hölzernen Querbalken vor. Dann drehte er sich um. Der Priester ging rückwärts den Gang entlang.

»Um Himmels willen!« zischte Corbett. »Was meint Ihr, was passieren wird? Gurney wird Euch zur Strecke bringen, und wenn ihm das nicht gelingt, dann mir!«

Father Augustine beachtete ihn nicht weiter.

»Mein Ahnherr überlebte ein ganzes Jahr!« gab er unwirsch zurück. »Alan of the Marsh wurde nie gefaßt.«

»Wie habt Ihr Monck umgebracht?« fragte Corbett.

»Oh, das war einfach. Er sagte, er hätte Cerdics Kleider untersucht.« Der Geistliche grinste. »Genau wie Ihr. Was habt Ihr dabei festgestellt, Sir Hugh?«

»Kerzenwachs.«

»Monck fand das eben auch. Er sagte, das Wachs stamme von einer Kirchenkerze. Es war Bienenwachs. Ich habe natürlich alles abgestritten. Ich beschuldigte diese Schlampen im Kloster. Er brach eilig auf und glaubte, sie seien die Schuldigen. Ich sagte ihm, daß sowohl Cerdic als auch ich einen Verdacht gehabt hätten, was ihre Schmuggelaktivitäten und den Abendmahlskelch anginge. Als er aus dem Kloster kam, lauerte ich ihm auf. Ganz einfach. Ein Armbrustbolzen in die Brust. Ich setzte ihn wieder aufs Pferd, steckte seine Stiefel in die Steigbügel und befestigte ihn mit seinem eigenen Gürtel so am Sattelknauf, daß er aufrecht saß. Ich pikste das Tier mit meinem Dolch, und es galoppierte wie direkt aus der Hölle durchs Dorf aufs Moor hinaus. Schließlich löste sich wohl die Verknüpfung, und Monck fiel zu Boden. Niemand ist auf den Gedanken gekommen, daß er bereits tot war, als er durchs Dorf preschte. Außer Euch natürlich.«

Corbett sah, daß sich hinter dem Geistlichen etwas bewegte.

»Ja«, sagte er. »Ich bemerkte das Kerzenwachs ebenfalls und die Verfärbung auf Moncks Bauch, dort wo sich der Sattelknauf ins Fleisch gebohrt hatte. Ich sah auch, daß der Gürtel verdreht und knittrig war.

»Ich hätte Euch besser umbringen sollen!« zischte der Priester und zerrte die inzwischen ohnmächtige Alice weiter den Gang entlang.

»Ihr wart wirklich sehr schlau«, schmeichelte Corbett ihm und hoffte, ihn dadurch abzulenken. »Ich vermute, Ihr habt Monck gesagt, er solle zum Kloster reiten, aber Lady Cecily nichts von seinem Verdacht erzählen.«

»O ja.« Father Augustine lächelte höhnisch. »Nach einem Besuch bei dieser fetten Schlampe wußte Monck natürlich, das Cerdic mich ebenfalls aufgesucht hatte.« Der Geistliche zog Alice enger an sich. »Ihr wart da natürlich anders. Ihr wart außerdem zu dritt. Ich habe sofort gemerkt, was Ihr für einer seid, Corbett, nämlich der Bluthund des Königs.« Der Geistliche lächelte immer noch höhnisch. »Ich hörte von Eurem Plan, nach Bishop's Lynn zu reiten, und drehte den Wegweiser um. Ihr wärt nicht der erste Reisende gewesen, der in einem gottverlassenen Norfolker Moor umgekommen ist.«

»An diesem Punkt begann ich mich zu fragen, wie wohl Monck umgebracht worden ist«, sagte Corbett. »Maltote befreite mich aus dem Moor. Er warf mir einen Strick zu, den ich dem Pferd um den Hals band, und damit gelang es ihm, mich aus dem

Morast zu ziehen. Ich erweiterte die Schlinge, so daß sie auch noch um meinen Sattelknauf lief.« Corbett ging langsam weiter und beobachtete gleichzeitig den Schatten hinten im Korridor – hinter dem Geistlichen. »Ich muß Euch wirklich für vieles dankbar sein, Father Augustine. Schließlich sah ich den Totenschädel, der ins Kliff gehauen war, erst, als ich am Strand um mein Leben lief.«

»Ihr wißt also auch das?« Father Augustine sah ihn überrascht an.

»Ja, und wie habt Ihr davon erfahren?«

»Das bleibt mein Geheimnis«, zischte Father Augustine. Er hob die Hand und tippte sich an die Stirn. »Es ist alles hier drin. Ich habe mir alles gemerkt und dann sämtliche Dokumente zerstört.«

Er zerrte Alice weiter hinter sich her, die keinerlei Widerstand leistete.

»Wohin wollt Ihr sie eigentlich bringen?« fragte Corbett.

»Oh, ich bringe sie nirgendwohin. Ich möchte Euch nur noch eine Frage stellen. Danach werde ich erst sie umbringen und dann Euch. Der Schatz? Der Totenschädel und das Dreieck? Wollen doch einmal sehen, ob wir derselben Meinung sind!«

»Dreht Euch erst einmal um!«

Der Priester grinste ihn an. »Seid nicht einfältig!«

»Nun gut«, stieß Corbett hervor. »Töte ihn!«

Das Grinsen verschwand. Father Augustine drehte sich halb um. In diesem Augenblick feuerte Ranulf seine Armbrust ab. Der Bolzen schlug einen Daumenbreit über dem rechten Ohr in Father Augustines Schädel. Der schwankte, dann fiel ihm das Messer aus der Hand. Corbett sprang vor, stieß ihn zur Seite und riß Alice aus seinem kraftlosen Arm. Der Geistliche stand noch einen Augenblick mit einem verdutzten Gesichtsausdruck da, hustete, wobei ein Blutgerinsel aus seinem Mundwinkel kam, und sackte seufzend zusammen. Corbett legte Alice vorsichtig auf eine Bank in einer Fensternische. Er tastete nach ihrer Hals- und Pulsschlagader. Hände und Gesicht waren eiskalt. Er schaute auf. Ranulf kam bleich vor Wut den Korridor entlanggelaufen, riß den Kopf des Geistlichen an den Haaren zurück, zückte ein Messer.

»Laß ihn!« fauchte Corbett ihn an. »Das Schwein ist tot! Mach die Tür auf und hole Sir Simon.«

Ranulf ließ den Kopf des Priesters fallen, steckte sein Messer wieder in die Scheide und tat, was ihm Corbett befohlen hatte.

In der nächsten Stunde herrschte ein großes Durcheinander. Alice wurde auf ihr Zimmer gebracht. Hier kümmerte sich Selditch um sie, der selbst seine Nerven mit einer größeren Menge Wein beruhigen mußte. Catchpole wurde ins Pfarrhaus geschickt, um es zu durchsuchen. Gurney gab den Dienern die Anweisung, die Leiche wegzuschaffen, und saß dann etwas verwirrt vor dem Kamin. Er schaute Corbett finster an.

»Ihr hättet ihn nicht hierherbringen sollen. Warum, verdammt noch mal, konntet Ihr ihn nicht einfach verhaften?«

Corbett schaute über die Schulter auf Ranulf, der den Dienern genauere Anweisungen gab.

»Was hätte ich tun sollen, Sir Simon? fragte er, während er sich setzte. »Ihn in seiner Kirche stellen? Der Himmel weiß, welche Waffen er dort hortet. Er hätte mich dort umbringen können, wie er Cerdic und Monck umgebracht hat.«

Corbett erzählte, wie Father Augustine Monck ermordet hatte. Gurney pfiff leise durch die Zähne.

»Und das alles für einen obskuren Schatz?«

»Warum sollen wir ihn verurteilen?« fragte Corbett. »Ihr habt diesen Schatz ebenfalls gesucht. Wie hättet Ihr wohl darüber gedacht, wenn Ihr das Gefühl gehabt hättet, daß der Schatz eigentlich Euch gehört, da er mit dem Blut eines Eurer Vorfahren bezahlt worden ist?«

»Aber er war doch Geistlicher!«

»Er war verrückt. Selbst am Schluß konnte er nur noch an den Schatz denken. Er konnte diesem Traum genausowenig entkommen wie ein Verurteilter auf dem Schafott dem Beil des Henkers.«

»Glaubt Ihr, daß er über die Pastoureaux Bescheid wußte?« fragte Gurney.

»Schon möglich. Er benutzte sie, um seine eigenen Aktivitäten zu tarnen. Deswegen hat er auch Cerdics Leiche verstümmelt.« Corbett hielt inne, da sich Selditch – leichenblaß – zu ihnen gesellte.

»Lady Alice ruht jetzt. Ich gab ihr einen Schlaftrunk.« Selditch schüttelte den Kopf. »Wenn Euer Diener Ranulf nicht gewesen wäre ...«

Corbett starrte in die Flammen und lauschte seinem Bediensteten, der mit Maltote über irgendeine Bagatelle stritt.

»Ranulf entkommt aus jedem Gefängnis«, sagte er.

»Er zwängte sich durch das Fenster wie eine Katze«, murmelte Gurney. »Den einen Augenblick saß er noch da, im nächsten hatte er schon seine Armbrust und die Bolzen aufgelesen.« Gurney seufzte. »Hugh, wißt Ihr wirklich, wo der Schatz ist?«

»O ja«, entgegnete Corbett. »Und morgen früh werde ich Euch das Versteck zeigen, sobald es hell wird.«

Fourbour, der Bäcker, trat heran. Es war mehr der Kummer, der ihm zusetzte, als das, was er über Father Augustine erfahren hatte. Er ergriff Corbetts Hand.

»Ich danke Euch«, murmelte er. In seinen Augen standen Tränen. »Ihr seid Euch sicher, daß sie nicht lange gelitten hat?«

Corbett vermochte ihm nicht in die Augen zu sehen. »Ich denke nicht.«

»Wenn sie mir nur etwas davon gesagt hätte!«

Corbett schaute weg. Der Bäcker murmelte immer noch sein hilfloses Bedauern, als er die Halle verließ.

»Ist es nicht seltsam?« flüsterte Corbett. »Amelia liebte, aber erkannte nicht, wen sie eigentlich liebte?«
»Welche Rolle spielten die Schwestern vom Heiligen Kreuz bei alldem?« fragte Gurney mürrisch.
»Sir Simon, das geht nur Euch und die Priorin etwas an.«
»Und der Schatz?« bohrte Gurney. »Ihr sagt, er liegt ganz hier in der Nähe?«
»Davon gehe ich aus«, entgegnete Corbett. »Und ich habe den Verdacht, daß Father Augustine wußte, wo er sich befindet. Wir müssen bis morgen warten, bis zur Ebbe. Mir ist immer noch nicht klar, wie Alan of the Marsh ihn ganz alleine verstecken konnte.« Corbett stützte sein Kinn auf und starrte in die Flammen. »Das ist immer noch ein Rätsel. Das andere Rätsel ist, woher Father Augustine seine Informationen hatte. Monck hatte sie aus dem Archiv des Königs, ich habe sie aus den Bekenntnissen Eures Großvaters. Aber woher konnte Father Augustine das alles wissen?«
Corbett lehnte sich im Stuhl zurück. Er hörte geistesabwesend, wie Ranulf und Maltote sagten, sie würden auf ihr Zimmer gehen.
»Sir Simon«, fragte Corbett, »wie lange gibt es das Dorf Hunstanton schon?«
»Seit Menschengedenken.«
»Und seit Menschengedenken gibt es Mord«, sagte Corbett. »Und ich habe fast den Verdacht, daß wir noch einen weiteren Mord aufzuklären haben!«

Kapitel 14

Kurz nach Tagesanbruch versammelten sie sich müde und übernächtigt in der kalten Halle. Gurney vermutete, daß Alice immer noch schlief. Sie frühstückten und lauschten dem Bericht Catchpoles von seinem Besuch im Haus des Geistlichen.

»Sonderlich viel gab es da ja nicht«, sagte er. »Kleider, ein paar Habseligkeiten, nichts Besonderes.« Er öffnete einen Sack, zog ein Pergament daraus hervor und sah Corbett etwas verzagt an. »Ich kann ein wenig lesen. Die meisten Sachen waren Kirchenberichte, aber da war auch noch das hier.«

Corbett nahm das Pergament und glättete es. Es glich denen, die er in Moncks Besitz gesehen hatte: Kartenskizzen der Gegend, einige überaus genau, andere weniger detailliert. Dann eine Chiffre, abgekürzte Worte mit Fragezeichen daneben. Auffällig der Name Jacobus, einmal sogar Pater Jacobus.

»Ah«, murmelte Corbett, »Pater James.« Er sah Ranulf an. »Wir haben von ihm im Kloster gehört.«

»Ich denke …«, rief Selditch.

»Was?« unterbrach Corbett leise.

»Ich habe ebenfalls von ihm gehört!« gab Selditch zu und entfernte sich kopfschüttelnd.

Er kam mit einer Rolle feinsten Velinpapiers wieder zurück, die von einer verblichenen Seidenschleife zusammengehalten wurde. Er rollte sie auf und gab sie Corbett.

»Lest sie genau«, sagte er. »Es handelt sich um eine Liste der Briefe, die der Großvater Sir Simons im Januar 1218 geschrieben hat.«

Corbett studierte die verblichene Handschrift, eine Liste der Empfänger von Briefen, die die Gurneys im Januar 1218 geschrieben hatten, sowie einige Stichworte zu diesen. Ein ziemlich langer Eintrag bezog sich auf eine Beschwerde bei dem Bischof von Norwich, in der behauptet wurde, die Diözese der Gemeindekirche von Hunstanton habe, »seit dem Verschwinden von Father James«, keinen Priester mehr geschickt.
Corbett schaute auf. Was heißt hier: »Verschwinden?« Er rieb sich das Kinn. »Ich glaube, es handelt sich um unseren letzten Mordfall.« Er legte das Pergament auf den Tisch. »Versteht Ihr, falls Alan of the Marsh seinen Teil des Schatzes wirklich dort versteckt hat, wo ich ihn vermute, dann muß er einen Komplizen gehabt haben. Jemand, der ihm dabei half, die Sachen zu tragen und zu verstecken. Jemand, der nicht in Verdacht geraten würde.« Corbett lächelte Sir Simon schwach an. »Also wieder einmal der Gemeindepfarrer – Father James.« Corbett tippte auf das Dokument. »Das ist ein weiterer Grund, warum Father Augustine nach Hunstanton gekommen ist. Er hatte vermutlich von Father James gehört. Er sah den Abendmahlskelch im Kloster und fragte sich, ob wohl ähnliche Schätze in der Dorfkirche verborgen seien. Ich wette, er hat das Pfarrhaus vergeblich von oben bis unten durchsucht, ein weiterer Grund dafür, dann die Gräber zu öffnen. Er hat wohl nach einem Versteck oder Urkunden von der Hand Father James' gesucht.«
»Das ist schon ziemlich abgefeimt«, sagte Sir Simon. »Ein Friedhof ist ein gutes Versteck.«
»Ich stimme Euch da zu«, entgegnete Corbett. »Father Augustine muß jede Möglichkeit erwogen haben. Er stellte eigene Untersuchungen an und fand heraus, daß Father James etwa gleichzeitig mit Alans Untertauchen und Holcombes Hinrichtung verschwand. Hier konnte es sich nicht um einen bloßen Zufall gehandelt haben. Damals war der Teufel wieder einmal nach Hunstanton gekommen. Father Augustine hat vermutlich

gebetet, daß er in der kleinen Dorfkirche oder auf dem Friedhof den Schlüssel zu diesem großen Geheimnis findet.« Er sah seine Zuhörer an. »Stellt Euch seine Wut vor, als er den Schatz nicht fand! Diese Wut verwandelte sich in Besessenheit, als Amelia Fourbour, dann Monck und schließlich auch noch ich auf der Bildfläche erschienen. Die ganze Welt schien sich mit einem Mal gegen ihn verschworen zu haben. Was soll's, laßt uns die Geschichte zu einem Ende bringen.«

Sie holten ihre Mäntel und gingen auf den Hof hinaus. Dort warteten Maltote und die anderen schon mit den Pferden. Einige Minuten später verließen sie das Herrenhaus und schlugen den Weg zum Kloster ein. Der Morgen war kalt und windig, und Regenwolken trieben von der grauen See aufs Land zu. Auf dem Kliff saßen sie ab und ließen die Pferde bei den Dienern zurück. Sie schlitterten den Pfad zum Strand hinunter, Corbett schaute über die Kiesel und erschauderte.

Alles wirkte so friedlich, der Sandstreifen und die Kiesel, die noch von der letzten Flut naß waren. Möwen, deren Schreie vom Wind zerrissen wurden, kreisten über ihnen. Corbett fiel es schwer, sich vorzustellen, daß er erst vor wenigen Tagen an diesem Strand um sein Leben gerannt war.

»Es gibt keinen Grund zur Beunruhigung«, murmelte Sir Simon und zog sich die Kapuze über den Kopf, um sich gegen den schneidenden Wind zu schützen. »Father Augustine wußte, was er tat, als er Euch über den Kopf schlug und hier liegenließ. Unser Geistlicher kannte Hunstanton. Er wußte, daß starke Böen und eine schwere See zu einer Springflut führen würden.« Er lächelte schwach und kniff die Augen zusammen, da sie wegen der Gischt tränten. »Ebenso wie damals, als mein Großvater und König John versuchten, die Wash-Bucht zu überqueren.«

»Kommt schon!« drängte ihn Corbett. »Je eher, desto besser. Ich habe Euch hierhergeführt, um Euch eine Zeichnung zu zeigen.«

Sie gingen den Strand entlang. Corbett blickte zum Kliff hinüber. Er versuchte den Ort wiederzufinden, an dem er um sein Leben gelaufen war. Die anderen beobachteten ihn mißmutig, denn es war beißend kalt. Hände und Gesicht wurden zunehmend gefühllos. Corbett jedoch schritt weiterhin auf und ab und murmelte vor sich hin. Schließlich blieb er stehen.

»Da!« rief er. »Schaut mal alle! Hier, auf dem Kliff.«

Gurney schaute hinüber, zuckte aber nur mit den Achseln. Ranulf, der bessere Augen hatte, sah sich die weißen Felsen genauer an und rief überrascht: »Der Totenschädel! Der, den mein Herr in der Eremitage gesehen hat und ...« Er verstummte abrupt, als er sich daran erinnerte, was Corbett Lady Cecily versprochen hatte.

»Sir Simon!« rief Corbett. »Schaut. Das Kliff besteht doch aus Kreidefelsen. Blickt nicht nach rechts oder links, sondern schaut geradeaus auf den Felsen vor Euch. Die Felsformation erinnert doch an einen Totenschädel, nicht wahr?«

Gurney folgte seinem Blick.

»Ja, ja, jetzt sehe ich es auch«, sagte er. »Dort ist ein Felsvorsprung. Wenn man lange genug hinschaut, erinnert der obere Teil an die Stirn, der untere an den Kiefer eines Totenschädels.«

»Und die Büsche könnte man für die Augen halten!«

»Nein, das sind keine Büsche«, unterbrach ihn Ranulf. »Das sind kleine Höhlen. »Wenn man sich jetzt ein Dreieck denkt, eine Linie zwischen den Augen und zwei nach unten zieht, schaut, wo sie aufeinandertreffen.«

Gurney folgte Ranulfs Anweisungen und stieß einen überraschten Pfiff aus.

»Da ist ein kleines Gestrüpp, der Mund des Totenschädels! Hugh, wollt Ihr etwa sagen, daß der Schatz dort versteckt liegt? Diese Höhlen sind wirklich nur kleine Löcher.«

»Wir werden sehen«, entgegnete Corbett. »Wenn sich mein

Verdacht bestätigt, so liegt hinter dem Busch, der den Mund des Schädels bildet, eine größere Höhle.«

Er folgte dem Pfad, der aufs Kliff zu führte, und war froh, den trostlosen Strand und die donnernden Wellen hinter sich zu lassen.

»Maltote!« Corbett wandte sich an seinen jungen Kurier. »Du hast doch die Sachen mitgenommen, um die ich dich gestern abend gebeten habe?«

Maltote nickte und deutete auf einen großen Sack, der hinten auf seinem Pferd festgebunden war. Corbett ging bis zum Rand des Kliffs voraus. Er versuchte, nicht nach unten zu schauen: Der Abgrund konnte einen schwindeln machen, und das wurde durch den böigen Wind und die niedrig hängenden Wolken nicht besser. Ranulf hatte einen besseren Stand. Er ging leichtfüßig wie eine Katze bis zum Rand des Kliffs vor. Die schwindelerregende Tiefe schien ihm nichts auszumachen. Er gab den anderen ein Zeichen zurückzubleiben. Corbett hatte dagegen nichts einzuwenden. Er blieb mit Gurney, Selditch und Catchpole stehen. Maltote und einige Gefolgsleute Gurneys leerten den Sack.

»Seid vorsichtig!« rief Corbett.

Ranulf grinste und bedeutete ihnen, sich nicht zu bewegen. Er rief etwas, daß ein Kliff auch nicht schlimmer sei als die Dächer von Kaufmannshäusern. Plötzlich glitt er aus, da der nasse Boden unter ihm nachgab. Corbett stöhnte auf und schloß die Augen. Als er sie wieder öffnete, hatte Ranulf, vollkommen unbeeindruckt, sein Gleichgewicht wiedergewonnen und setzte die Suche fort. Dann blieb er auf einmal stehen, zog seinen Dolch hervor, rammte ihn in die Erde und ging zu den anderen zurück.

»Wir sind genau über den Büschen«, sagte er. »Ich kann jedoch keine Höhle sehen. Die Felswand neigt sich allerdings etwas nach innen. Vielleicht liegt die Nische weiter hinten.«

Corbett rief Maltote heran, und zusammen verankerten sie eine

Strickleiter im Boden, wie sie auf Schiffen oder für Burgmauern verwendet wird, und befestigten dann noch eine Führungsleine auf jeder Seite.
»Das ist sicherer so«, erklärte Ranulf. »Falls irgendwas mit der Leiter ist, kann man sich immer noch an diesen Seilen festhalten.« Er grinste Corbett an. »Ich gehe als erster. Ihr kommt doch auch?«
Corbett nickte.
»Dann kommt, aber ganz langsam, und schaut nicht nach unten!« Er nahm sein Schwert ab und legte es sich über die Schulter. »Maltote, du bleibst hier. Schau, daß die Pfosten sich nicht lockern!«
Ranulf ergriff die Strickleiter und ging rückwärts. Langsam überquerte er den Rand des Kliffs und verschwand aus der Sicht. Corbett betete. Er hörte Ranulf rufen. Dann ergriff er ebenfalls die Strickleiter und kletterte über den Rand nach unten. Er schloß die Augen, stieg Sprosse für Sprosse hinab und klammerte sich mit beiden Händen so fest er konnte. Ab und zu hielt er inne, wenn eine Windbö ihn erfaßte. Er dankte Gott, daß der Wind von Land kam und nicht von See. Trotzdem schwankte die Strickleiter gefährlich, während Corbett seinen Abstieg fortsetzte.
»Nicht mehr weit!« rief Ranulf.
Die Stimme schien neben Corbett aus der Felswand zu kommen.
»Hier, Herr!«
Corbett blickte zur Seite und sah Ranulfs ausgestreckte Hand. Er klammerte sich mit der Linken an das Führungsseil und griff mit der Rechten nach Ranulfs Hand.
»Laßt los!« befahl der Diener.
Corbett tat, wie ihm befohlen wurde, schrammte etwas an der Felswand entlang und fand sich unvermittelt in einer Höhle wieder. Hier war es dunkel und naß. Ranulf ging etwas tiefer in

die Dunkelheit hinein, zog zwei Kerzen aus seinem Wams, machte Feuer und entzündete beide. Dann drehte er sich zu Corbett um und gab ihm eine. Der Bevollmächtigte schaute sich erst einmal um und sah auf die Pfützen auf dem Boden.

»Sind wir hier sicher?« fragte er. »Oder kann die Flut bis hierherauf kommen?«

»Wir sind zu hoch«, versicherte ihm Ranulf. »Aber in der Höhle fangen sich die Gischt und der Regen, daher auch die Feuchtigkeit. Ihr wißt doch, wie das Kliff aussieht. Es besteht aus Kreide und saugt daher eine Menge Wasser auf.« Ranulf Stimme hallte in der Höhle wider.

»Verdammt noch mal!« flüsterte Corbett. »Ich bin sehr versucht, dem König zu sagen, er soll sich seinen Schatz selber suchen!«

Ranulf war jedoch begierig, weiterzumachen. »Kommt sonst niemand?« fragte er.

Corbett schüttelte den Kopf. »Ich finde, wir sollten das allein machen.«

Sie drangen weiter in die Höhle vor. Einmal blieb Corbett stehen, um einige seltsame Zeichnungen an der Höhlenwand zu betrachten. Männer mit Speeren jagten Tiere, die er noch nie gesehen hatte. Die Zeichnungen waren rot, schwarz und blau.

»Hat das irgendwas mit dem Schatz zu tun?« fragte Ranulf.

»Das bezweifle ich. Ich habe von solchen Höhlenbildern an der Südküste gehört. Sie stammen von Leuten, die schon sehr lange tot sind.«

Corbett folgte Ranulf, und seine Nervosität nahm zu, als der Gang enger wurde. Würden sie plötzlich vor einer Felswand stehen? Hatte er die Zeichnung von Alan of the Marsh mißverstanden? Sollte sie nur dazu dienen, das wahre Versteck zu verbergen? Die Wände rückten immer näher zusammen, und die Decke senkte sich zunehmend, als sie zu einem Abschnitt kamen, der nur noch einen knappen Fuß breit war. Ranulf zwängte sich hindurch, da hörte Corbett einen überraschten

Ausruf. Rasch zwängte er sich auch hindurch und fand sich in einer großen Kammer wieder.
»Das muß es sein«, murmelte Ranulf.
Sie gingen vorsichtig weiter, denn die Talgkerzen warfen nur einen schwachen Schein. Suchend leuchteten sie die riesige Felsenhöhle ab. Corbett wurde das Herz schwer. Würden sie wirklich etwas finden? Da beantwortete Ranulfs Ruf seine Frage.
»Herr, hier!«
Corbett ging zu seinem Diener hinüber. An der Wand lagen vier oder fünf große Säcke, deren Leinwand bereits brüchig wurde. Corbett konnte schwach die Preziosen schimmern sehen.
»Der Schatz des Königs!« rief Ranulf triumphierend und leuchtete die ganzen Fundsachen ab, als Corbett den ausgestreckten Arm eines Gerippes sah, dem sein Schädel wie trunken auf die Schulter gesunken war. »Und hier sein Hüter, Father James!«
Corbett untersuchte das Skelett sorgfältig. Das Fleisch war lange verwest, und die Knochen waren vergilbt und brüchig. Nur noch die Lederstiefel und der Ledergürtel befanden sich in einem besseren Zustand. Von den Kleidern waren nur noch Fetzen vorhanden. Er deutete auf den Hinterkopf: Der Schädel war zerschmettert.
»Ich vermute«, sagte er, »daß Alan of the Marsh und Holcombe sich den Schatz geteilt haben. Das hier ist Alans Hälfte. Als Schmuggler kannte er diese Höhle. Er brauchte jedoch einen Gehilfen, also wandte er sich an den Dorfpfarrer. Sie brachten den Schatz hierher und kamen auf demselben Weg wie wir in die Höhle. Anschließend brachte Alan den Geistlichen um. Er schlug ihm einen Stein auf den Hinterkopf.«
Ranulf lauschte ungeduldig. Er zog einen der verwitterten Säcke zu sich herüber. Der bereits altersschwache Stoff riß, und der Inhalt breitete sich klirrend auf dem Boden der Höhle aus, Silberteller, goldene Kannen, mit Edelsteinen besetzte Körbchen und diamantenverzierte Kelche.

»Verdammt!« Ranulf kniete sich hin, hob einen Silberteller hoch und sah seinen Herrn mit leuchtenden Augen an. »Müssen wir das wirklich alles abliefern?«
Corbett riß ihm aufgebracht den Teller aus der Hand und stellte ihn zu den anderen Sachen zurück.
»Was sollten wir sonst damit tun? Einen Teil stehlen? Ihn auf dem Markt in London verkaufen?«
Ranulf schaute ihn verdrossen an.
»Verstehst du nicht?« erklärte Corbett. »Wir würden in dieselbe Spirale von Verrat und Mord geraten wie die, die für diesen Schatz bereits ihr Leben lassen mußten. Nein, wir werden den ganzen Schatz nach oben bringen. Ranulf, ich lasse dich hier unten und werde dir neue Säcke bringen lassen. Lege aber auch wirklich alles hinein. Dann werde ich sie versiegeln und in einem Zimmer in Mortlake Manor deponieren, bis das Schatzamt seine Beamten nach Norden schickt.«
Mit Ranulfs Hilfe kletterte Corbett wieder auf das Kliff zurück. Hier verbrachte er auf die Säcke wartend einige Stunden frierend und fluchend im eisig schneidenden Wind. Später füllte er einen Sack nach dem anderen mit dem Schatz, die dann nach oben gehievt und auf einen bereitstehenden Karren gelegt wurden. Corbett band die Säcke zu und versiegelte sie. Ihm war unbehaglich zumute, als er den gierigen Blick einiger Umstehender bemerkte, denen es offensichtlich in den Fingern juckte, einen Teil des Schatzes für sich zu ergaunern. Wieder in Mortlake Manor, deponierten sie den Schatz in einem der oberen Zimmer. Corbett schloß es ab, nahm den Schlüssel an sich, und zwei von Gurneys Gefolgsleuten wurden als Wachen aufgestellt. Maltote bekam den Befehl, sich ein frisches Pferd zu nehmen und so schnell wie möglich mit der Neuigkeit nach Walsingham zu reiten.
»Je früher der König diese Sachen in die Hände bekommt«, murmelte Corbett, »desto besser!«

Am Nachmittag nahmen Corbett und Ranulf an der Beerdigung Moncks auf dem Dorffriedhof teil. Anschließend wurde Father Augustines in ein Tuch gehüllte Leiche in einen Sarg aus Ulmenholz gelegt und schnell verscharrt. Gurney versprach, daß für den Seelenfrieden beider Männer Messen gelesen würden, sobald wieder ein neuer Priester im Amt sei. Nach den Begräbnissen ging Corbett durch das leere Haus des Geistlichen. Nachdem sich erste Gerüchte über Father Augustine im Dorf verbreitet hatten, waren die Bauern, wie es Sitte war, ins Pfarrhaus gekommen und hatten alles von Wert, was ihnen ins Auge fiel, mitgenommen – Matratzen, Kissen und Kerzenhalter. Gurney, der Corbett gefolgt war, schaute sich grimmig um.
»Man sollte alle bösen Geister aus diesem Hause austreiben!« sagte er. »Gott sei Dank ist der Schatz jetzt gefunden, und das Chaos der letzten Monate hat damit ein Ende!«
Corbett verabschiedete sich, verließ den Kirchhof und ritt nach Mortlake Manor zurück, während sich Gurney noch mit dem Kirchendiener darüber beriet, wie man mit der verwaisten Pfarre verfahren sollte, bis ein Ersatzgeistlicher gefunden sein würde. Ranulf packte ihre Sachen, und Corbett stattete der bleichen und ziemlich nervösen Lady Alice noch einen Höflichkeitsbesuch in ihrem Zimmer ab. Gurney traf am Abend auf Mortlake Manor ein und bestand darauf, zu Corbetts und Ranulfs Ehren ein kleines, nicht weiter förmliches Bankett geben zu dürfen. Es wurde zu einer angespannten, etwas lustlosen Angelegenheit, da der eher schweigsame Gurney und seine Leute krampfhaft versuchten, ihre Erleichterung über Corbetts bevorstehende Abreise zu verbergen. Ranulf hatte dagegen keine Hemmungen, er trank viel und erklärte lautstark, daß er nicht die Absicht habe, so bald wieder nach Norfolk zurückzukehren – ohne damit jemandem zu nahe treten zu wollen.
»Die Beamten des Schatzamtes werden wohl in Kürze hier sein?« erkundigte sich Gurney zum wiederholten Male.

»Wie ich den König kenne«, entgegnete Corbett, »wird er wohl persönlich hier erscheinen. Sie werden den Schatz und Eure beiden Gefangenen aus dem Kerker, die Pastoureaux, mitnehmen. Beiden wird vermutlich in London der Prozeß gemacht. Ich zahle übrigens das Kreuz auf Moncks Grab«, fügte er noch hinzu.
Gurney wehrte ab. »Nein, nein.«
Corbett bestand jedoch darauf und nahm mehrere Münzen aus seinem Geldbeutel. »Einen Stein für Monck, ein Kreuz für den Geistlichen und Messen für ihre Seelen.«
Das Mahl war kurz darauf beendet. Zurück in ihrem Zimmer, erzählte Ranulf angeregt, was er tun würde, wenn er wieder in London war.
Corbett hörte nur mit halbem Ohr zu. Er legte sich aufs Bett und zog sich die Decken bis unters Kinn. Aus dem einen oder anderen Grund ging ihm Amelia Culpeper nicht aus dem Sinn. Er dachte an den einsamen Galgen auf dem Kliff und stellte sich die junge Frau vor, wie sie die Arme um ihren Liebhaber schlingt und nicht bemerkt, wie dieser ihr die Schlinge um den Hals legt. Oder hatte sie es in letzter Sekunde doch bemerkt, sich aber in ihr Schicksal ergeben?
Am nächsten Morgen kleidete Corbett sich eilig an. Er frühstückte und verabschiedete sich von Gurney und Lady Alice. Gefolgt von einem ziemlich schweigsamen Ranulf, dem die Exzesse des Vorabends noch in den Knochen steckten, ritt er das Kliff entlang. Der Morgen war ruhig, die Wolkendecke war aufgerissen, und die schwache Sonne glitzerte auf den Wogen. Am Galgen blieb Corbett stehen. Er schaute zu dem Querbalken mit seinem häßlichen rostigen Haken hoch.
»Was ist los, Herr?« fragte Ranulf mürrisch. »Und warum reiten wir nach Bishop's Lynn?«
»Denk doch mal, Ranulf, alle diese Morde, diese grausame Intrige. Weißt du, wer mir am meisten leid tut? Die Frau des

Bäckers, Amelia. Sie hatte mit alldem nichts zu tun, liebte nur diesen Schuft Augustine über alles.« Corbett drehte sich zu Ranulf um. »Er hatte einen Schatz, der wenigen von uns je zuteil wird, warf ihn aber für die Aussicht auf einige Truhen mit Silbergeschirr und einige Beutel Goldmünzen weg.«

Der Wind machte sein Pferd nervös. Corbett tätschelte ihm den Hals, ließ den Galgen jedoch nicht aus den Augen.

»Ich habe Sir Simon gebeten, den Galgen zu verbrennen«, sagte er leise. »Er hat eingewilligt. Er wird hier ein Kreuz aufstellen, das Reisende dazu auffordert, für den Seelenfrieden von Amelia Culpeper zu beten.«

»Ich wette, er ist eher traurig, daß er den Schatz verloren hat«, entgegnete Ranulf und ritt auf gleiche Höhe mit Corbett. »Der fette Arzt sah so aus, als hätte er eine Silbermünze verloren und nur einen Penny wiedergefunden!«

»Oh, sie werden schon die Belohnung bekommen, die ihnen zusteht«, sagte Corbett. »Sir Simon kennt das Gesetz. Der Schatz wurde auf seinem Besitz gefunden. Er hat außerdem versprochen, über den Abendmahlskelch im Kloster den Mund zu halten.«

»Das war es dann wohl«, sagte Ranulf.

»Wirklich?« fragte Corbett. »Denkst du das wirklich, Ranulf? Nein, nein, wir sind wie Richter, die sich nach dem Richterspruch erhoben haben. Lady Alice wird nie wieder die gleiche wie früher sein, und die Dorfbewohner werden die Angelegenheit auch nicht so leicht vergessen, besonders Father Augustine nicht. Fulke, der Gerber, wird seine Tochter Marina nie vergessen, der arme Fourbour nie seine Frau. Und Gilbert, die treue Seele, wird sich bis ans Ende seiner Tage fragen, warum die Leute, die seine Mutter ertränkt haben, ihm jetzt auf die Schulter klopfen und ihm das Ale in der Schenke bezahlen. Lady Cecily wird sich überlegen, was sie die ganze Sache gekostet hat, und das wird Sir Simon ebenfalls tun. Schließlich und

endlich sind alle mit dem Zauber des Goldes in Berührung gekommen.«
»Aber wir haben den Schatz doch gefunden«, unterbrach ihn Ranulf.
»Nein! Wir sind nur auf die Hälfte von Alan of the Marsh gestoßen. Wo hat Holcombe den Rest versteckt? Sag mir das!«
Corbett schaute übers Moor, über dem noch der graue Frühnebel hing. »Ein Teil des Schatzes ist immer noch hier. Solange sich die Leute an ihn erinnern, werden sie suchen.« Corbett schaute ein letztes Mal auf den Galgen und bekreuzigte sich. »Was soll's, laß uns nach Bishop's Lynn reiten!«
»Warum ausgerechnet dorthin?«
»Ich möchte mit dem Müller über seine Tochter sprechen. Ich möchte ihm sagen, daß auch er einen sehr wertvollen Schatz besaß.«
Corbett gab seinem Pferd die Sporen. Hinter ihnen knirschte der Galgen, als der Wind, den man den Dunklen Engel nannte, von See über das Land strich, um über dem trostlosen Moor sein ewiges Lied zu singen.

Nachbemerkung des Autors

In dieser Geschichte laufen mehrere Fäden zusammen, die alle einen Hintergrund in der Wirklichkeit haben. Die Pastoureaux, die sogenannte Hirtenbewegung in Frankreich und im übrigen Europa im 13. und 14. Jahrhundert, ist gut dokumentiert. Die Laienbewegung aus Visionären, die auf fürchterliche Abwege geriet, erwarb ziemlich bald den Ruf, eine Räuberbande zu sein. Für eine kurze Zeit genossen sie sogar die Protektion des Königs, allerdings nur solange ihre eigentlichen Ziele nicht publik wurden. Die Pastoureaux waren in Raubüberfälle verwickelt, in Vergewaltigungen, Plünderungen und Erpressungen. In England kam es zu gewaltsamen Auseinandersetzungen in Shoreham in Sussex. Schließlich wurden sie von Kirche und Staat öffentlich angeklagt und verfolgt. Ihre Anführer wurden gehenkt. Ihre Anhänger gingen auseinander, bis die nächsten Kulte entstanden, und das war im Mittelalter beunruhigend häufig der Fall.

Die Kirche hatte die Sklaverei immer verurteilt. Daß junge Männer und Frauen aus Westeuropa entführt wurden, um auf den Märkten der Mittelmeerhäfen und des Mittleren Ostens verkauft zu werden, war jedoch während des Mittelalters ein gemeinhin bekannter Skandal. Dieser Handel war weitaus fürchterlicher und verderbter als der Mädchenhandel des viktorianischen Imperialismus. Immer wieder wurde dieses Geschäft von den Päpsten schärfstens verurteilt und von Königen verboten, trotzdem war ihm kein Riegel vorzuschieben. Der empörendste Vorfall wird in dem Epos ›Der Kinderkreuzzug‹ erwähnt über eine schwärmerische Kreuzfahrerbewegung, die damit endete, daß Tausende der beteiligten Kinder mißbraucht wurden und den Tod fanden. Sie erreichten Palästina nie, sondern wurden Opfer käuflicher Kapitäne und geldgieriger Sklavenhändler.

König Johns Debakel in der Wash-Bucht im Herbst 1216 ist natürlich in zahlreichen Urkunden überliefert, obwohl Historiker immer noch hitzig darüber streiten, wo genau die Katastrophe stattfand und welche Ursachen sie hatte. Verrat und Treuebruch sind nie ausgeschlossen worden. Schließlich ging es um einen selbstherrlichen König, der es sich in den Kopf gesetzt hatte, mit seiner Armee und seinem Gefolge eines der heimtückischsten Gewässer Großbritanniens zu überqueren und das ohne Führer oder vorherige Rekognoszierung. Für diese Eile gab es keinen Grund. Niemand verfolgte König John, und er hätte den Marsch besser organisieren können. Der Verlust seines Vermögens in der Wash-Bucht führte vermutlich zu seinem Ableben nur wenige Wochen später.

Der verlorengegangene Schatz zog immer wieder Schatzsucher an. Die Reichsinsignien wurden nie gefunden. Während des 13. Jahrhunderts tauchen jedoch wieder einzelne der verschollenen Preziosen auf den Inventarlisten des Schatzamtes auf, und wir wissen, daß sowohl Henry III. als auch sein Sohn Edward I. regelmäßig Suchtrupps nach weiteren losschickten. Die Wash-Bucht, Hunstanton, die Moore und die Küste kann man immer noch aufsuchen, obwohl sich das Land seit dem 14. Jahrhundert grundlegend verändert hat. Trotzdem läßt sich einiges aus dem Roman wiedererkennen. Die Einsiedelei geht auf die Ruinen der St. Dunstan's Hostelry für Reisende, die die Wash-Bucht überqueren wollten, zurück. Die Kliffs liegen immer noch dort, ebenso das Dorf Hunstanton. Die hübsche, geschäftige Kleinstadt King's Lynn existiert ebenfalls noch. Falls jemand vorha-

ben sollte, mich auf diesen Fehler aufmerksam zu machen: King's Lynn hieß tatsächlich einmal Bishop's Lynn und wurde erst in der Regierungszeit von Henry VIII. umgetauft.
Und der Schatz? Die Überlieferung und die Legenden der Gegend besagen, daß das meiste von ihm immer noch versteckt ist. Das Museum von King's Lynn hat angeblich einen oder zwei Gegenstände, der Rest könnte aber in jenen einsamen Mooren liegen, über denen das Lied des Dunklen Engels noch heute erklingt!

Spione, Mörder, Hochverräter im mittelalterlichen London

Paul Harding

»Vom schlachtschlagenden Ritter über steifgefrorene, am Galgen baumelnde Piraten und von Ratten angenagte Skelette bis hin zu sinnierenden Meuchelmördern ist alles versammelt, was das mordliebende Herz begehrt. Das ist eben die schöne heile Welt des Mittelalters, in der ungeniert Urtriebe ausgelebt werden können. Macht auch beim Lesen viel Spaß.«
Buch Journal

Sir Hugh Corbett ist der Sekretär und Meisterspion im Dienste König Edwards I.:

Das Lied des dunklen Engels

Der Mörder von Greenwood

Der Zorn Gottes

Die Hitze der Hölle

Der Kapuzenmörder

Der Prinz der Finsternis

Teufelsjagd

Paul Harding

Tod auf der Themse

Roman

Ein kalter Londoner Winter des Jahres 1379: Mehrere englische Schiffe, die im Auftrag des Königs französische Küstenorte ausgeplündert haben, gehen in der Themse vor Anker.

Der Tod eines Kapitäns, zwei weitere Morde und drei spurlos verschwundene Seeleute ziehen Sir John Cranston und seinen Assistenten Bruder Athelstan in einen gefährlichen Strudel von Intrige, Skandal und Hochverrat.

Knaur

Paul Harding

Das Parlament der Toten

Ein neuer Fall für das berühmt-berüchtigte Detektivduo vom Meister des historischen Kriminalromans

London im Frühjahr 1380: Für seinen Feldzug gegen Frankreich benötigt der Regent John von Gaunt dringend Geld. Bei den Parlamentsmitgliedern stößt er mit seinen Forderungen jedoch auf wenig Begeisterung, zumal sich während der Sitzungsperiode mehrere mysteriöse Mordfälle ereignen.

Wieder einmal sind Coroner Sir John Cranston und sein tapferer Schreiber, der Benediktiner-Bruder Athelstan, gefragt.

Knaur

Paul Harding

Galerie der Nachtigallen

Roman

Man schreibt das Jahr 1337. Der alte König von England ist tot, der junge noch ein Kind. Ein Kampf um Macht und Einfluss ist entbrannt, von dem aber die meisten Einwohner Londons unberührt bleiben.

Sir John ist der sentimentale, lebensfrohe und meist betrunkene Coroner des Königs, sein Schreiber Athelstan ist das genaue Gegenteil: still, in sich gekehrt und von Selbstzweifeln geplagt. Als ein reicher Kaufmann, der Vorsitzender einer Geheimgesellschaft ist, vergiftet aufgefunden wird, macht sich das ungleiche Paar auf die Suche nach dem Mörder.

»In diesem saftigen historischen Roman erwacht das kraftstrotzende, prächtige, stinkende London des Mittelalters zu neuem Leben.«
Evening Post

Knaur

Paul Harding

Teufelsjagd

Roman

Ein Mörder treibt im Sommer des Jahres 1303 in der königlichen Universitätsstadt Oxford sein Unwesen. Unruhe und Angst breiten sich aus. Ein Fall für Sir Hugh Corbett, den ehemaligen Chefsekretär im Dienste des Königs Edward I. Doch ehe sichs' Sir Hugh versieht, ist auch sein Leben in Gefahr.

Knaur

Nicolaj Frobenius

Der Anatom

Der Bestseller aus Norwegen!

Frankreich, 18. Jahrhundert. Martin Latour hat dank einer Laune der Natur kein Schmerzempfinden. Gerade deshalb entwickelt der Junge schon früh eine grenzenlose Neugierde für die Erforschung des menschlichen Körpers. Die Suche nach einer wissenschaftlichen Erklärung dieses Phänomens wird ihm zum Verhängnis.

Ein raffiniert erzählter Roman über die menschliche Obsession, die Gesetze der Natur zu kennen und zu beherrschen.

»Klassisch, berauschend, sprachlich virtuos.«
Sächsische Zeitung

Knaur